Su Elemental

La Colección Completa

por A.J. Tipton

Copyright © AJ Tipton 2015 El derecho de AJ Tipton a ser identificada como la autora de este trabajo ha sido afirmado por ella en conformidad con Copyright, Designs and Patents Act de 1988 (Ley de derechos de autor, diseños y patentes de 1988) (u otra ley similar, dependiendo de su país). Todos los derechos, reservados. Ninguna parte de este libro puede ser reproducida, almacenada en un sistema de recuperación o transmitida en ninguna forma o por ningún medio (electrónico, mecánico, fotocopias, grabaciones u otro medio) sin la previa aprobación por escrito de la autora, exceptuando casos de citas breves como parte de una reseña o artículo. No puede ser editado, modificado, prestado, revendido, alquilado, distribuido o circulado de alguna otra manera sin el consentimiento por escrito del editor. Se pueden obtener los permisos en a.j.tipton.author@gmail.com

Su Ardiente Vikingo
Un Romance Paranormal
por A.J. Tipton

La nueva secretaria lo estaba decepcionando espectacularmente — sus puños golpeaban rítmicamente sobre el amplio escritorio de caoba mientras él la penetraba con fuerza por detrás. La última de una serie de secretarias — ¿Sissy? ¿Sally? Era algo así, muy fácil de olvidar — vociferaba demasiado para su gusto. Mikkel resistió la imperiosa necesidad de voltear sus ojos ante sus jadeantes demandas.

"¡Más! ¡Dame más! Oh Dios, ¡Más duro! ¡Más! ¡Más! ¡Dios! ¡Oh sí! ¡Más!" Él estiró la mano y le tapó la boca, silenciando sus gritos antes de que toda la oficina se enterara de qué hacían. Tras esperar unos cuantos segundos más a que ella bajara de su orgasmo, se lo sacó y le eyaculó sobre su perfecto culo. Aburrido, Mikkel bostezó. Ya había escuchado todo eso antes.

Esforzándose tremendamente para silenciar el segundo bostezo, intentando forzarlo a pasar entre sus labios, Mikkel se pasó los dedos entre su rubio cabello corto. Durante siglos de portarse mal se había permitido disfrutar de mujeres de casi cualquier tipo – jóvenes y mayores, nobles y plebeyas. Había perfeccionado sus proezas sexuales con sacerdotisas y princesas, reinas y campesinas, pero por alguna razón no se podía resistir al indefinible encanto de las secretarias de su empresa. Desde luego no le molestaba que esas mujeres echaran buenos vistazos a sus rasgos cincelados, abdominales de acero y bíceps ondulantes, y se le lanzaran encima.

La nueva secretaria – Mikkel estaba ahora casi seguro de que su nombre era Samantha – aceptó la caja de Kleenex que le pasó para que se limpiara. Le pestañeó rápidamente con una pobre imitación de la sonrisa sensual de chica pin-up plasmada en su rostro. Habría sido más efectiva si el resto de su expresión no fuera tan... insulsa. La ayudó a limpiarse y la condujo hacia la puerta de la oficina tan rápido como pudo.

"Eso estuvo genial, Stephanie." Le dijo, dándole un beso rápido en los labios. Incluso Cleopatra ya sabía que no debía escribirle de vuelta cuando la llamaba Livia. "Fue realmente..." Se pausó a propósito, tomándose un tiempo para que ella esperara el cumplido, "... un rato *especial*."

La mujer apenas lo miró. Mikkel no pudo evitar sentirse un poco molesto. Ella había tenido *tres* orgasmos – seguro *algo* había hecho bien. Esta chica ya había sacado su teléfono y estaba en un intenso juego de combinación de piezas.

Terminó un nivel y guardó el teléfono, mirando alrededor, obviamente esperando algo. Él no podía imaginar qué esperaba. Ella apenas había empezado en Demoliciones Firewall hace unos pocos días, y no se había molestado en conocer a más nadie a parte de él. La mayoría de los empleados se habían dispersado para almorzar, y los pasillos que conducían a la oficina de Mikkel estaban casi desérticos. Un hombre alto y moreno con pantalones marineros de cuadros, tirantes a juego, y camisa blanca, rondaba la esquina de un pasillo gris, hojeando una pila de informes.

"¡Es Lizzie!", le chilló, emocionada de que por fin llegara alguna audiencia. Pisó con su tacón tan duro que Mikkel hasta se preocupó por la vida útil de su zapato. "¡Por Dios, eres como el peor jefe del mundo!", le espetó furiosamente, apuntándole a la cara con su uña de meticulosa manicura.

"Siento salirte con esto cariño, pero él no es el jefe," Nick colocó los reportes en una pila ordenada bajo su brazo, sus ojos azules fueron de la uña roja hacia Mikkel. "Oh no..." se río entre dientes, "¿Te gastaste todo ese *entusiasmo* en un empleado de bajo nivel? Espero que te lo haya hecho todo bien"

"Por Dios, Nick, ¿De bajo nivel? ¡Eres malo conmigo!" Mikkel se rió fingiendo indignación. Rápidamente se agachó para evitar las uñas de Lizzie, que rasgaban el aire justo donde había estado su cabeza. Los reflejos de un Vikingo de mil años tenían su utilidad a veces.

"¡¿NO ERES EL JEFE?!" Otro golpe de garras falló en darle al amplio y musculoso pecho de Mikkel, y su brillante teléfono rosa salió volando.

"Créeme, tigresa, tú *no* tendrías oportunidad con el jefe," dijo Nick con una sonrisa pícara. Tomó el objeto arrojado y se lo entregó con un guiño rápido. "Él es mi esposo."

El rostro de Lizzie se volvió una máscara de absoluto disgusto al procesar esta información.

"Vámonos "esposo del jefe", vamos a la reunión de mediodía, ¿Eh?" Nick le golpeó el hombro a Mikkel riendo. El exquisito trasero de Lizzie salió resoplando en la dirección opuesta. "Nosotros, los simples esbirros, estaríamos perdidos sin tu sabiduría y liderazgo, oh grandioso." Caminaron juntos a través del laberíntico edificio de oficinas.

Mikkel se reía. "No le dije que era el jefe. Pero no puedo negarme a darle a una dulce y sensual criatura—" hizo un gesto hacia arriba y abajo abarcando sus amplios hombros, cincelados abdominales, y trasero perfectamente redondo, "todo esto."

"Realmente sería un crimen contra el género femenino," dijo Nick con falsa reverencia, inclinando la cabeza y colocándose la mano en el corazón. "Pero, ¿No podrías haber esperado una semana? Tu Pequeña Señorita Garras apenas ha estado aquí por un segundo, y estoy un 90% seguro de que la demente va a renunciar o a prenderle fuego al sitio. Ya *sabes* cómo odio el papeleo y esos asuntos infernales. Aunque los bomberos-" Nick fue interrumpido a mitad de la frase por el bajito y de apariencia grasienta Dwayne, caminando hacia ellos.

"Te he escuchado pasándola bastante bien con la chica nueva, Mickey," dijo Dwayne con una sonrisa burlona. Se quitó un poquito de caspa que le cubría la chaqueta mientras ellos seguían su camino por los pasillos. "Dime una cosa, ¿Todas tus conquistas tienen que darte instrucciones tan detalladas, o comúnmente tienen que darse por vencidas y aceptar que no sabes lo que estás haciendo?"

"Cállate, idiota," Le dijo Nick. "No sabrías si una mujer la está pasando bien ni porque estuviera bailando encima tuyo." Mikkel le sonrió a su amigo con aprecio. Nick podía hacerle pasar malos ratos, pero lo defendía, especialmente contra parásitos como Dwayne.

"Por lo menos mis mujeres saben cómo callarse la boca," la sonrisa de Dwayne no se ampliaba tanto pero se curvaba maliciosamente en lo profundo de su rostro.

Mikkel sabía que Dwayne era una pequeña sabandija inútil que siempre hablaba estupideces, pero aun así sintió un destello de ira en su pecho. Podía sentirlo como una tormenta de fuego en su corazón, llameando y chispeando, esperando levantarse e incinerar todo en su camino. A través de los años, Mikkel había conocido a millones con malos temperamentos, incluso a unos pocos frenéticos desquiciados que perdían su humanidad cuando la furia se apoderaba de sus mentes. En cierta forma les envidiaba su furia; ellos no tenían que enfrentar la clase de consecuencias que él sí enfrentaba cuando su furia se desbordaba.

Respira, respira profundo. No puedes dejarla salir aquí. Nick se encontraba en un área bastante poblada; no podía dejarse llevar por su temperamento aquí. Dwayne *no* lo valía.

Llenó sus pulmones con aire y se concentró en la completa aspiración y en la liberación purificadora al exhalar. Aflojó sus puños al sentir que la burbujeante rabia se calmaba lo suficiente para encarar a Dwayne y tranquilamente citar:

"El odio y la intolerancia son enemigos del correcto entendimiento. Gandhi."

Dwayne volteó sus ojos, murmurando "Oh, yo te voy a dar tu Gandhi..." mientras llegaban a la reunión de la tarde. El salón de conferencias tenía la misma escalofriante luz fluorescente y las paredes grises de los pasillos, pero todas las paredes estaban llenas de fotos de estructuras siendo demolidas. Un equipo de arquitectos visitantes una vez soltó gritos al ver la pared llena de maravillas estructurales destruidas; para el equipo de demolición las explosiones eran las verdaderas obras de arte. Las fotos llenaban de orgullo a Mikkel cada vez que las miraba; eran tributos a dispositivos perfectamente ubicados, detonaciones bien programadas, y territorios minuciosamente conquistados. Se rió para sus adentros. *Papá estaría orgulloso. Cuando se es un Vikingo, siempre se será un Vikingo.*

La reunión no era nada especial; se sincronizaron los horarios y se asignaron proyectos a novatos desorientados. El nuevo ingeniero estructural llegaría mañana, junto con una nueva secretaria. Mikkel se apartó de los codazos de sus compañeros de trabajo con sus apenas veladas insinuaciones acerca de la velocidad con la que cambiaba al personal administrativo. Se discutieron las nuevas cuentas y se lanzaron planos alrededor como confeti. Tres tazas de café y dos horas después, todos fueron liberados al mundo exterior. *Hora de hacer volar algunas mierdas.*

***

Joanna Baltz golpeó el volante de su Ford Pinto con suficiente fuerza para sacudir la radio de sus no tan seguras amarraduras. La radio se había quedado pegada en la misma estación por la última media hora, y los bordes de su visión se tornaban rojos.

Los comentaristas parloteaban una y otra vez sobre cómo un tipo famoso del cual ella jamás había escuchado había golpeado a otro tipo famoso del cual jamás había escuchado. *¿No estaba pasando más nada en el mundo?* Joanna presionó el botón de cambio por trigésima séptima vez, pero la estación apenas parpadeó. Cada una de las personas que llamaban al programa vociferaban como si estuvieran aceptando al Espíritu Santo; sus testimonios proclamaban que el puñetazo era una señal de atracción entre los dos tipos. Sólo era cuestión de tiempo – vociferaba una mujer tan alto que distorsionaba las cornetas de Joanna – antes de que aparecieran en los periódicos besándose en chaparreras con el trasero descubierto.

¿Cómo puede ser esto la única cosa de la que toda esta gente quiere hablar? Joanna sostuvo el volante con tanta fuerza que sus nudillos se pusieron tres tonos más pálidos.

"¿No se están dando guerras allá afuera?" Murmuró Joanna ante el volante. "¿No hay enfermedades azotando países? ¿No hay injusticias masivas perpetuándose por todos lados?" En camas de hospitales por todo el mundo había gente muriéndose de enfermedades prevenibles, accidentes prevenibles. Personas con familias. *Personas con hermanas.* Joanna respiró profundo.

Inhala y exhala, decía su terapeuta. *Sólo concéntrate en la respiración.*

"¡Qué manera de utilizar las luces, imbécil!" le gritó al BMW plateado del frente. Le sacó el dedo medio mientras presionaba duro el claxon. La fuerte pitada desde su auto se correspondía con el desafinado grito de furia en su cabeza. Un sedán blanco trató de meterse delante de ella para entrar en el carril de salida.

"¡Vete a la mierda!" le gritó. "¡Pudiste haberte cambiado bien atrás!" El sedán blanco se metió de nuevo en el carril central y Joanna pudo ver a la conductora que se ponía al lado. La mujer no tendría menos de ochenta y llevaba tres niños gritando en el asiento trasero.

"Mierda," murmuró Joanna, presionando el freno y parpadeando sus luces hasta que la vieja señora se percató, y Joanna desaceleró lo suficiente para dejarla unirse a la rampa de salida con espacio de sobra.

Suspiró y se frotó la frente al llegar al estacionamiento. *Tu temperamento podría matar a alguien,* le había dicho su primo.

Inhala. Exhala. El motor soltó unos pequeños chasquidos al enfriarse. Joanna se concentró en soltar la fuerte presión sobre el volante y enumerar sus bendiciones. *Estoy agradecida por un nuevo trabajo. Estoy agradecida por un nuevo comienzo. Estoy agradecida por tener salud. Estoy agradecida por mi apartamento de mierda con una ducha que no funciona. Estoy agradecida por mis pasatiempos.* Se detuvo para corregir. *Por mi pasatiempo. Que consiste en sentarme en un bar a emborracharme hasta reventarme el hígado para no perseguir a todo el mundo con una barra metálica. Estoy agradecida por...* se quedó sin cosas para enumerar. Golpeó el volante de nuevo y la radio cayó con un golpe seco.

"Bueno, ahora puedo decirle al Dr. Terapista que su técnica para librarse del estrés es pura mierda", murmuró.

Esta no era la forma en la que ella quería que empezara su primer día en el nuevo trabajo. Empujó la radio de nuevo dentro del tablero, le volvió a colocar la cinta adhesiva, y salió del auto.

La entrada del arruinado edificio de oficinas se alzaba frente a ella como una boca abierta, con láminas de plástico colgando de la puerta como si fueran dientes torcidos. Mirando hacia arriba toda la extensión del edificio, pudo ver desde ese momento tres puntos donde iban a necesitarse cargas extra para una demolición controlada. Sacó su cuaderno de notas para agregar un pequeño bosquejo del edificio, anotando dicha observación antes de que la distrajeran con las instrucciones del primer día.

Esta era la parte del trabajo que más le gustaba. Los edificios eran simples. Las leyes físicas determinaban dónde y cómo caerían. Leyes simples y confiables que dictaban dónde y cómo situar los explosivos para que la estructura entera se quebrara en un rápido y controlado descenso.

"Hey, lindas nalgas," escuchó con una voz aguda nasal.

La gente, por otra parte...

Pudo ver al dueño de la voz por el rabillo del ojo; una panza saliendo de una cintura y un escaso cabello grasiento echado ligeramente hacia atrás. Se apoyó en el basurero industrial que estaba cerca, con una mano en su cinturón, en lo que probablemente se suponía que era un gesto insinuante.

"Mis nalgas no se verán tan lindas con unos 50.000 voltios atravesando tu culo baboso", sonrió dulcemente. Su mano se moría de ganas por agarrar la pistola eléctrica dentro del bolso, pero Joanna agarró el lápiz en su lugar. Su primo, el abogado, habría estado orgulloso de su moderación.

"Oh, nena, no te pongas así. Sólo estaba bromeando," dijo el fenómeno.

Por lo general su severo cabello corto, traje de chaqueta, lentes, y cuaderno de notas eran el suficiente mensaje de que ella no era el tipo de mujer para hacerle bromas. Joanna se concentró en respirar lentamente, adentro y afuera, agarrando la correa de cuero del bolso tan fuerte que sus incrustaciones metálicas se le clavaban en las manos. Esperaba que la fuerza del agarre escondiera el temblor de sus manos. Su terapista le dijo que contar sus respiraciones la ayudaría a calmar la ira. Un margarita helado con un trago doble de tequila también lo haría. Pero ese margarita estaba a otras largas ocho horas de distancia, y podía sentir el peso de esas ocho horas puestas como una enorme carga sobre su espalda.

Terminó su bosquejo con unos pequeños trazos y guardó su cuaderno y su lápiz en el bolso, caminando rápidamente hacia el edificio.

"¡Hey!" la voz aguda gritó detrás de ella. "¡Hey!" Corrió un poco para acercarse, jadeando fuerte tras solo unos pocos metros.

Habían instalado una oficina temporal en un remolque fuera del edificio. El nombre de la empresa, **Demoliciones Firewall**, ardía en grandes letras rojas en el costado del remolque, y unos pocos hombres se hallaban alrededor de los escalones de metal sosteniendo cafés y rosquillas. Andaban en pares y tríos sueltos, sus conversaciones sonaban como gruñidos inarticulados a unos diez pasos de distancia. Había exactamente treinta y seis pasos desde donde ella se encontraba hasta la puerta del jefe. Siete hombres. No era el peor grupo de primer día que hubiera visto. Dependiendo de qué tan rápido el primero la mirara, y de la velocidad de su paso, tendría que soportar unos cinco silbidos, o quizás tres, sólo para ir a hablar con su nuevo jefe.

"Miren lo que encontré, muchachos", el fenómeno del basurero hizo un gesto hacia ella como si esperara una estrellita dorada. Sus ojos la devoraban lentamente, mientras le daba un codazo al hombre que estaba a su lado. "Esta nueva secretaria se parece a la profesora de Inglés de séptimo grado que me causó mi primera erección". Las risas dispersas sonaron un poco forzadas, pero pudo sentir la mirada colectiva de los hombres como una picazón arrastrándose sobre su piel.

"Apuesto a que se vería súper sexy sin esos lentes..." el primer comentario fue tranquilo, un hombre hablando al de al lado en una voz lo suficientemente fuerte para que continuaran. Joanna podía sentir la sangre fluyendo a su rostro. Ellos probablemente pensarían que fue un poco de rubor que se pintó.

Antes intentaba diciéndoles a los equipos que ella no era una secretaria.

"Dios, ese trasero seguro que rebota bien..." dijo la siguiente voz, un poco más alto. Los puños de Joanna se apretaron.

Aparentemente la profesión de "ingeniero estructural" les resultaba algo absolutamente desconocido cuando era una mujer la que cargaba el portapapeles.

"No los escuches nena, eres una diosa entre campesinos..." le dijo otro Cromañón, ahora directamente.

Aquí viene. Joanna metió la mano en el bolso. La furia contraída se sentía como una masa sólida de energía esperando a explotar en sus entrañas.

El sujeto del basurero la alcanzó por detrás y le agarró el culo.

En un suave movimiento, Joanna sacó la pistola paralizadora de su bolso, dio un paso atrás para que su piel no tocara la de él, y presionó el disparador. El sujeto se desplomó al suelo con sacudidas y espasmos convulsivos recorriéndole el cuerpo. Por su rostro caían lágrimas.

El silencio se extendió por todo el patio. Todos los ojos parpadearon y se movieron entre Joanna, la luz azul parpadeante en su pistola paralizadora, y las maldiciones entre gemidos procedentes del fenómeno en el suelo

"Chicos", esta voz era tan diferente del resto que casi tropezó con sus propios pies cuando se volteó para mirar. La voz sonaba como el whisky, y profundas cavernas suaves. El dueño de la voz no estaba de pie, pero este se levantaba lentamente. Sus músculos tensos, unos sobre otros, se mostraban como los de un *dios descansando* que estaba a punto de alcanzar su orgullosa *postura alfa* al erigirse en su metro y noventa y cuatro de estatura. Le tomó un segundo para darse cuenta de que él seguía hablando.

"Parece que la mayoría de ustedes no ha visto una mujer desde la última edición de Playboy.

Pero les informo que sólo a las mujeres de las porno les gustan esas mierdas."

Ella pensó que los otros hombres responderían con más burlas y golpes de pecho de peleas de machos alfa, pero tras la palabra de este hombre, ellos se detuvieron. Sólo se detuvieron. Se rieron entre ellos y regresaron a su café y sus conversaciones, dejando al sujeto agarrón todavía retorciéndose en el suelo. Sabía que debería estar agradecida, pero se sentía furiosa de nuevo. Acababa de paralizar a un tipo, ¿Y *él* era el que tomaba el mando? Guardó la pistola paralizadora en el bolso antes de sentirse muy tentada a usarla de nuevo.

Caminando hacia la oficina en el remolque pudo ver al macho alfa con mayor claridad. No era el jefe de Demoliciones Firewall. Ya había conocido a la mayoría de los ejecutivos de alto nivel del equipo de demolición, y también a los directivos durante su proceso de entrevista. Joanna trató de mantener su expresión facial neutra mientras lo examinaba. Si se revirtieran sus posiciones, se habría sentido tentada a silbarle y a llamarlo un dios entre ratas. Su dorado cabello ondulado ante la luz del sol de la mañana lucía como el de un superhéroe, y la camisa blanca estirada sobre su abdomen ondulante no dejaba nada a la imaginación. Sus jeans colgaban bajo su cintura para que ella pudiera ver un ligero camino de pelo oscuro que conducía hacia una pendiente en "v" hasta desaparecer bajo su cinturón. Su boca se secó y por un segundo todo lo que pudo pensar fue en meterle la mano por ese camino hacia lo que había debajo.

"Los ojos están aquí arriba, querida," su sonrisa arrogante le dijo que sabía exactamente lo que ella estaba pensando y que lo aceptaba como algo debido.

La atrapó. Hace dos años, ella le habría dicho algo breve en disculpa por lo incorrecto que había sido devorárselo con los ojos, cuando ella misma odiaba las miradas lascivas hacia ella. Hace dos años se habría deslizado eludiéndolo tímidamente y sintiéndose culpable por cosificarlo. Pero eso era hace dos años.

"Quítate de mi camino, idiota," gruñó las palabras desde el fondo de su garganta. Los ojos de él se abrieron en respuesta, sus cejas se unieron en un ceño fruncido. Se alejó, ondeándole la mano hacia la puerta del jefe de modo sarcástico.

"Por supuesto, su excelencia", su voz sonaba demasiado bien para ser real. Incluso sonando sarcástica y ligeramente lastimada, sus palabras parecían susurrarle directo a los ovarios.

La oficina del remolque era un caos total. Papeles y planos derramados unos sobre otros en desbordados montones sobre cada superficie. Cajones de archivos colgando abiertos con migajas de alimentos cubriendo los bordes, y una tambaleante pila de cajas de pizza puesta al lado de la puerta, con un miasma lleno de mosquitos zumbándole encima. Las fibras de la alfombra se movieron ligeramente y ella trató de no imaginar las corrientes de los insectos que se movían en ese entramado de pelusa naranja.

"¿Hola?" llamó. El tráiler no era tan grande, pero había tantas pilas gigantes de papeles y desechos de comida que apenas podía ver a unos pocos metros al frente.

"¿Señorita Baltz?" La voz del hombre era profunda y rica, pero carecía de la resonancia del dios arrogante de afuera. Un hombre alto, con una apretada camisa de botones, salió mostrándose hasta los codos, con su corbata y pantalones bien ajustados. Se levantó bruscamente desde detrás de una torre de papeleo que cubría el escritorio. Navegó hábilmente alrededor de una pila de informes con pestañas rojas y le tendió una mano.

"Ben Knightly. Encantado de verla de nuevo. La felicito por su trabajo con la pistola paralizadora; Espero que mis hombres no le hayan causado *demasiadas* molestias".

"No, en absoluto", las palabras le salieron automáticamente de su boca, como le hubieran salido por haber hecho cualquier otro trabajo. "Aunque, espero que usted tenga la oportunidad de recordarles que este tipo de acoso es ilegal por las leyes estatales y federales".

Los ojos de Ben fueron hacia la ventana y luego de nuevo hacia ella. Se sonrojó ligeramente. "Tratamos de mantener un ambiente de trabajo respetuoso aquí. Si alguien le dice algo a usted, por favor siéntase libre de decirme, y hablaré con él".

El miedo pulsó en el fondo de su garganta. Tres demandas por acoso sexual en cuatro trabajos anteriores le habían dado a ella cierta reputación en la industria. Las normas anti-represalia no significan una mierda cuando las partes involucradas en la demanda no respetan las órdenes de anonimato de la corte. Sabía que no sería capaz de encontrar otro trabajo de inmediato si perdía este. *Necesitaba* restablecer su reputación si quería prosperar en esta industria. Demoliciones Firewall tenía la reputación de ser justa y generosa con sus referencias y recomendaciones, pero si las burlas y los agarres solamente iban a ser castigados con una charla firme, en todo caso...

Joanna apretaba y cerraba los puños alrededor de las correas de su bolso. "Si me molestan así de nuevo", lo miró a los ojos. "Le aseguro que una charla amistosa de usted no será suficiente. Hay por lo menos tres cámaras de seguridad ahí afuera. Dígale a sus hombres que se contengan o voy a proceder con todo el rigor de la ley".

"Eso parece un poco rudo, señorita Baltz. Somos una compañía amigable, ellos son buenos chicos..."

"Fui perfectamente clara durante el proceso de entrevista, señor, sobre la clase de entorno laboral que toleraría", dijo a través de sus dientes apretados.

"Si no puede evitar que los chicos sean babosos, entonces tal vez usted no debería llevar una chaqueta tan ajustada", la interrumpió Ben.

El sitio se teñía en rojo.

Inhala exhala. Es necesario este trabajo. Él es el jefe. El de la foto con su marido y sus hijos, a él en realidad no le interesa tu ropa. Respira.

"Las últimas mujeres que hemos tenido en el sitio se han acostado con algunos de mis mejores hombres por deporte. Si cualquiera de ellas acudiera ante un juez por acoso sexual después de haber hecho su juego, perdería a mis mejores trabajadores. Son buenos chicos, ellos saben lo significa un "no". Si no se detienen cuando usted les diga, yo les hablaré".

En su experiencia, los hombres - cuando estaban rodeados de amigos machistas competitivos – sólo sabían lo que un "no" significaba si venía acompañado de una patada en la ingle.

Antes de que su cerebro tuviera la oportunidad de ponerse al día con sus extremidades, Joanna golpeó con su brazo sobre el escritorio lleno de basura, esparciendo material de oficina y documentos sobre las cajas de pizza abandonadas y los archivadores desbordantes. El golpe fue tan fuerte que sacudió las paredes finas del remolque.

Ay mierda. Otra vez no.

"¿Todo el mundo está bien ahí adentro?" gritó una voz desde fuera. Lógicamente, sabía que la voz entraba muy enmudecida para poder identificar quién hablaba, pero había algo en la forma como las palabras golpeaban sus entrañas que la hizo saber que provenían del hombre de hermoso abdomen.

"Hasta el momento", le respondió Ben, con expresión sombría.

Joanna hizo una mueca. ¿Qué podía decir? *Lo siento, le prometo que no volverá a suceder.* No podía prometer eso. *Lo siento, le aseguro que estoy trabajando en mi temperamento en la terapia.* Dos años de terapia no habían cambiado nada. *Lo siento, mi hermana murió y ahora no puedo dejar de romper cosas.* A él no le importaría.

"Lo siento. De verdad necesito este trabajo".

Ben suspiró y se frotó las sienes. "Puede tomarse la mañana de hoy para revisar los papeles y decidir si quiere trabajar aquí en serio. Si no regresa mañana con una mejor actitud, entonces llamaré a otro de nuestros candidatos. Usted no es la única ingeniera estructural cualificada en esta ciudad".

Ella asintió con la cabeza, aturdida. Un día para arreglar dos años de bagaje. Necesitaba un milagro.

***

Por los dioses, qué día. Los chicos de Mikkel en el sitio de demolición ya eran lo suficientemente difíciles para resultar un buen día, y esta chica ardiente de hoy - Joanna, según Ben - llega y sus especialistas en demoliciones ya grandecitos se convierten en unos monos babosos. Mikkel agradecía que fuera miércoles, el día de su reunión semanal de Control de la Ira, y también que podría tomarse algún tiempo para calmar la furia que crecía en él.

Se removió en la silla de metal duro y se retorció las manos, frustrado por la incapacidad de sus compañeros de trabajo de ser sólo seres humanos por un momento y ver algo más que el cuerpo de locura de esa mujer. Y sin duda era un cuerpo de locura. *Deja de pensar en sus piernas, Mikkel, dejar de pensar en ellas envolviéndote las caderas.* Sólo quería desenvolverla de su traje demasiado serio, como un regalo de cumpleaños, y disfrutar del centro suave como la seda que se hallaba en su interior. *Deja de pensar en sus ojos.* No había visto tan feroz fuerza y ardiente determinación en una mujer en *años*. Joanna no tenía nada de esos ojitos lindos que las mujeres sumisas de mierda habían estado imitando desde los puritanos. Esta era una mujer que gritaría los orgasmos arañando, y apenas podía esperar para verlo. Apretó las manos sobre las rodillas para descarrilar ese tren de pensamientos, pero mirar al suelo entre sus rodillas sólo le hizo imaginársela allí, mirándolo con esa determinación feroz mientras se lo llevaba a la boca.

Soltó sus rodillas y agarró la fría parte inferior de la silla metálica. No pensar en ella estaba resultando ser imposible. Joanna irrumpió en su vida profesional de la nada y ahora tenía residencia permanente dentro de su cabeza.

Un puñado de aplausos estalló a su alrededor y Mikkel se obligó a concentrarse. Le asintió con la cabeza a un joven que llevaba demasiadas joyas de oro y tomaba asiento a su lado. Esperaba que su expresión pareciera inspirada por lo que sea que el joven hubiera dicho. *Mierda*, Mikkel apretó la silla tanto que la oyó crujir. Estoy aquí por una razón; puedo soñar despierto con cualquier cosa en mi tiempo libre.

"Gracias, Petey. Eso fue muy valiente, es maravilloso que sientas que puedes compartir algo tan personal con todos nosotros", dijo Tabitha, la líder de reuniones. Su barbilla temblaba un poco mientras hablaba. "Sé que todos estamos aquí en Control de la Ira por diferentes razones, pero los bendigo a todos por venir, y compartir, y mostrarnos que todos somos iguales por dentro". Ahogó un sollozo en un pañuelo de estampado floral. "Me hace sentir muy orgullosa estar aquí y verlos a todos ustedes, valientes y queridas almas que tratan de mejorarse a sí mismos y a sus relaciones mediante el *compartir*".

Mikkel sintió lástima por el grupo. Tabitha era dulce como un pastel, pero más llorona que un villano en la horca, y medio hablaría, medio lloraría durante toda aquella reunión que iría rumbo al olvido. Él se puso de pie y caminó hacia la pila de cajas vacías que se utilizaban como un podio improvisado. El grupo se reunía debajo de una ferretería perteneciente a uno de los miembros, y la habitación siempre olía ligeramente a masilla y pegamento seco. No se comparaba con todos los templos budistas y claustro-católicos que había visitado durante milenios para lograr la paz, pero había algo casi reconfortante en esa sinceridad de bricolaje.

"Me gustaría compartir", empezó, con su profunda voz resonando en el pequeño sótano.

Tabitha se iluminó como un árbol de Navidad ante la perspectiva de oír hablar de los sentimientos, las pruebas y el sufrimiento de otro ser humano. "¡Gracias, Mike! Chicos y chicas, este es Mike. ¡Vamos todos a hacer que se sienta escuchado y apoyado!" - se estremeció, iniciando un pequeño aplauso mediocre.

Mikkel se bajó de la tribuna improvisada, agachándose detrás para adaptar su cuerpo debajo de una tubería colgante. Mientras tomaba un respiro, miraba distraídamente a su alrededor. La habitación estaba llena de algunos asistentes habituales, algunos novatos, y una mujer en traje de oficina tratando de ocultar su rostro con un volante que Tabitha había entregado. El caricaturesco intento de anonimato era más gracioso que efectivo, pues Mikkel habría reconocido ese puntiagudo estilo de cabello en cualquier lugar.

El corazón le brincó en el pecho, sorprendiéndolo por la fuerte reacción ante su presencia. Se había quitado la chaqueta y Mikkel se sumergió en sus brazos delgados y fuertes, su delicado cuello, y el contorno de sus amplios senos.

"Hola a todos, soy Mike y tengo problemas de ira".

"Hola Mike", entonó el grupo robóticamente.

Mikkel empezó su historia. Tuvo que cambiar algunos detalles cada ciertas décadas para asegurarse de que sus referencias tuvieran sentido dentro del actual periodo de tiempo, pero aparte de algunas pequeñas ediciones cronológicas, siempre era la misma. "Yo solía ser un tipo normal de familia – esposa, hijos, el paquete completo". Esto era bastante cierto.

"Un día yo estaba fuera de la ciudad, por negocios, y un ladrón irrumpió en nuestra casa, asesinando a mi familia a sangre fría". Esto no era del todo cierto. Mientras pronunciaba su discurso bien practicado, no podía dejar de recordar la historia verdadera. Las llamas cayendo del cielo, quemando su pequeña aldea por completo. Los gritos de batalla de la tribu Skomer resonando entre las colinas. Sus manos agarraron el borde del podio. Ese día era uno de los peores recuerdos de su larga vida, y uno de los pocos que no había mermado con el tiempo. Nunca se había sentido tan impotente, tan vulnerable como ese momento. Nunca se había sentido tan enojado.

"Después de sepultar a mi familia, terminé completamente engullido por la ira – metiéndome en peleas a puñetazos, destruyendo todo lo que tocaba, y totalmente incapaz de interactuar a un nivel humano básico".

Observó, intentando sin éxito no quedarse viéndola, como Joanna dejó de intentar esconderse detrás del volante y se inclinaba hacia adelante, aparentemente acercada por sus palabras.

Lo que Mikkel siempre evitaba mencionar eran la serie de explosiones asesinas en las que cayó poco después de que sus razones para vivir fueran reducidas a cenizas. Había nacido Vikingo después de todo, y la mayoría de sus compañeros y hermanos nunca se lo pensaban dos veces con respecto a su comportamiento excepcionalmente violento. Su padre incluso se aprovechaba de esto, enviando a Mikkel a la batalla de primero para pavimentar el camino a sus más equilibrados hermanos.

Sentía un dolor apagado en el pecho cada vez que recordaba la persona horrible y sedienta de sangre en la que se había convertido. De no haberse enfrentado su familia contra aquella bruja en Escocia, su alboroto probablemente hubiera sido interrumpido con su muerte, y Mikkel habría sido liberado del dolor. La maldición de la bruja lo volvió invulnerable e incapaz de envejecer; cosas aparentemente buenas, pero esto lo había obligado a ver a todas sus amantes y a todos sus compatriotas envejecer y morir, una y otra vez.

"Una mujer que conocí por casualidad, trató de enseñarme a parar, pero yo no quería escuchar". Aquella mañana de la maldición era otra escena marcada en su memoria para siempre. Se suponía que iba a ser sólo otra incursión, sólo otra isla para conquistar y poblar. Su padre había ignorado las advertencias de que una poderosa bruja protegía la isla, decía que sólo era un rumor salvaje transmitido por personas incapaces de protegerse a sí mismas.

Pero todo había salido mal desde el momento en que Mikkel dio el primer paso en a la isla. La furia de la batalla se hizo presente, como siempre lo hacía en los primeros días tras la masacre de su familia. Vagamente recordaba a su medio hermano, Erik, yendo hacia el lado opuesto de la isla, mientras que su hermano menor, Bram, bajaba hacia la playa. Pero una hora crucial se había borrado de su memoria: el recuerdo de enfrentarse a la bruja.

Todo lo que podía recordar era posterior; estando arrodillado y débil en aquella playa, buscando y llamando desesperadamente al cuerpo de Bram en el mar. Sus otros hermanos yacían fríos e inmóviles en el suelo. La bruja le gritó algo, y Mikkel hizo lo único en lo que podía pensar: correr. Pensó que perder a su familia era bastante castigo por el daño que habían causado en la isla de la bruja, pero conoció la capacidad de venganza de la bruja la próxima vez que se enojó...

"Cada vez que me enfurezco, me encuentro en un estado completamente fuera de mi control. Esto fue aumentando, año tras año, hasta que me di cuenta del patrón de herir involuntariamente los que me rodeaban, una y otra vez. Estaba tan cegado por mi rabia que destrocé irreparablemente las vidas de algunas personas. He arruinado amistades, alienado novias, y me he encontrado del lado equivocado de la ley una o dos veces".

El eufemismo del milenio, pensó Mikkel. Una semana después de salir de la isla maldita de la bruja, Mikkel se metió en una pelea de taberna cuando uno de los otros clientes trató de empujarlo sobre una de las camareras. Desde que su esposa e hijos murieron, él había sido rápido para la ira, pero esto era diferente. Esto fue más allá de la rabia, era un infierno crepitando, ardiente, que se formaba en su pecho, le recorría la espalda y luego explotaba sobre su piel en llamas literales. No pudo contenerlo, y la bola de fuego destruyó el bar y a todo el mundo en su interior; amigos y enemigos por igual, carbonizados más allá del reconocimiento. Había perdido a un sinnúmero de amigos y amantes con los años debido a su rabia. Había aprendido métodos para calmar su ira, pero la maldición aún se apoderaba de él cuando lo irritaban lo suficiente - y los que le rodeaban siempre pagaban el precio.

Se percató de un cambio en el fondo de la sala cuando Joanna se echó hacia atrás, cruzando sus piernas largas y esbeltas. Su rostro tenía una expresión, no de juicio o de preocupación, sino comprensión absoluta. Sus senos perfectos se tensaron contra su camisa, levantándose mientras suspiraba, y Mikkel casi gimió en voz alta. Quería darle una patada al podio, abrirse paso a través de los otros presentes y devorar a esta mujer con los ojos ardientes. Por suerte la lujuria nunca había sido uno de sus detonantes, si no, toda la habitación estaría en llamas.

Mikkel se dio cuenta de que había dejado de hablar a mitad de la historia, y se aclaró la garganta. Esperaba que el grupo asumiera que estaba aturdido por la emoción, en lugar de distraído con pensamientos al observar a la ingeniera estructural en la última fila.

"No me gusta pensar en todas las vidas destruí en aquellos días. Cuando estaba enojado, parecía que nada podía interponerse en mi camino. Yo era como una revolución andante". *"Las palabras más verdaderas de toda la historia"*. Con el tiempo me di cuenta de que esta forma de vida sólo causaba dolor, así que viajé por el mundo, en busca de alguna religión o filosofía que pudiera ayudarme a encontrar la manera de controlarme".

Durante ese tiempo había buscado respuestas de místicos, brujas, hechiceros y científicos para tratar de disminuir su rabia, contrarrestar el hechizo, o simplemente mitigar el efecto. Ni uno solo pudo ayudarlo. Lógicamente, Mikkel sabía que debía salir de la civilización e irse a vivir en una cueva aislada lejos de cualquier persona que pudiera lastimar, pero la esperanza lo arrastraba de nuevo a la sociedad cada vez que lo intentaba. Necesitaba creer que la maldición de la bruja tenía alguna cura, o que - por lo menos - algún día alguien pudiera encontrar una manera de reunirlo con su familia.

La infructuosa búsqueda por todo el mundo tuvo sus propias recompensas, sin embargo.

"En mis viajes, encontré un montón de gente interesante que me conmovió profundamente, cambiando realmente mi forma de ver el mundo". Si el grupo de apoyo fuese en su mayoría hombres, habría admitido que estos "encuentros profundos" sucedieron con mujeres hermosas. Con Joanna en la audiencia, sin embargo, se contuvo sus vívidas descripciones de las mujeres de todo el mundo que pasaron por su cabeza. Lo que no lo curaba de su maldición lo distraía de ella. Se deleitaba con sus olores, su sensualidad, sus gritos de satisfacción.

Su mirada se desvió una vez más hacia Joanna, quien escuchaba con avidez su relato. Deseaba tener una conclusión más inspiradora para ella, algo que le diera esperanza en sus propias luchas.

"Después de un buen tiempo, me di cuenta de la solución a mis problemas no era algo que un monje o un chamán pudiera conjurar para mí, así que dejé de vagar por el mundo buscando soluciones mágicas. Aquí estoy, luchando contra mi problema de ira, día tras día, trabajando en el programa. Ciertamente no ayuda el hecho de que me gane la vida demoliendo cosas". Esto causó algunas risas. "Pero estoy agradecido con Tabitha y con todos ustedes aquí por apoyarme".

La sala estalló en aplausos y Tabitha se movió hacia el podio, llorando alegremente. Agarró a Mikkel por los hombros y le dio un beso húmedo y torpe en la mejilla, dejándole una marca de labial grande y cómica. Esto siempre lo sorprendía, pero se sentía mejor.

***

El corazón de Joanna latía tan rápido que pensó la mujer del de la falda hippie junto a ella lo oiría. Su boca se sentía reseca, y sus bragas estaban húmedas de deseo. No fue la historia que contó; la mayoría era obviamente una mentira, o una verdad a medias. Podía contar una buena historia, tuvo que darle crédito por eso. Por lo general, los oradores de estas reuniones zumbaban sin cesar sobre detalles insignificantes y nunca parecían llegar al punto. Ya sabía que él era un buen orador tras su breve intercambio en el sitio de la demolición. Y era guapo, eso era seguro.

Cada vez que él se humedecía los labios con la lengua, ella podía sentir cada partícula de ésta haciendo contacto directamente sobre su clítoris. El ver cómo dobló los bordes de la caja-podio, la hizo imaginar fácilmente cómo le agarraría fuertemente las caderas mientras la penetraba. Su camiseta era lo suficientemente apretada para que ella pudiera ver los bordes de sus pectorales cincelados y los pequeños puntos de sus pezones a través de la tela, pidiendo a gritos ser mordisqueados. Era definitivamente digno de fantasear, pero su apariencia escultural no habría sido suficiente para hacerle querer treparlo como un árbol si no fuera por *ese detalle.*

Era su condenado hoyuelo en la mejilla. Ella no le había prestado demasiada atención a su rostro en el sitio de demolición para notarlo durante su primer encuentro, pero le fue imposible ignorarlo ahora que el podio ocultaba de la vista la distracción de sus abdominales. Justo en el borde de la boca, la pequeña media luna perfecta ondeaba y se hundía. Era como una criatura independiente que vivía en su rostro, ese hoyuelo. Él mencionaría algún detalle trivial, como el robo de la casa de su familia, y aquel pequeño hoyuelo saldría a declararle al mundo; *así no fue como sucedió, fue bastante peor que eso.*

Y luego él pasaba a una parte sincera, como la de que los viajes por el mundo no le habían dado ninguna respuesta, y el pequeño hoyuelo se giraba hacia abajo. Ese pequeño descenso, la desesperación que irradiaba ese pequeño pedacito de piel, tenía la suficiente intensidad para cargar el resto de su cuerpo con vibrante pasión. Todo lo que podía hacer para no dejar resbalar sus manos entre los muslos apretados y acariciarse el brote sensible, era apretar los puños sobre las rodillas y desear que sus mejillas sonrojadas se calmaran antes de hacer una escena. Como correr hasta el podio, arrancándose la ropa, y gritar como una demente mientras él la penetraba sobre la mesa de refrescos.

Todo el mundo estaba aplaudiendo, y medio segundo después de que ya fuera muy tarde, Joanna se unió al aplauso.

"¿No fue increíble?" La pobre Tabitha se iba a morir de deshidratación si no dejaba de llorar. Se había quedado sin pañuelos de papel en algún punto de la parte de la rabia incontrolable, y en su lugar comenzó a usar su chal tejido para secarse los ojos. "Muchas gracias por compartir, Mike. Eso fue tan conmovedor. Eres es una inspiración para todos nosotros. Es muy refrescante ver a un hombre tan en contacto con sus sentimientos".

Juntó las manos apretadas contra su pecho y suspiró tan profundamente que las grandes peinetas de madera que sostenían su cabello se balancearon peligrosamente. "Los sentimientos son los que hacen de la vida algo digno de vivirse, y ser capaces de articular plenamente esos sentimientos es lo que nos ayuda a todos a manejar nuestras relaciones".

Joanna se cubrió el resoplido de la risa contenida fingiendo una tos. Esperaba sinceramente que Tabitha no fuese una psicópata furiosa antes de aprender a predicar en iglesia de los *sentimientos* y gestionar un grupo control de la ira. Una imagen de Tabitha atacando a alguien en el autobús con agujas de tejer por no levantarse para dar asiento a personas mayores hizo que le fuera más fácil sentir agrado por la mujer de ropa floreada. Joanna cometió el error de mirar a Mike para ver su reacción ante el pequeño discurso de Tabitha. El hoyuelo bailó en una danza desdeñosa cuando él dijo, "Gracias, Tabitha. Me alegra mucho que mi historia te conmoviera".

Volvió a tomar asiento, estirando sus largas y fuertes piernas debajo de la silla del frente. Su rostro lucía impasible cuando el siguiente orador se encamó tímidamente hacia el podio. Los brazos de Mikkel vagamente se cruzaron sobre su pecho. Cuando la señora de la falda hippie comenzó a presentarse, giró sobre su silla un poco para poder mirar a Joanna directamente a los ojos. Por un momento, un calor abrasador quemó el aire entre ellos como una fuerza física auténtica.

Le guiñó un ojo. El hoyuelo se hundió, prometiendo largas noches de sexo travieso que incluían la utilización sin complejos de dientes y cuerdas.

El resto de la reunión fue algo borrosa. Sabía que tenía que concentrarse, pero sus ojos se mantenían regresando a la mejilla de Mike, como una buscadora de tesoros intentando darle otro vistazo a la tumba maldita. La reacción del hoyuelo ante cada historia le importaba más a Joanna que cualquier otra cosa en la habitación. La chica hippie admitió haber golpeado a un cliente en su puesto de venta de tomates orgánicos cuando el cliente se jactó de tener una foto de Ronald Reagan en una capilla dorada junto a una imagen de San Mateo, patrón de los banqueros y contadores. El hoyuelo de Mike saltó con aprobación. El tipo de al lado que básicamente se quejó durante cinco minutos de la pésima cocina de su esposa, se llevó un hundimiento de burla del hoyuelo.

¿Qué pensaría el hoyuelo sobre su historia? La idea de dirigirse al podio hizo que le empezara a sudar fríamente la columna. *Hola a todos. Mi nombre es Joanna y tengo problemas de ira. Empujé a un lado a una mujer que no quiso moverse en el lado izquierdo de una escalera mecánica, y ella me demandado por romperle la muñeca.* El hoyuelo probablemente no reaccionaría con amabilidad. Joanna sabía que, por mucha fortuna, la corte sólo la había mandado a clases de control de la ira y le había puesto una multa como únicas consecuencias por empujar a una abogada especializada en injurias personales. Su terapeuta le dijo que debía dejar atrás su ira y perdonar a la mujer, pero Joanna no podía sacar a relucir el nivel suficiente de arrepentimiento. *Esa perra debería saber que no puede permanecer parada en el lado izquierdo de la escalera mecánica durante las horas pico*, pensó.

La reunión se sintió como que terminó tres vidas después. Ella asintió con cumplidos a Tabitha, obtuvo su tarjeta de la corte firmada, y se dirigió a una mesa de rosquillas duras como piedras. Si pudiera conseguir una servilleta llena de comida gratis y cruzar la puerta hacia afuera antes de que Mike la reconociera, entonces tal vez podría evitar pasar la vergüenza de brincarle y pasarle lengua sobre su tentador hoyuelo.

"¡Hola! Eres Joanna, ¿verdad?"

Joanna se quedó inmóvil, sosteniendo en el puño una servilleta envuelta en el pan de plátano a medio camino hacia su bolso. Se giró lentamente y se encontró mirando al nivel de un par de músculos pectorales muy firmes. De alguna manera se había olvidado lo alto que era. Inclinó la cabeza hacia atrás para conseguir una mirada a su rostro. Un hormigueo de calor se extendió por su cuello y su pecho, siguiendo una línea caliente a través de su estómago, para terminar en la humedad entre sus piernas. Deseaba desesperadamente que no estuviera tan sonrojada como lo acalorada que se sentía.

"Hola, sí, soy Jo," dijo. La confrontación de esta mañana irrumpió repentinamente en su mente con una nitidez de película, y pudo sentir su cómo su cara se enrojecía aún más. "Oh Dios, siento mucho lo de esta mañana. Probablemente me comporté como una perra iracunda contigo. Es algo en lo que estoy trabajando", dijo señalando ligeramente con la mano a la clase de control de la ira.

Él le sonrió y su hoyuelo pegó un salto en una señal de alegría sincera, esto hizo que el calor apasionado en su pecho se fundiera en algo más cálido y suave. Notó que los bordes de su boca le sonreían de vuelta.

"No hay ningún problema. Soy Mike, Mike Eld". Le tendió su mano para que la estrechara. Los callos de esa mano se frotaron contra la palma de la suya en una fricción juguetona que produjo eco en sus fantasías. Lamentó soltarla. "En cuanto a lo de esta mañana, lo olvido todo si me invitas una bebida". Le dijo.

"¿No se supone que debería ser al revés?" le dijo ella. Su sonrisa se expandía como si tuviera una mente propia.

"Ahh, pero yo soy a la antigua. Yo creo que la persona más guapa debería pagar por la menos guapa. Eso ayuda a equilibrar la balanza del poder".

Le tomó un segundo a su cerebro podrido de lujuria darle sentido a lo que él dijo, pero cuando lo hizo no pudo evitar sentirse irracionalmente feliz.

"¿Qué tan seguido te funciona esa frase?" Le preguntó.

La cálida risita de Mike le hizo cosas extrañas en el estómago. "Funcionó con Juana de Arco, y ella sí que era una dura". Dijo él con un rostro inexpresivo que se sorprendió por la risa de ella.

Qué rarito. "Bueno, si funcionó con Juana de Arco, está bastante bien para mí", dijo. Él extendió el brazo como un hombre que guía al estilo de las películas en blanco y negro, y ella deslizó su brazo dentro de éste, sintiéndose tonta y complacida al mismo tiempo.

"Que se diviertan, niños", la anciana les guiñó un ojo. "Y no se olviden de los sentimientos. Los sentimientos son *todo*". Joanna juraría que por un segundo los ojos de Tabitha destellaron en un verde brillante, pero cuando miró de nuevo, eran del mismo azul plácido. Se estremeció.

"¿Todo bien?" Le preguntó Mike preocupado, en voz baja. Joanna le devolvió una sonrisa.

"Sí, todo está bien".

La noche era más cálida de lo previsto, la pesada humedad les cubría como una manta gruesa mientras caminaban en medio de su pequeña charla llena de tensión. Ella le preguntó cuánto tiempo llevaba trabajado en Demoliciones Firewall (cinco años), él le preguntó desde cuándo había querido ser ingeniera estructural (desde que tenía 10 años y vio a un edificio caer por primera vez). Ambos hicieron los ruidos de impresión apropiados. Hablaron de películas - ambos estaban sorprendidos de enterarse que al otro le encantaba "His Girl Friday" - y del tiempo (sí, hacía bastante calor últimamente). La conversación fluyó relajadamente, pero Joanna podía sentir el calor que crecía en su pecho, entorpeciendo su lengua al acercarse al bar. La invitación de Mike se sentía como algo más que una bebida; se sentía como la promesa de un *algo más* inexplicable, que no estaba segura de poder aceptar.

El bar más cercano al grupo de control de la ira era AUDREY'S; Mike afirmaba que era un sitio cómodo. Un grupo de fumadores permanecía afuera, cerca de la puerta, haciéndose bromas unos con los otros. Mike la acercó hacia él un poco más mientras se aproximaban al grupo. Los puntos donde sus brazos hacían contacto se estremecieron con atracción eléctrica. Él soltó su brazo para mantenerle abierta la puerta, poniéndole su mano grande sobre la parte baja de la espalda al pasar. Debería haberse sentido como un molesto gesto posesivo, pero en lo único que pudo pensar fue en que ojalá su camiseta se hubiera levantado un poquito para sentir esa palma caliente directamente sobre su piel.

La camarera les sonrió cuando entraron. Tatuajes de rosas cubrían su pecho a la vista, con vides espinosas bajando encrespadas hacia su escote y envolviendo su cuello como un collar. Su largo cabello negro estaba arreglado en lo alto de su cabeza con colas de caballo y trenzas que desafiaban las leyes de la física, haciéndola parecer una especie de superhéroe de animé.

"¡Mike!" – lo llamó, dejando el vaso que estaba limpiando para saludarle alegremente. Joanna la odió de inmediato, y profundamente". ¿Cómo está tu lindo culito hoy?"

"Tan firme y mordible como siempre, Lola", le respondió jovialmente. Joanna se imaginó corriendo hacia la barra, agarrándole esas largas trenzas, y utilizándolas para golpearle repetidamente la cabeza contra la barra a esa camarera de labios gruesos. Su visión se teñía de rojo.

"Qué malo eso", dijo Lola, transformando su rostro en máscara tragicómica. "Hazme saber cuándo esté suave y manejable, y puede que obtengas una invitación al cuarto de atrás". Le guiñó un ojo y se giró para responder a una pregunta de otro cliente.

Los bordes rojos alrededor de la visión de Joanna se redujeron un poco. Levantó la vista para ver la reacción de Mike a la evasión de Lola, pero él no estaba mirando a la camarera. Su ardiente mirada se centraba en la pequeña abertura de la camisa de Joanna.

"Los ojos están aquí arriba, querido", le dijo.

"Touché".

AUDREY'S tenía un ambiente amistoso que relajaba los pelos de punta de Joanna, y la hacía sentirse como en casa. Fotos etiquetadas como la abuela de la dueña – de Audrey - cubrían las paredes en un surtido de travesuras improbables en blanco y negro. En una foto, la anciana parecía estar saltando sobre tres autobuses escolares utilizando un ciclomotor de propulsión a chorro. En otra, aparecía sonriente, entre el Dalai Lama y Fidel Castro fumando.

La barra en forma de L ocupaba la mayor parte del espacio, con estanterías de copas colgando del techo y grandes pizarras anunciando las bebidas especiales del día. Quiso preguntarle a Mike si sabía lo que llevaba un cóctel llamado "Ceniza de Montaña Matalobos," pero sonaba como el tipo de bebida que se toma demasiado en serio. Los sofás bastante usados dispuestos en círculos creaban espacios íntimos cerca de las esquinas opuestas, una de esas tenía una chimenea apagada junto a un círculo de chicas de aspecto universitario riéndose. El resto del piso estaba ocupado por altas mesas redondas para estar de pie o sentarse en taburetes giratorios. Los televisores de detrás de la barra mostraban una comedia romántica de 1950 hecha por Doris Day, que incluía a una langosta y a la mafia de Chicago.

"¿Qué opinas? También podríamos ir a la cafetería que queda cerca si quieres", dijo Mike.

Una de las chicas universitarias comenzó a reírse tan fuerte que se cayó de su silla y se acurrucó como una bola pequeña en el suelo, sin dejar de reír.

"Nah, este lugar es perfecto", dijo Joanna.

Se sentaron en una de las pequeñas mesas cerca del fondo del bar, las sillas estaban tan juntas que ella pudo sentir el leve roce de sus rodillas contra las suyas debajo de la mesa. Joanna resistió el impulso de frotarle el tobillo hacia arriba y abajo contra su pierna. *Basta, no tienes 13. Cálmate*, le dijo a su libido. Se levantó rápidamente e hizo un gesto hacia la barra.

"Entonces, ¿Qué te traigo?" preguntó. Mike se levantó, se puso tan cerca que pudo sentir su cuerpo calentarse y sus pezones levantarse en pequeños picos.

"He cambiado de opinión durante el paseo. Como ya hemos establecido que tú eres la más guapa, sólo es apropiado para mí demostrar mi reconocimiento con tributos de alcohol."

"No puedo discutirte eso", dijo. "Aunque tal vez tengas que pensar en otras formas de tributo más tarde". Quiso abofetearse la boca *¿Qué estoy diciendo?* Sus hormonas se estaban imponiendo, consumiendo su mente con fantasías de su boca recorriéndole toda su piel. "Voy a tomar un whisky. Uno doble en las rocas, con un poco de Coca-Cola y todas las cerezas que le quepan dentro", dijo agitada. *Tal vez mientras él esté en la barra, pueda calmarme*, pensó, sin mucha esperanza.

"Como desee, señorita", le sonrió. Su firme y mordible trasero se movió hacia la barra y Joanna se hundió de nuevo en su silla, obligándose a apartar la mirada.

Demasiado pronto, regresó con su bebida. Tomó un sorbo, sin levantar la vista para ver lo que su hoyuelo estaba haciendo. La bebida estaba perfecta.

"¿Hace cuánto que conoces a Lola?" Las palabras salieron de su boca antes de que tuviera la oportunidad de desecharlas.

Se sentó frente a ella, con su propio vaso de whisky - sin cerezas - sudando en su mano. "Desde que llegué a la ciudad hace unos años. Ella es una buena persona, aunque definitivamente no es mi tipo, por si eso fue lo que causó tu expresión facial de asesina".

"¡No he pensado asesinar a nadie!" le dijo.

Él se recostó en su silla, levantando las manos ligeramente en un gesto de rendición. Su hoyuelo se marcó en una sonrisa que obviamente no se atrevió a expresar con el resto de la boca. "Mis disculpas, no debí haber sugerido eso ¿Tal vez unas pocas mutilaciones, entonces? Apuesto a que el puño es tu arma favorita. Puedo verte como una pateadora tal vez, o blandiendo un bate contra tu víctima", la miraba fijamente a los labios. "O tal vez atacando con esa boca tuya".

"¿De qué estás hablando?"

"Del Grupo de Control de la ira. Me he estado preguntando que te llevó a asistir. Cuando pierdes el control, ¿Qué utilizas?"

Joanna se echó hacia atrás en su silla, respirando lentamente adentro y afuera. "No quiero hablar de eso".

Él se inclinó hacia ella. Su rico olor le recordaba a fogatas y almizcle masculino. Se desprendía de él en una onda, haciendo estragos en sus hormonas. "Vamos, tú escuchaste mi historia. Dime la tuya. Recuerda lo que dice Tabitha", su voz cambió a un falsete tembloroso. "Compartir se trata de mostrar a otros que por dentro todos somos iguales". Se rieron.

"Creo que Tabitha tiene montones de cadáveres enterrados en el sótano", dijo Joanna, poniendo expresión seria.

Él sonrió. "Probablemente, pero te aseguro que todo lo que has hecho para terminar en Control de la Ira no puede ser peor que todas las mierdas que yo he hecho. Cuando dije que en aquel entonces tenía una rabia incendiaria, no estaba exagerando.

Lo que le dije al grupo ni se acerca a cubrir todo lo que hice".

Joanna miro alrededor. La mesa cercana de chicas universitarias que se reían estaba abandonada; ahora estaban reunidas alrededor de la barra hablando con Lola. No había nadie cerca que pudiera escuchar, y Mike se sentó con el aire paciente de un hombre dispuesto a esperar toda la noche para escuchar su historia.

"Mi hermana murió", dijo ella. No estaba segura de por qué empezaba por allí, pero apenas lo dijo, se sintió bien empezar con Clarissa. Mike perdió su sonrisa arrogante y se inclinó para tomar su mano. Estaba agradecida de que no dijera nada; no estaba segura de que hubiera podido seguir hablando. "Fue un accidente, un choque con un conductor ebrio en la autopista. Él la golpeó. Su auto salió fuera de la carretera y se estrelló contra un poste, y él simplemente siguió su camino. Había docenas de testigos, toda esa gente en sus autos en la carretera. Siguieron su camino. Nadie se detuvo. Ella estaba sangrando e inconsciente, no podía pedir ayuda, y todas esas personas simplemente siguieron conduciendo.

"Después de un rato, un patrullero que pasaba se encontró con los restos del accidente y llamó a una ambulancia, pero para ese entonces ella ya estaba terriblemente mal". Joanna tomó un largo trago de su bebida, deleitándose con el ardor al fondo de su garganta. "Hablé con los técnicos de emergencias médicas, mientas la llevaban al hospital. El policía me llamó al número que encontraron en una tarjeta de emergencia dentro de la cartera de Clarissa. Ellos estaban bromeando y riéndose por algo, apenas le prestaban atención a ella mientras daba sus últimos respiros". Mike le frotó la mano; sus dedos ásperos le creaban círculos suaves sobre la parte de arriba. "No les importaba. A nadie le importaba una mierda".

Se bebió lo que quedaba en su vaso, y en silencio lo empujó sobre la mesa hacia él. Él captó la señal y regresó un minuto después con un vaso lleno para cada uno. Ella tomó un sorbo, pero apenas sintió el sabor. "Después de eso, todo me enfurecía. Mi terapeuta tiene un término rebuscado para esto, que ni siquiera se le aproxima. Incluso las cosas pequeñas son suficiente para hacerme estallar".

"Entonces ¿Qué sucedió?" Su voz sonó áspera y con alguna emoción que Joanna no logró identificar. Parecía que su agarre sobre la mesa iba a romper la madera en trozos. La rabia de él al escuchar lo de Clarissa calmó una oscura espiral de ira en sus propias entrañas. Este era un hombre que entendía su cólera, que entendía el costo.

"Una señora de aspecto adinerado en un costoso traje, jugaba con su teléfono celular y no se paraba bien en la escalera mecánica durante la hora pico". Joanna jugó con el borde de la copa, riéndose un poco de su yo del pasado. "Una mujer embarazada le estaba pidiendo educadamente que se moviera, pero la señora no le prestaba atención. Perdí el control. Jalé el traje de forma que la mujer embarazada pudiera pasar. El traje se cayó". Joanna se encogió de hombros, dio otro sorbo. "La señora del traje, me enteré luego, que era en realidad una abogada, y me llevó a los tribunales por su muñeca rota. Sólo me salió barata gracias a mi primo, también abogado, que movió algunas influencias". Tomó un largo trago de su whisky.

"Yo era una persona amable. Yo creía que la gente era buena, debajo de toda la mierda, y que había verdaderos héroes en este mundo. Y ahora..." Su voz se apagó. Miró a Mike, esperando que hiciera lo incorrecto y le dijera que la gente era buena, que ella aprendería a ser feliz, y que todo iba a estar bien. Es lo que todo el mundo le había estado diciendo durante los últimos años desde el accidente, y si lo decía, sabía que sería capaz de salir del bar y no volver a verlo más nunca.

"Debemos beber unos tragos," anunció. "Y brindar por la gloria de enfurecernos con los humanos de mierda".

Joanna no sabía si reír o maldecir ante su respuesta perfecta. Apenas asintió antes de que él llamara con la mano a Lola.

"Vamos a necesitar bastante el whisky más jodido que tengas, de esos que reflejan la negrura de la condición humana", dijo.

Lola sonrió, mirándolos con un brillo travieso en los ojos. "Los voy a poner en una competencia de bebida, ¿Qué les parece?"

Mike se rió. "¡Perfecto!" Se volteó hacia Joanna. "¿Qué dices? ¿Crees que puedes desarmarme bebiendo?"

Joanna miró de arriba abajo la impresionante masa de Mike. Él fácilmente duplicaba su peso, y después de dos grandes whiskies, no parecía que pudiera sentir sus efectos en absoluto. Joanna, por otro lado, se estaba empezando a sentir un poco borrosa y burbujeante en los bordes.

"Por supuesto, la apuesta es: el ganador obtiene un beso del perdedor".

La ceja derecha de él se elevó completamente, pero su hoyuelo lucía muy complacido. Le mostró los pulgares arriba a Lola, y una bandeja de tragos llenos de color ámbar se materializó sobre la mesa delante de ellos.

El primer trago bajó sin problemas. El segundo y tercero fueron un poco más difíciles de pasar. El mundo se tambaleó después del sexto. Ella levantó la vista de sus tragos para ver que Mike ya se había bebido todos los suyos. Doce tragos bebidos y parecía que estaba respirando con dificultad. *Santo Dios de mierda, está lo suficientemente ebrio para estar muerto.* El estupor de su borrachera se centraba en una cosa: ese maldito hoyuelo se veía tan bueno para lamerlo.

"He ganadoooooo," dijo ella, con su voz ebria arrastrando la segunda palabra.

"Cariño, he acabado de beberme... ese montón de tragos", los dedos de su mano subían y bajaban mientras intentaba representar un doce usando diez dedos. Parecía una tarea muy difícil, y

Joanna no le envidiaba. "Yo... definitivamente... más que definitivamente... he ganado".

"No, no," dijo ella. "Yo gané. El perdedor puede besar al otro. Yo gané".

"Pero..." su cerebro iba muy lento.

"Es momento de... acción decisiva," murmuró, la barrera entre su monólogo interno y externo se derrumbaba mientras jalaba la mano de Mike y lo hacía levantarse. "¡Hey! ¡Hey! ¡Lola!" Gritó. Lola apareció a su lado, mirándolos preocupada.

"¿Estarás bien con él, cariño? Les llamaré un taxi", dijo Lola.

"¡No, no, no!" Joanna sacudió la cabeza y lamentó el movimiento mientras el espacio giraba en direcciones inesperadas. "El cuarto de atrás. Dijiste que había un cuarto de atrás. Lo necesitamos. Para unas cosas". Joanna tenía un plan. No era un gran plan, pero era un plan que iba probar, incluso si la habitación parecía un poco ladeada y el suelo giraba bajo sus pies.

"Está bien, cariño", dijo Lola. Sus trenzas extravagantes se movían y hacían señas con su propio razonamiento mágico. Los condujo a través de un largo pasillo trasero, pasando los cuartos de baño, hasta un letrero de *Sólo Empleados*. Abrió con una llave y los hizo pasar a un pequeño almacén lleno de cajas apiladas contra una pared, y un catre estrecho con montones de almohadas y mantas junto a la otra pared. Una bombilla en el techo colgaba de una cadena de metal, lanzando a la habitación una luz parpadeante.

"Tal vez deberían acostarse quietos por un momento. Yo bajaré a ver cómo siguen en unos minutos. No duden en gritar si necesitan cualquier cosa, niños".

Cerró la puerta y la habitación de repente se sintió muy pequeña. Estaba llena de Mike, cuyo cuerpo inmenso estaba tan cerca que quería arrastrarse dentro de su piel y frotarse todas las partes sensibles contra todos sus bordes. Sus manos desabrocharon su cinturón antes de que su cerebro tuviera un voto.

"Jo..." empezó a decir él, pero luego puso su boca sobre la de ella, con las manos sobre sus pechos, jalándola por la cintura hacia él, recorriéndola con las manos para apretarle el trasero y exprimirle cada lugar tierno en un desesperado y apasionado abrazo. La boca de Joanna se abrió para aceptar su lengua, y sus manos palpaban encima y debajo de su camisa, agarrando su mordible trasero, y deslizando su mano para abrir la parte delantera de su pantalón y frotarle ese pene seductoramente enorme que saltó a su encuentro. *Hola, me alegro de verte también.*

Su pene era impresionantemente grande, ancho y largo. Una gota de líquido pre-seminal brillaba en la punta, que era púrpura con ganas y saltaba un poco mientras ella rodeaba sus dimensiones con los dedos. Apenas pudo envolver su mano alrededor de toda la circunferencia, su boca se secó. No era suficiente con tocarlo. Quería más. Mucho más.

Joanna se puso de rodillas, tirando hacia abajo sus pantalones hasta que le quedaron por los tobillos, y le dio una buena vista a los fuertes muslos gruesos y a unas pantorrillas bien definidas. *¿Había alguna parte de este hombre que no fuera perfecta?* Pasó sus manos a lo largo de las piernas, sonriendo ante su gemido. Al hombre le gustaba ser tocado, eso era seguro. Su último novio se impacientaba, sólo deseaba llegar a las cosas buenas, pero Mike cerraba los ojos, su hoyuelo se hundía más profundo mientras le pasaba las manos por sus piernas, detrás de las rodillas, y frotaba arriba y abajo sus muslos.

Sus muslos eran tan perfectos que no podía resistir pasarles la lengua por el costado interno.

"Oh dioses..." gimió. Se tambaleó sobre sus pies, llegando a apoyarse contra la pared.

"Sin hablar", dijo Joanna, y le mordió en la parte interior del muslo con fuerza suficiente para lastimarlo. Él gimió y comenzó a hablar. *Es momento de una distracción...*

Le agarró el pene y se lo metió completamente en la garganta. Él hizo un ruido ahogado, pero se veía más allá del poder de la palabra. Sabía a... semen. Semen muy sabroso. Llenó su boca; la amplia deslizada sedosa de su miembro a lo largo del costado de sus mejillas y de su lengua se sentía celestial. Completo. Ella levantó la vista, reduciendo a cero el hoyuelo enterrando más y más en su rostro mientras cerraba los ojos y respiraba profundo con éxtasis.

Su mano le agarró el cabello, empujándose más profundo en su boca una y otra vez. Su gemido le vibró a través de todo el cuerpo, un gemido desesperado que sacudió su pene. Él trató de advertirle que lo sacara antes de venirse, pero ella le agarró el trasero con ambas manos y tiró de él hacia el fondo de su garganta mientras él eyaculaba explosivamente una y otra vez. Ella se tragó todo, exaltada en el sentimiento de poder al ver cómo él se perdió en ella. El cayó sobre la cama y ella se sentó sobre sus talones, limpiándose la esquina de la boca con la manga y sintiéndose muy orgullosa de sí misma. Había puesto literalmente de rodillas al enorme hombre.

"Por los dioses, no me había sentido así de bien en mil años," gimió él, acostándose contra la pared.

"Agradezco el cumplido", Joanna sonrió. Alargó la mano para frotarla por su muslo, una agradable sensación de bienestar y satisfacción la calentaba de dentro hacia fuera. Él sonrió, el hoyuelo suspiraba contento.

"Sin exageración. Eso... fue... increíble", su voz arrastraba las palabras. Sus ojos ardían con algo más que la satisfacción sexual. Fue algo intenso y la recorrió como una corriente eléctrica tan fuerte que se preguntó si le dejaría una marca en su piel.

Todo fue tan, *repentino*. Ella. Mike. Él era demasiado. Demasiado guapo, demasiado perfecto. Esa felicidad se sentía como una traición a la memoria de Clarissa. Su satisfacción contradecía el horror del mundo. El alcohol salpicaba alrededor en su cerebro, haciendo un caos alegre de sus emociones, y no estaba segura si estaba a punto de reír maniáticamente o sollozar convulsivamente. Necesitaba alejarse de él. Ahora mismo.

Se arrastró en sus pies y se tambaleó hacia la puerta. Él gritó algo, pero la puerta ya estaba cerrada detrás de ella. Apenas tuvo suficiente capacidad cerebral para esperar el taxi que Lola llamó. Bebió un montón de agua hasta que pudo formar suficientes pensamientos para comenzar a convencerse de que las intensas sensaciones que había sentido momentos atrás eran simplemente delirios de borrachera. Se había tirado a un tipo, y eso era todo. Una mamada en la parte trasera de un bar. No importaba. Nada. Había. Sucedido.

Se montó en el taxi, y rogó para que mañana se creyera lo ocurrido.

***

Mikkel se quejó ligeramente mientras avanzaba por los pasillos fluorescentes iluminados en el edificio de oficinas. Se ajustó las gafas de sol, colocándolas mejor en su rostro, intentando protegerse de la dolorosa luz.

No había estado tan borracho desde época de la Prohibición, pensó con una leve sonrisa al recordarlo. Buenos tiempos.

Sonreír fue un error, se dio cuenta rápidamente, y casi se cae en la oleada de náuseas que le produjo. Apoyándose un momento en la pared, trató de recordar lo que había pasado. El comienzo de la noche todavía estaba bastante claro en su mente, pero su memoria estaba borrosa después del punto en el que Lola les sugirió el estúpido concurso de bebida. Él era un vikingo inmortal, por el amor de los dioses, y Jo bebió casi tanto como él. No había manera de que ella pudiera ponerse en pie hoy. *Por los dioses, ¿Seguiría con vida al menos?*

Su pregunta fue respondida cuando se giró en la esquina hacia la sala de descanso. Ahí estaba Jo, radiante como siempre, charlando con Nick y algunos otros compañeros de trabajo por encima de una humeante taza de café. No sabía en qué momento había cambiado de *Joanna* a *Jo* en su mente, pero *Jo* sonaba mejor, más como *ella*. Ella le sonrió al entrar en la habitación y un flash de recuerdo le hizo sentir como un golpe en el plexo solar.

Jo, sacándole esa misma sonrisa, en la trastienda del bar, pasando sus manos sobre sus muslos, acariciándolos. El recuerdo era como una experiencia extra-corporal a full color y con sonido estéreo. Mikkel volvió en sí mismo, dándose cuenta de que se había quedado de pie en la puerta, inmóvil y callado, por un momento incómodamente largo, probablemente medio erecto. Sacó una sonrisa triunfante, ignorando los golpes en la cabeza y tratando de disimular.

"¿Alguna vez han entrado en algún sitio y se les olvida de inmediato lo que iban a hacer?" *Ugh, sueno como un comediante patético.* Todos soltaron risas obligatorias sobre sus cafés. Sólo Nick miraba entre él y Jo, con el rostro confundido.

Dándose vuelta rápidamente, Mikkel se dirigió a su oficina, apagó las luces y cerró la puerta. *Todo el mundo puede irse al puto infierno hoy,* pensó Mikkel sacando la botella de la aspirinas de su gaveta. Mientras agarraba la botella, recordó cuando agarró a Jo, jalándola hacia él, devorándole la boca con la suya. Ella tenía un sabor a whisky y a lujuria, y recordó dudar de si alguna vez quedaría satisfecho de ella. El recuerdo era algo borroso en los bordes, y a la vez demasiado intenso y demasiado imprevisto *para ser real. ¿Realmente sucedió todo eso, o fue sólo un sueño?*

Recordó inhalar su aroma, lamer y morder todo su cuello. Recordó la forma en que ella gimió su nombre y tiró de su cabello, la forma como se deslizó con lentitud insoportable por su cuerpo. La forma en que lo frotaba; se sentía como si lo fuera a torturar con sus manos por siempre antes de darle esa mordida inesperada. Recordó el gemido que escapó de su cuerpo cuando le clavó los dientes en su carne, mezclando placer con el dolor de una manera que no había sentido en siglos.

Todo volvía a él ahora, la forma en que su cuerpo se movía, lento y fuerte. La respiración de Mikkel se aceleraba al recordar cómo ella le lamió y besó a lo largo de sus muslos internos, a la vez que lo miraba con esos ojos feroces. Le creció su erección ante el recuerdo de ella llevándoselo a la boca, el calor y la suave sensación de su lengua saboreándolo, mientras ahuecaba sus mejillas y tiraba de él más y más profundo.

Un golpe en la puerta *¡Mierda!* Casi derribó su silla al pegar un brinco, levantándose rápido, tirando de la cremallera de sus pantalones y maldiciendo en cinco idiomas - uno de ellos extinto.

"¡Hey Mike!" La voz de Nick sonó a través de la puerta. "¡Necesito a un adulto!"

Mikkel empujó su fantasía a un lado, agarrando una lata de refresco de jengibre de la pequeña nevera al lado de su escritorio. Sostuvo la lata fría contra el exterior de sus pantalones el tiempo suficiente para hiciera el efecto calmante adecuado, maldiciendo tener que presentarse a trabajar hoy. Una vez que estuvo físicamente apropiado para la empresa, abrió la lata y bebió la efervescencia, rezando para que el refresco funcionara como remedio mágico instantáneo contra la resaca.

"¡Ya voy, Nick!! Gritó a través de la puerta.

Mikkel trató de concentrarse en otra cosa aparte del dolor palpitante en su cabeza y lo terriblemente seca que estaba su boca. Caminó alrededor de la oficina con Nick, confirmando los detalles del próximo trabajo y tratando de evitar cualquier cosa que pudiera molestarlo. Se sentía como *ese* tipo de días. Mikkel había aprendido, a través de años de experiencia, que su maldición se encendía más rápido cuando estaba con resaca o con alguna molestia. El recuerdo de los restos carbonizados de un tribunal de La Inquisición que se había encontrado tras una borrachera de una semana en España fue más que suficiente para mantenerlo alerta de factores desencadenantes. Estaba regresando a su oficina cuando oyó la voz de Jo haciendo eco en el pasillo. Se puso tenso por dentro. *Mantén tu mierda quieta.*

"¡Aléjate de mí, fenómeno! No tengo ningún problema en patearte tu asqueroso trasero si intentas molestarme con estas mierdas", dijo Jo.

Mikkel se acercó al lado de Jo, encarando a su oponente. Era Dwayne, por supuesto, actuando como un marinero en un burdel. "Lárgate, Dwayne". Bramó Mikkel, poniendo un brazo alrededor de la cintura de Jo.

"Ahh... Ya veo cómo es la cosa", se quejó Dwayne. "Ten cuidado, Señorita Cosita. Este Mike es la bicicleta de la empresa. Y tú, querida, eres sólo el sabor de la semana". La mano de Mikkel se apretó alrededor de la cintura de Jo.

"Gracias por los clichés y los manoseos, muchachos", dijo Jo, saliendo del agarre de Mikkel. Él no quiso sobre-analizar su repentina desolación cuando ella dejó de tocarlo. "Pero a diferencia de ustedes, pendejos, yo tengo trabajo que hacer".

Apartó a Dwayne de su camino y avanzó pesadamente por el pasillo.

Mikkel empujó Dwayne contra la pared, dejando a su brazo atrapado contra los paneles de yeso. Sintió como la ira se elevaba ardiendo en sus venas. Sabía que necesitaba calmarse antes de que fuera demasiado tarde, pero no podía parar.

"Mantente. Bien. Lejos. De Ella". Se las arregló para soltar el mensaje entre una oleada de ira, resistiendo el impulso de borrar la sonrisa de la cara de Dwayne con un puñetazo. Tenía una cara muy apropiada para los golpes. Soltó su agarre del cuello de Dwayne, dejándole una mirada de advertencia antes de correr para alcanzar a Jo. Se puso casi a su lado, pero ella no volteó a mirarlo.

"Hey, vamos, ¡Espera!" le dijo.

Jo se dio la vuelta y le dio un toque a Mikkel en el pecho. "No", sus ojos brillaron con furia: "No creas que te pertenezco. No eres mi novio, ni mi protector, ni mi jefe. Puedo cuidarme por mí misma".

Mikkel se puso delante de ella antes de que pudiera avanzar, arrinconándola en el pequeño recodo del pasillo. *Por Odinson, su aroma era increíble.* Quería devorarla de la misma forma en que ella lo devoró. Quería enterrar su cara entre sus piernas y lamer su humedad hasta que ella gritara su nombre. Resistiendo la tentación de extender la mano y tocar su mejilla, Mikkel miró directamente a los ojos furiosos.

"Cena conmigo esta noche". Su voz salió tan suave, que se sorprendió a sí mismo.

Jo lo miró, dudando un segundo antes de pasarle a un lado y hacer una rápida retirada por el pasillo.

"En tus sueños", le espetó.

Mikkel había tratado de mantener la calma durante todo el día. Tener que trabajar con una resaca asesina era una cosa, recibir la burla de un gusano era otra, pero ser rechazado por la mujer a la que deseaba más que a nadie en siglos... era más de lo que podía manejar. La furia burbujeaba dentro de él, una familiar quemadura empezando en la base de la columna vertebral y elevándose como un remolino, un huracán ardiendo en sus entrañas, y moviéndose con una fuerza imparable hacia la cima de cada terminación nerviosa. Necesitaba largarse de allí. *Ya.*

Corriendo a toda velocidad, Mikkel ignoró las llamadas preocupadas de Nick y de sus otros compañeros de trabajo. Él estaba feliz de dejarles pensar que estaba actuando de manera poco profesional, siempre y cuando él no perdiera el control y los matara a todos. Buscó en su bolsillo las llaves. *Mierda, están en mi oficina.* Estaba demasiado lejos. No podría llegar hasta la oficina, volver al garaje, y finalmente, salir a un lugar desierto y seguro a tiempo. *A la mierda.*

Saliendo disparado por la puerta del garaje, se metió en el primer auto de fácil acceso que vio: el convertible rojo de Dwayne con la capota bajada. Mikkel rompió la consola bajo el volante y encontró los cables conectados en la secuencia de encendido. *La próxima vez no seas tan idiota, Dwayne. Entonces te podrán pasar cosas bonitas.* El convertible rugió con vida y él salió a toda velocidad. No lo había pensado. No podía pensar. Condujo por instinto, cada vuelta a la izquierda y a la derecha seguía algún antiguo instinto de seguridad que *estaba allí.*

Las ruedas del convertible chirriaron en protesta mientras él cruzaba volando una luz roja y aceleraba en torno a una curva cerrada, evitando por poco un choque entre varios coches. Se recordó a sí mismo que un accidente de esa magnitud era nada comparado con lo que pasaría si no se alejaba de la gente a tiempo. El mundo moderno estaba demasiado lleno de materiales combustibles.

Se desvió hacia un estacionamiento vacío, abandonado salvo por un oxidado carrito de compras dejado a su lado. Mikkel metió el coche en el parque y saltó, corriendo tan rápido como pudo hacia el rincón más aislado del estacionamiento de asfalto. La intensidad en espiral de la rabia era un peso caliente de lava fundida empujando para escapar de sus límites. Era demasiado. Se dejó caer de rodillas, gritando de dolor mientras su carne se encendía en fuego. Cada pulgada de su piel estalló en llamas mientras él se quemaba fuertemente; su bola de fuego destruía todo en un radio de 30 metros.

Todo lo que Mikkel podía sentir eran gritos. Cada terminación nerviosa clamaba en aguda agonía, cada pulgada de su piel se fundía, dejándolo en una pesadilla de ardor. Abrió la boca para gritar, pero sólo salieron llamas disparadas. El asfalto bajo sus pies burbujeaba y se fundía, cubriendo su piel con alquitrán negro sofocante. Nadie le podía ayudar. Ni él podía ayudarse.

Después de lo que pareció una eternidad, las llamas se calmaron y Mikkel tranquilamente salió del asfalto derretido. Su cuerpo se veía completo, pero aún podía sentir la sombra persistente del dolor de quemarse vivo. Sus ropas se habían reducido a cenizas y estaba completamente desnudo, cubierto de hollín y grava, en un estacionamiento abandonado, con un auto robado destruido.

"Bueno, eso algo nuevo, ¡Eso te lo reconozco!" Soltó una voz desde el otro lado del estacionamiento. "Casi incineras el bar. Pero, para ser justos, eso es bastante estándar para un día entre semana".

Mikkel observó con incredulidad como se aproximaba Lola. Parecía estar completamente sorprendida por lo que acababa de ver. Sus trenzas lucían enormes bucles como orejas de gato por encima de su cabeza, y su camiseta tenía escrito "Como cerebros zombis." Sus ojos recorrían el cuerpo desnudo y sucio de Mikkel, su cabeza se inclinaba ligeramente hacia un lado mientras ella obviamente disfrutaba el espectáculo.

Lola infló una gran burbuja de goma mascar de color rosa, y le entregó un bolso de mano con las palabras *Correr es para mamones - Cura para el*

Cáncer – Maratón de Bebida 2013 borrosamente impresas en la parte delantera.

"Linda bola de fuego", dijo, "podría nombrar a una de nuestras bebidas más peligrosas en homenaje a ti".

"¿Qué es esto?" Preguntó Mikkel con sospecha, tomando la bolsa. Miró dentro y vio unos jeans, una camisa de cuadros abotonada, y un par de botas.

"No es que me queje", la mirada de Lola se detuvo en los huesos de sus caderas bien definidas, "pero sin camisa, ni zapatos, ya tu sabes..." Señaló sobre su hombro en dirección al letrero del bar AUDREY'S que él no había notado mientras conducía. O bien, él inconscientemente había vuelto sobre sus pasos de la noche anterior, o algo más de lo que él pensaba estaba sucediendo en su bar local favorito. En cuanto a la expresión imperturbable de Lola, él sospechaba que la segunda.

"Parece que te vendría bien un trago", dijo ella.

"¿Y el Papa es Católico?" contestó él, deslizando sus piernas en los pantalones vaqueros. Le quedaban un poco apretados, pero él no estaba con ánimos para quejarse por la ayuda. "¿No estabas atendiendo anoche en el bar?" Trató de abotonarse la camisa, pero no alcanzó a cerrarla por encima de su pecho musculoso, por lo que la dejó abierta ondeando con el viento.

"Tengo que decirte que me sorprende que recuerdes algo de anoche. No he visto a gente beber así desde..." Hizo una pausa, frunciendo el ceño, "bueno... no necesitas oír esa historia".

Mikkel y Lola caminaron por el estacionamiento en amigable silencio. Cuando se acercaron a la puerta, Mikkel no pudo dejar de preguntar, "¿Lola?"

"¿Sí cariño?" Su expresión lucía demasiado inocente.

"¿Cómo es que no pareces ni un poco extrañada por todo esto? ¿Por qué reaccionas ante un hombre en llamas entregándole unas ropas?

Lola sonrió, sus ojos destellaron en un verde brillante por un segundo antes de volver a su violeta normal. "Digamos que AUDREY'S sirve a una clientela extraña en su mayoría".

Ella esperó una réplica. La expresión de Mikkel cambió de confusa a resignada. *Por supuesto*, su bar favorito era un bar sobrenatural. *La vida puede ser tan simple, ¿No es así?*

"Nuestros clientes cambian de ropa más rápido de lo que te imaginas. Los que se transforman sólo destruyen un par trajes a la semana, y no me hagas hablar de los vampiros. Los desgraciados aparecen como una nube de humo y piensan que pueden apostar con bolsas de tipo O negativo". Lola siguió conversando sobre sus clientes habituales mientras se abrían camino hacia el cuarto trasero.

Ahora que estaba sobrio, Mikkel sonrió al reconocer algunos de los elementos apilados en los estantes: cestas de huesos crudos para los que se transformaban en lobos, neveras de vino transparentes llenas de las bolsas de sangre colgantes de los vampiros, y filas y filas cuidadosamente apiladas de ropa unisex en casi todos los tamaños. La puerta más cercana a la entrada trasera estaba marcada 'vestuario', con la imagen de un hombre de caricatura que se convertía en un león de caricatura. La puerta estaba entreabierta y Mikkel pudo ver hileras de casilleros con nombres garabateados en la parte frontal de cada uno. Esperaba sinceramente que los casilleros fueran para el almacenamiento de ropa personalizada, en lugar de tener escrito el nombre de la merienda secuestrada en su interior.

Lola, por su parte, seguía hablando, contando historias sobre algunos de sus clientes más interesantes. Una historia particularmente hilarante que trataba de un duende y un pato los tenía riendo histéricamente cuando Lola abrió la última puerta hacia el bar principal.

La risa de Mikkel se detuvo de inmediato y su corazón saltó. Jo estaba en el bar, bebiendo un vaso de whisky lleno de cerezas y dándole una mirada sospechosa con una sola ceja levantada.

"¿Un traguito?" Ella ofreció, entregándole la copa. Su mirada, aparentemente en contra de su voluntad, recorrió de arriba abajo el pecho desnudo que él mostraba. Se lamió los labios y él sintió el movimiento en sus pantalones.

Mikkel envolvió su mano grande alrededor de la de Jo, inclinando sus labios en el vaso que le ofrecía. Mantuvo el contacto visual cuando colocó su boca sobre el vaso, justo donde ella había dejado las huellas de sus labios. Su expresión abrasadora la retaba a no parpadear. El pulso de Jo se aceleró en su muñeca, aumentando por su contacto.

Bebió lentamente, sintiendo crecer el calor entre ellos con un fuego tan intenso como el que acababa de despedir en medio del estacionamiento.

Mikkel soltó el vaso y a Jo, y se sentó en el taburete a su lado. Luchó con su cerebro buscando las palabras. Mil años de experiencia con las mujeres y todo lo que podía pensar era decirle la verdad. *Si no te tengo, podría morir.* Esos mismos mil años de experiencia le dijeron que debía decir tal cosa.

"La combinación entre tú, yo, y el whisky es un poco peligrosa, ¿No crees?" bromeó Jo con una sonrisa socarrona. Esa sonrisa hizo a Mikkel cruzar sus piernas para ocultar la enorme carpa formándose en sus pantalones.

"Podría conducir a un mal comportamiento. Probablemente deberíamos salir de aquí". Ella se puso de pie, dándole una mirada significativa a Lola y apretando con una mano el interior del muslo de Mikkel.

"Oh, es todo tuyo, cariño", Lola rió de ante el gesto posesivo de Jo, agitando un trapo de la barra en su dirección. "El whisky va por la casa".

Mikkel no necesitó más estímulo. Con un gruñido, levantó fácilmente a Jo en sus brazos y corrió con ella a través de la puerta de entrada a la calle.

"A tu casa. Yo conduzco", dijo ella, mirándolo hambrienta a través de sus pestañas. *Eso sí era una verdadera mirada de pin-up sensual.* Su expresión le atravesaba como un incendio repentino. Ella señaló hacia su Pinto, se salió de sus brazos para abrir la puerta y deslizarse en el asiento del conductor.

La casa de Mikkel estaba a quince minutos del bar, y él sabía que no sería capaz de resistirse a Jo por tanto tiempo. Todo en ella, desde sus ojos de fuego hasta su cabello puntiagudo, lo atraían con una ferocidad que no recordaba haber sentido desde hace siglos. Miró fijamente a través del parabrisas delantero, dándole indicaciones del camino mientras su mano se deslizaba por el costado de su cuerpo, acariciándola y masajeando la piel sensible detrás de su oreja, su cuello esbelto, su apretado estómago y sus muslos. Los ojos de Jo se estrecharon en irritación por la distracción, pero Mikkel podía ver cómo su respiración se entrecortaba y sus mejillas se sonrojaban.

Tan lentamente como pudo, deslizó la mano desde su rodilla hasta su muslo, y finalmente dentro de su falda hacia la humedad entre sus piernas. Como si lo incitara a continuar, Jo abrió lentamente sus piernas y se movió hacia su mano. Estaba resbaladiza y lista para él. Incapaz de resistirse,

Mikkel apartó sus bragas mojadas un lado y masajeó sus pliegues, presionando firmemente contra su clítoris con el pulgar.

Jo respondió con una inhalación brusca y apretó con fuerza el acelerador. El camino fuera de la ventana se tornaba borroso mientras Mikkel aumentaba la presión y la velocidad, finalmente introduciendo un dedo dentro de su cálida humedad.

"¡Joder!" Gritó, evadiendo un Civic particularmente lento frente a ellos. Su respiración se aceleró, sus pechos llenos subiendo y bajando, luchaban contra su camiseta mientras movía sus caderas contra la mano. Mikkel sabía que ella quería más, tanto como él. Añadió un segundo dedo, yendo dentro y fuera, más rápido y más rápido de nuevo, con el pulgar todavía frotando su clítoris.

Su voz sonaba sorprendentemente tranquila cuando le dio el último conjunto de direcciones hasta su casa. Ella asintió en silencio, luchando contra las restricciones del cinturón de seguridad apretándole el pecho. Mikkel se inclinó y sustituyó el pulgar con la lengua, lamiendo su clítoris mientras sus dedos seguían empujando dentro de ella. Cuando se detuvieron en el camino de entrada, ella dejó escapar un grito, acabando en la boca abierta de Mikkel, pisando de golpe los frenos e introduciendo el auto en el estacionamiento. Se vino con fuerza, sacudiéndose y gritando mientras sus dedos se enredaban el cabello de Mikkel y lo presionaba con fuerza sobre su clítoris.

"¡Así! ¡Sí, Mike! ¡No pares!

Incluso cuando ella acabó con su orgasmo, Mikkel supo que esto no sería suficiente para ninguno de los dos. Saltó fuera del coche, corriendo hacia el lado del conductor para sacar a Jo, devorando su boca con la suya, y dejando que se saboreara misma en sus labios. Sus dientes chocaban, sus lenguas se acariciaban mientras la arrastraba con él hacia la puerta, ni una sola vez rompieron el contacto mientras él sacaba sus llaves y abría.

Se estrellaron contra la alfombra del vestíbulo, rasgándose la ropa el uno al otro. La falda de Jo ya estaba descartada, y ella había arrancado la camisa prestada de Mikkel de forma que su cuerpo gozaba de la atención de ella, quien con avidez dirigió la pasión hacia los pantalones, bajando el cierre y dejando su pene crecido al descubierto.

Mikkel dejó escapar un gemido cuando fue liberado, inclinando la cabeza hacia atrás en éxtasis mientras esta increíble mujer le arrancaba la ropa como si estuviera muriéndose de hambre por su carne desnuda. Él la colocó en el piso sobre su espalda, montándosele encima, ahora completamente desnudo. Le arrancó lo que quedaba de su ropa, rasgando la tela y chupando con avidez sus pezones duros como piedras. Ella levantó su cuerpo contra él, tratando de jalarlo más cerca.

Resistiendo la tentación de sumergirse en ella inmediatamente, la sujetó, tomándose el tiempo en darle atención a sus pechos, masajeándolos, rodeando los brotes rosados de sus pezones bajo sus dedos y besándola a lo largo de su estrecho torso. Poco a poco se abrió paso por su cuerpo de nuevo, lamiendo su estómago firme y su tenue contorno de abdominales definidos. Lamió arriba y abajo los surcos musculosos, disfrutando la forma en que ella se retorcía y gemía ante su toque.

La boca de él se abrió paso hasta el calor entre sus piernas y empezó a chupar y acariciar, lamiendo con la lengua. Todavía estaba cálida y húmeda por sus atenciones en el auto; él podría darse un festín con ella toda la noche. Jo pasó sus dedos por el rubio cabello corto, mientras él trabajaba entre sus piernas, inclinando la cabeza hacia atrás, buscando aliento entre los gemidos. Jaló su cabello y lo trajo de vuelta hacia su boca, besándolo con avidez mientras sus manos le recorrían su torso musculoso.

"Ya". Le ordenó ella, envolviendo su duro miembro con una mano y conduciéndolo hacia ella. "Te quiero dentro de mí. *Ya*".

"Como tú digas," sonrió él sobre su boca, atrapando sus labios con hambrienta urgencia mientras se introducía en ella. La boca de ella ahogó su grito mientras recibía toda su extensión de una sola vez. Mikkel se sintió como en casa, *completo,* al estar dentro de ella. Se perdió en su suavidad aterciopelada mientras se impulsaba adentro y afuera. Ella emparejó su empuje e inclinó las caderas para tirar de él más profundo, jadeando con entusiasmo y esfuerzo.

Se movían juntos rítmicamente, emparejando fácilmente la marcha, con las manos explorando la geografía del cuerpo del otro. Mikkel aumentó la velocidad de sus golpes, provocando un fuerte gemido de Jo, respirando con dificultad mientras se movía dentro de ella. Tocando hacia abajo, él puso su mano donde se unían los cuerpos y comenzó a frotar el clítoris de Joanna al ritmo de sus caderas. Jo se agarró con fuerza a los hombros de Mikkel y gritó su nombre mientras acababa, apretando sus paredes internas. Era demasiado para él, y le acabó justo después, colapsando en una masa sudorosa a su lado.

"¿Qué te parece mi casa?" Preguntó él, señalando alrededor del vestíbulo antes de atraerla hacia él.

"¡Qué hermosa casa que tiene, Sr. Eld!" Murmuró Jo antes de caer dormida en sus brazos.

***

La concentración no se manifestaba en el trabajo al día siguiente. Joanna sabía que se suponía que debía estar haciendo los cálculos finales para la demolición. Iban a demoler el edificio esa tarde, y había cincuenta y siete tareas por hacer, doce llamadas pendientes, diez pautas de seguridad y cinco listas de chequeo para repasar. Ben y Mike - su piel se estremecía de sólo pensar su nombre – trabajaban muy organizadamente, y hasta ahora ese trabajo había sido, profesionalmente hablando, uno de los más suaves del último año. No tenía dudas de que el trabajo se realizaría a la perfección, y que en pocas horas ese edificio en ruinas se derrumbaría limpiamente, dándole paso a una nueva estructura y a una nueva vida. Por lo general, el último día en el trabajo era su favorito, pero hoy se mantenía distraída con el dolor en sus piernas producto de la gimnasia con Mike durante la noche anterior. La primera ronda en el pasillo había llevado a la segunda ronda tres metros más allá, a centímetros del sofá, lo cual llevó a la tercera ronda – en diez segundos – sobre la cama. El ligero dolor entre sus piernas le recordaba cada glorioso paso que tomó para llegar hasta allí.

Volver su atención a las asignaciones no ayudaba tampoco. Cada vez que empezaba a buscar un poste duro empujando hacia arriba en las profundidades del edificio, su mente seguía pensando en las manos fuertes sosteniendo sus caderas, los vigorosos empujes clavándola sobre el suelo, la exquisita sensación de sus labios sobre su piel.

"¿Hola? ¿Joanna? ¿Estás allí?" Nick había estado hablándole durante los últimos minutos y ni siquiera se había percatado. Se volteó hacia él, esperando que su rostro no se viera tan culpable y distraído como ella se sentía.

"Lo siento, estaba pensando en... unos cálculos," dijo. Cálculos que no sólo incluían la cantidad de pasos que le tomarían llegar al segundo piso, donde Mike estaba haciendo su ronda de últimas revisiones. También estaban los cálculos de cuánto tiempo tardarían en rasgarse la ropa. O los cálculos de cuánto tiempo tendrían para disfrutar entre las rondas de seguridad.

"Ajá", sonaba dudoso. "Conozco esa mirada. Esa es la mirada de 'Necesito tirar con Mike'".

"¡No!" Dijo Joanna rápidamente. *Demasiado rápido*. Podía sentir el rubor en sus mejillas como un par de faros. "Este es el último día. Te aseguro sólo estoy pensando en el trabajo. Y puedes decirle lo mismo a tu esposo, el jefe".

"A nadie le agradan los soplones". No le digo a Ben nada más de lo que tiene que saber". Le echó un ligero vistazo al portapapeles que ella tenía en sus manos y le hizo un gesto con éste apuntando a la segunda planta. "Y si tienes una picazón que necesitas rascar antes de poder terminar las revisiones, entonces ve a hacer lo que tengas que hacer".

"Eso es..." Ella sabía lo que se suponía que debía decir. Debería discutir con él, insistir en que era una profesional, decirle que nada estaba pasando, y que ella tomaba muy en serio su trabajo para arriesgarlo por un polvo rápido en una esquina. Pero entonces su cerebro imaginó al que estaba allá arriba, y toda la lógica se hizo añicos. Su imagen de lo que le estaba esperando era demasiado intensa. Un rincón polvoriento, ella de rodillas con Mike empujándole detrás, el golpe de sus testículos contra ella mientras la fricción hacía crecer y crecer su explosión mutua.

La sonrisa de Nick era *demasiado* conocedora. "Hay algo en las detonaciones masivas que nos pone a todos un poco al borde. De hecho, te ayudaré incluso. Podría ser capaz de mantener al jefe ocupado por un tiempo, lo cual debería retrasar los últimos chequeos de seguridad un poquito".

"¿Harías eso?" Su fantasía ya saltaba por delante, mentalizándose las posibilidades. Mike estaba acostado sobre su espalda, sin camisa, mientras ella lamía la línea entre sus pectorales y sus abdominales definidos, guiándole su pene contra su humedad mientras se lo endurecía. Mike empujando rudamente para introducirse en ella mientras sus uñas le recorrían por su pecho.

"Cariño, el jefe es mi esposo," contestó Nick, colocando el portapapeles en su cadera. "Si no pudiera mantenerlo ocupado y distraído por una hora o dos, no celebraríamos nuestro quinto aniversario el próximo mes".

"¡Gracias! ¡Te debo una!" Sus pies estaban ya casi corriendo hacia las escaleras. Saber que iba a ver a Mike en pocos minutos hacía que sus pies subieran más rápido de lo normal. Era una mujer con necesidades, demonios, y cualquiera que se interpusiera en su camino de satisfacer esas necesidades obtendría un ojo morado.

"Señorita Baltz, ¿A dónde va su lindo culito?" Dwight se apoyaba en una columna. No se veía bien. Su piel generalmente pastosa tenía una palidez brillante adicional como de pez muerto. El estómago de Joanna se contrajo ¿Justo cuando estaba a punto de ir a ver a Mike, tenía que cruzarse con este imbécil?

"No te incumbe ¿Te gusta ser paralizado?" La pistola paralizadora estaba en el bolsillo superior de su bolso para un fácil alcance. Casi la tenía en la mano cuando Dwayne saltó hacia adelante con toda la energía enloquecida de un perro rabioso y le arrancó el bolso de su brazo. Ella gritó de dolor, la fuerza del tirón la sacó de balance.

"¿No sabes que las perras no deberían morder?" Él paseaba alrededor, y sus ojos no la miraban del todo, sino que exploraban la habitación vacía. El miedo de Joanna aumentó. Algo andaba muy *mal* allí. "Deberían hacer lo que se les dice. No andar con juguetes. Los juguetes son para los chicos. Las perras andan con muñecas. Muñecas bonitas. Muñecas de puta".

Joanna empezó a correr, pero el terreno era irregular. Apenas había dado cuatro pasos cuando Dwayne estaba encima de ella, cubriéndole la boca con un trapo. Luchó, pero el olor de él, y su pesadez, la tumbó en el suelo sucio. Intentó voltearse para morderlo, golpearlo, arañarlo, sacárselo de encima, pero le tenía el codo cerrado alrededor de su cuello, obligándola a levantar la cabeza en un ángulo antinatural. El trapo le cubrió el rostro, cegándola, y ahogándola.

"¿Te gusta mi nueva colonia?" Su risa no era de alguien cuerdo. Era demasiado grande, demasiado rápido. "A todas las niñas les gusta". Trató de contener la respiración, pero sus brazos eran fuertes, y la sujetaron hasta que se vio obligada a respirar profundo. "Se llama cloroformo".

***

Mikkel silbaba alegremente mientras caminaba alrededor de la oficina. Tenía una mujer muy ardiente, un café bastante helado, y hoy podría demoler algo. Después de todo, la vida era bastante buena. La oficina era un hervidero de planes a última hora y revisiones para asegurar una demolición sin problemas, y Mikkel flotaba de reunión en reunión entre una neblina feliz.

"¡Hey, Mike!" Le gritó Nick, agitando su mano hacia atrás y hacia delante frente a la cara de Mikkel. "La-La Landia - Población: Mike. ¿Has escuchado algo de lo que he dicho?" Le regañó.

"Nick, sabes que tengo una estricta política de no escucharte", bromeó Mikkel. "Siempre y cuando todo sea para avanzar en este trabajo, soy un campista feliz", dijo sonriente.

"¿Campista feliz?" Nick estaba boquiabierto de incredulidad. "Wow, nunca te había visto así. Estás muy contento. No me agrada." Le sonrió ampliamente. "¡Compártelo con la clase! ¡Los secretos son divertidos!" Le dijo Nick en tono burlón, sacudiendo a Mikkel por el hombro con entusiasmo.

Mikkel trató de usar su cara de póquer, tratando de congelar sus músculos faciales en una máscara de aburrimiento desinteresada, pero no pudo evitar sonreír tontamente. "¿Qué? Estoy de buen humor sin ninguna razón específica", dijo sonriendo.

"Ay, por favor, no te hagas el tímido conmigo. Joanna estaba prácticamente gimiendo tu nombre allá en el sitio de demolición", él levantó una ceja con picardía. "Me tomó casi toda mi *considerable* habilidad distraer al señor jefe, si sabes lo que me refiero, para que tú y Jo Jo pudieran gozar en algún edificio unas horas antes de la demolición", apuntó con el bolígrafo a la cara de Mikkel, acusadoramente. "De nada, por cierto. Lo que sea por sacarles la locura a ustedes niños, supongo... "

"¿De qué carajos estás hablando?" Preguntó Mikkel.

"¿Ah sí? Ella ni siquiera tuvo que decirme que tú eras el que la tenía toda caliente y distraída; ¡Estaba adivinando! Nick chocó los cinco de con una mano con la otra. "¡Auto-chocada! He ganado otra emocionante ronda de "¿A quién se está tirando

Mike? El campeón mundial, ¡Justo aquí!" Señaló tontamente con los dos pulgares hacia su pecho.

"Nick, yo no estuve en el sitio de demolición hoy. He estado en la oficina toda la mañana".

"Está bien, claaaaaaro", respondió Nick con un guiño exagerado. "Hablando en serio ahora, ¿Puedes decirle a tu amiguita que su evaluación final de la estrategia de demolición de hoy se necesita desde hace horas? Volaremos esa cosa en una hora y media, con o sin su presencia. He estado buscando a esa descarada durante un buen rato, pero no la encuentro por ningún lado. Por supuesto, no había buscado en *tú oficina*..."

"¿No regresó del sitio con alguien más? ¿Cuándo fue la última vez que la viste?" Preguntó Mikkel, repentinamente serio.

"Si tú no estabas allí... Le dije que podía ir por un poco de diversión – de nuevo; no me agradezcas - y la vi dirigirse hacia el segundo piso, donde *pensé* que tú estarías. Escuché algunos... digamos, ¿Sonidos de percusión? Eso me sugirió que te había encontrado. "Nick consultó una pila de papeles sujetos en el portapapeles que cargaba. "Parece que la única otra persona cuyo paradero es desconocido, es Dwayne". Agitó la mano con desdén.

"Pero él probablemente estará masturbándose con gatitos decapitados o algo así, y no se ha manifestado hasta ahora".

Mierda. Mantén la calma, mantente tranquilo. Es totalmente posible Dwayne, como la sabandija inútil que es, tenga una razón totalmente legítima para pasar un rato en el sitio del edificio que estamos por demoler en unas horas. El corazón de Mikkel se aceleró hasta niveles poco saludables mientras consideraba lo que ese idiota grasiento le haría a Jo si la tenía a solas. *Por supuesto,* sonrió, *¿Quién sabe lo que Jo haría con él si éste comienza con algo?*

Mikkel se disculpó y salió de la oficina rumbo al sitio. Se desvió a través del tráfico, tratando activamente de no preocuparse demasiado. *Jo se puede cuidar por sí misma. Dwayne es sólo una pequeña mierda que disfruta molestando a la gente. Esto va a estar bien.*

Sacó su teléfono celular mientras corría, tratando de llamar a Jo, luego a Dwayne. "Sin señal", le mostraba burlonamente su teléfono.

Mierda. Se paró en seco al lado del Pinto vacío de Jo, estacionado en el perímetro que habían establecido alrededor del sitio de la demolición.

Maldiciendo para sus adentros, Mikkel saltó del auto y se dirigió adentro del área designada como "Zona Insegura". Toda esta zona estaba a punto de ser volada en pedazos, miró su reloj, en alrededor de una hora; y ambos, Dwayne y Jo lo sabían.

Saltó sobre una pila de bloques de hormigón y se detuvo de repente, casi cayéndose al percatarse del temblor. Una de las pruebas finales del edificio, única para el equipo de Demoliciones Firewall, era una máquina que enviaba ondas de choque a través del edificio para probar los puntos de presión. Hizo temblar el yeso en el techo y todas las capas todo el suelo con un polvo fino. Debería haber sido bastante perturbador, pero un par de huellas demasiado visibles mostraba que aún había personas en el sitio. Mikkel frunció el ceño mientras examinaba las marcas en el suelo. Huellas de un par de botas – pequeñas para un hombre - acompañadas por algo siendo arrastrado. Eso no auguraba nada bueno. *Maldito Dwayne.*

Siguiendo las huellas lo más silenciosamente posible, Mikkel entró en el edificio que estaba por ser destruido. La estructura estaba a oscuras, ya que la mayoría de los accesorios de cableado y luz eléctrica habían sido removidos, y vendidos o reciclados. La única luz provenía de afuera, entrando por los agujeros de ventanas vacías. No había suficiente luz para ver las huellas, pero Mikkel sabía exactamente a dónde se la había llevado el hijo de puta.

El sitio favorito de Dwayne: la columna de soporte principal. Tan fuerte y céntrica que habían tenido que colocarle cargas adicionales para asegurarse de que todo se derrumbaría. Era la mayor cantidad de C4 que habían utilizado alguna vez en un sólo lugar para un trabajo, y los chicos al regresar a la oficina estaban especialmente emocionados por ver el nivel de destrucción que esto causaría. Dwayne había mencionado la zona más de una vez, de manera tan fanática y ávida, que hizo sentir a todos un poco incómodos. Si Dwayne tenía algo planeado, sería cerca de esa columna.

Mikkel corrió al sitio, el sudor goteaba sobre sus ojos mientras saltaba sobre los trozos torcidos de barras de refuerzo y bolsas de basura abandonadas. Al doblar la última esquina, se agachó en silencio detrás de una pila de bloques de hormigón rotos, deteniéndose para evaluar la situación. Entre todo lo que se había imaginado, esto era peor.

"Te crees mucho mejor que todo el mundo, ¿No es así, perra?" Los ojos de Mikkel fueron a la pistola primero. Dwayne deambulaba de un lado a otro a través del pequeño espacio como una criatura enjaulada, agitando una pistola, soltando un monólogo a lo que parecía ser una Jo inconsciente.

Jo estaba atada a la columna de soporte principal con lo que parecían unas 50 bandas alambre plastificado. Su cabeza caía hacia adelante, todo su cuerpo yacía inerte contra las ataduras. Mikkel apretó sus manos en puños, ardiendo como un leño ante la idea de Dwayne tocándola. Le tomó cada fragmento de su autocontrol para no saltar y golpear la cabeza del insecto contra el pavimento. *Hay que esperar el momento oportuno*, le dijo a sus puños temblorosos. Ahogó un gruñido, esperando el segundo en que Dwayne le diera la espalda a su escondite.

"¿Crees que puedes electrocutarme frente a todo el mundo? ¿A MÍ? ¿Delante de todo el mundo? *Todos* se reían de mí. Todos se ríen de mí", Dwayne estaba prácticamente echando espuma por la boca mientras se paseaba, gritando como un demente. "Vamos a ver cuánto se ríen cuando te vuele tu escuálido culo en mil pedazos ¡Un último resplandor de gloria!" Jo comenzó a moverse y Dwayne avanzó hacia ella, empujándole la pistola contra la garganta, con fuerza. "Levántate, levántate, perra ¿Lista para morir conmigo?"

Mikkel sintió la sensación de ese conocido ardor trepando por su cuero cabelludo *¡Controlarlo! ¡Estás rodeado de explosivos, idiota!* Dwayne le dio la espalda por un segundo. Mikkel saltó sin esfuerzo sobre la pila de concreto y le pateó las piernas, tumbándolo con un sólo movimiento. Dwayne cayó con fuerza, golpeando su cabeza contra el suelo de piedra. Permaneció inmóvil. Mikkel pateó el arma de la mano de Dwayne, enviándola hacia una esquina. Sacó un cuchillo del bolsillo y cortó las bridas que sujetaban a Jo de la columna.

Lucía aturdida, todavía procesando su entorno, pero una vez que tuvo las manos desatadas, aceptó fácilmente el cuchillo que le entregaban. Él miró su reloj. Tenían menos de veinte minutos para salir de allí antes de que el edificio fuera reducido a polvo.

"¡Hijo de puta!" Gritó Jo, cortando las bridas finales alrededor de sus piernas. "¡Maldito loco de mierda!" Exclamaba pateando al inconsciente Dwayne.

Mikkel cayó al suelo; la sensación en sus huesos evolucionó a una creciente sensación de lava fundida. Incluso con Dwayne vencido, no había vuelta atrás, había llegado muy lejos. Aullaba y el dolor crecía en una ardiente agonía, abrumando sus sentidos.

Jo se volteó de patear Dwayne, sus ojos se abrieron con sorpresa al ver como el cuerpo de Mikkel brillaba rojo como una brasa. "¿Mike? ¡Mike! ¡Mírame! ¿Qué te ocurre? Vas a estar bien. Todo va a estar bien. Dime cómo puedo ayudarte. "Su rostro lucía lleno de calmada determinación, pero Mikkel pudo ver gotas de sudor arrastrarse por su frente mientras miraba las toneladas de explosivos junto al hombre echando fuego.

"No puedo... detenerlo", Mikkel jadeó de dolor, tratando de arrastrar su cuerpo lo más lejos posible de Jo y el C4. "¡Maldito hijo de puta Dwayne!" Una ráfaga de llamas surcaba cada bíceps y sus ojos brillaban en rojo con furia.

Jo se acercó a él lentamente, con las manos extendidas como para acariciar su rostro.

"¡Aléjate de mí! ¡Tienes que salir de aquí!" Gritó, las llamas ahora se apoderaban de sus piernas, sus abdominales, su pecho. Sólo su rostro permanecía en carne, la última resistencia a la rugiente bola de fuego buscando liberarse. La agonía retorció sus facciones en una máscara horrible.

"¡Cállate!" Le gritó Jo por encima del rugido de las llamas. "Necesito que me mires. Mírame directamente. Ahora".

Mikkel la miró, esperando ver a los feroces ojos llenos de rabia que había llegado a conocer durante la semana pasada. Lo que estaba mirándolo a él lo sacudió hasta la médula. No había rabia, miedo, ni odio. Lo que brillaba en los ojos de Jo era una fe absoluta en él. Se quedó mirando sus ojos y sintió algo nuevo recorriéndole el cuerpo, una brisa refrescante emanando desde adentro.

"Te tengo, vamos. Respira conmigo", Jo le ordenó, respirando profundamente, levantando sus manos para tocarse el pecho en la inhalación, y empujándolas hacia abajo, hacia sus caderas, mientras exhalaba.

Respirando profundamente, Mikkel se concentró más de lo que nunca antes lo había hecho. *Respira. Mírala. Exhala. Concéntrate en mantener viva a Jo.* Bloqueó el dolor de su carne quemada, la rabia que sentía hacia Dwayne, el miedo de estar en llamas y tan cerca de los explosivos, tan cerca de Jo.

¡Mírala! Gritó en su cabeza, dispuesto a desvanecer todo lo demás. La calma combatía la rabia, las dos fuerzas se disputaban en su pecho como titanes en guerra. Pero la rabia no podía resistirse a algo: los ojos de Jo.

Muy lentamente, las llamas se hicieron más y más pequeñas hasta que tornarse diminutos destellos atravesando su piel. No era suficiente. La rabia todavía estaba allí, esperando para estallar en el segundo que perdiera la concentración.

"Yo creo en ti", susurró Jo.

Una calma con certeza, como un pozo fresco, se filtraba a través de cada uno de sus nervios.

Las llamas desaparecieron.

No sólo se extinguieron, sino que desaparecieron como si nunca hubieran estado. Mikkel podía sentir una cavidad hueca en su pecho, donde la rabia fundida solía habitar. El cambio fue tan brusco que pensó que podría perder el equilibrio y caer sobre el C4.

Se miró con asombro las manos curadas. Su carne chamuscada se había tornado piel sana, curada y suave, sin una sola cicatriz. Miró a los ojos de su mujer, ahora intensos, con un amor que le llenaba la cavidad vacía en el pecho hasta casi reventar con un nuevo tipo de calidez.

Mikkel agarró a Jo, atrayéndola lo más cerca posible, besándola con todo lo que tenía. Ella estaba en sus brazos, con sus manos frotando la piel que habían revelado las llamas al quemar su camisa de trabajo. Sus labios sobre los de él se sentían como el paraíso, sus dedos alrededor de su trasero como una maravillosa invitación al infierno. Sabía que sólo tenían minutos; necesitaban salir del edificio, pero no podía evitar que sus manos confirmaran que ese cuerpo aún estaba moldeado perfectamente para el suyo, que su piel todavía se sentía como la seda bajo sus dedos.

El sonido de un arma martillándose destrozó su tierno momento. Mikkel sintió una estacada en sus entrañas cuando se volteó.

"Tú, FENÓMENO", dijo Dwayne entre dientes, con sangre goteándole por la frente. "Siempre supe que había algo malo en ti, Mike. Ahora lo sé. "Se rascó la barbilla pensativamente con las uñas sucias". Me pregunto qué pasa cuando se le dispara a un fenómeno en la cabeza."

Mikkel empujó lejos a Jo mientras Dwayne nivelaba el arma, preparándose para la desgarradora sensación de una bala. Dwayne tenía un tiro limpio. No había manera de que Mikkel pudiera incapacitar a la grasienta sabandija antes de que soltara un tiro.

"¡¿Te crees que eres mejor que todo el mundo?! ¿Mejor que yo? "FENÓMENO". Le gritó Dwayne". Te quedas con las mujeres, con la gran oficina, con todo lo que quieres, y no eres más que un fenómeno de la naturaleza". Las manos de Dwayne se sacudieron, sudando pesadamente mientras las juntaba sobre el arma, preparándose para el impacto.

Un trozo de cemento, aproximadamente del tamaño de una pelota de softball, voló hacia Dwayne, golpeándolo directo en la cabeza, haciéndole perder el equilibrio. *Diablos, amo a esta mujer.* Jo había logrado colarse por detrás de Dwayne mientras él soltaba su monólogo, y corría directamente hacia él y su arma. Jo lo alcanzó antes de que Dwayne supiera lo que pasaba, y le acertó un derechazo quiebra-mandíbulas, seguido de una patada en la ingle supremamente hermosa. El arma cayó de los dedos de Dwayne mientras se hacía un ovillo, gimiendo en voz alta.

Jo rebuscó en el bolsillo de Dwayne y sacó un pequeño trapo, empujándolo sobre la nariz y la boca de éste. En segundos, perdió el conocimiento, doblándose hacia adelante en un montón triste.

"Pensé que sería más fácil salvarle la vida si no pudiera decir nada", Jadeó Jo con una sonrisa. "Salgamos inmediatamente de esta mierda ¿De acuerdo, guapo?"

Mikkel miró su reloj. *Mierda*. Quedaban sólo minutos para que la primera carga se activara y convirtiera el lugar en añicos. Agarró a Dwayne, se lo puso encima del hombro como un bombero, agarró a Jo de la mano y corrieron hacia la entrada. El viaje de salida se sintió terriblemente más largo que el de entrada. Dwayne le pesaba, y sortear escombros era más difícil con la luz tenue del sol poniente. Las piernas de Mikkel se esforzaban tanto como podían mientras hacían una carrera desesperada hacia la luz exterior.

Un ruido ensordecedor estalló mientras abandonaban el edificio. La primera carga había estallado. Por suerte, estaba al otro lado del sitio, pero eso significaba que tenían quince segundos antes de la siguiente carga... aquella enorme que acababan de dejar. Jo parecía saber esto también, y le dio a Mikkel una mirada desesperada mientras corrían tan fuerte como podían hacia la seguridad del perímetro exterior.

Pasaron los últimos muros, tiraron el cuerpo inerte de Dwayne en el maletero, y saltaron al auto de Jo mientras la más grande explosión estallaba, sacudiendo el suelo debajo de ellos, derribando el edificio masivo. Jo pisó a fondo el acelerador; el polvo y el humo de los escombros los perseguía como un monstruo mientras avanzaban toda velocidad por la calle. Sus nudillos blancos apretados sobre el volante no se aflojaron hasta que estuvieron a diez calles de distancia y acercó el auto a una cafetería en el camino.

"¿Qué te pareció esta segunda cita?" jadeó Mikkel con un guiño.

***

"¿Qué tienes cuántos?" La voz de Joanna resonó a través del salón principal de AUDREY'S, prácticamente vacío. Joanna no había estado lista para iniciar otro trabajo después del desastroso contrato con Demoliciones Firewall. Luego del generoso acuerdo con Ben para guardar silencio sobre la terrible experiencia del secuestro, y el dinero de recompensa de la policía por entregar a un

violador en serie y asesino que habían estado buscando, disponía de un buen colchón financiero para tomarse unos cuantos meses de vacaciones. Algunos meses de permanecer tirada en el sofá viendo vampiros adolescentes divagando sobre el amor eterno en la televisión, seguido de sexo maratónico con Mike podrían curarle un gran trauma. Pero no la prepararon para el impacto cuando Mike - tenía dificultades para pensar de él con su nombre "real", Mikkel - finalmente se sinceró sobre su historia. "Que fuiste maldecido por una *quéeeeeee?*"

"Shhhh, cariño, sé que este es un bar sobrenatural, pero la gente tiende a mantener sus cosas en privado," Dijo Lola palmeándole la mano a Joanna sobre de la barra, inclinándose un poco de manera que su escote dejaba ver un sostén púrpura atado bajo la blusa. Su ropa cuello en V roja tenía escrito "Mi exorcismo no funcionó," y su cabello negro, teñido con franjas de púrpura brillante y rojo, estaba arreglado en bucles trenzados alrededor de sus oídos.

"¿Cómo esperas que esté tranquila? Mi novio no sólo es mayor que mi abuelo; ¡Es más viejo que este país!" Más datos históricos distantes y recuerdos de History Channel de la semana pasada le siguieron como referencias adicionales. "¡Él es más viejo que Shakespeare! ¡Es más viejo que el idioma Inglés! ¡Mi novio es un jodido vikingo! ¡Un vikingo! ¡Ni siquiera había tomates en Europa hasta que cumplió 200 años de edad! ¡No habrá comido pizza hasta que tuvo mil!"

Mike se rió tan fuerte que se cayó de su asiento. Desde el suelo, miró fijamente el asiento y frunció el ceño con suspicacia.

"Esto es peligroso", dijo arrastrando las palabras. "Deberían ponerle espaldar a estas cosas".

Joanna resistió el impulso de ayudarlo a levantarse. Había dejado de contar el número de tragos bebidos después del quinto. El mundo se había puesto poco borroso después del tercero. Sospechaba que podía terminar en el suelo con él si intentaba levantarlo. En el suelo y *encima* de él. El piso comenzaba a lucir bastante cómodo.... se sacudió la cabeza hacia atrás y hacia adelante. *Estoy enojada con él. Tiene como un millón de años. Me mintió*, se recordó.

"Sabes", Lola se mostró pensativa. "Tienes razón. En la época de tu novio, ¡Ni siquiera habían inventado el vibrador!"

"¿Por qué estás alimentando esto?" Se quejó Mike mientras subía de nuevo al taburete, acariciando un lado de éste como si calmara a una bestia furiosa.

"Porque es divertido, y ella te adora. Lo superará una vez que se acostumbre a la idea", Lola sonrió y le entregó a Joanna otro whisky tan lleno de cerezas que se veía más rojo que dorado.

"Eso espero", gruñó él, tomando otro trago de su whisky.

"¡Electricidad! ¡Autos! ¡Lavadoras!" Joanna levantó su vaso con cada palabra, como si bridara por ellos. "¡Mi novio es más viejo que las carreteras!"

"Los Romanos ya tenían carreteras para entonces", se quejó Mike, pero Joanna no le hizo caso.

"¡Podría haber conocido al Rey Arturo! ¿Conociste al Rey Arturo?" miró al par de borrosos de Mikes entrando y saliendo de su visión.

"El Rey Arturo es un mito..." dijo Mike. "Aunque conocí a Robin Hood", se rió. "El tipo tenía el cerebro de una calabaza. Disparaba bien, sin embargo, incluso después de cuatro horas en el bar. Ese fue un día divertido".

Joanna se inclinó hacia delante, sus pechos le rozaban un lado del brazo de una forma que le despertaba la atención en más de un sentido. "¿En serio? ¿Robin Hood? ¿Esta noche voy a follar con un tipo que conoció a Robin Hood?"

"Cariño, hasta aquí te dejo beber", Lola deslizó el vaso de Joanna fuera de su alcance, ignorando su gruñido. "Cuando empiezas a creerte las tonterías Mike, es el momento de ir a casa y tener a este grandote sobre ti como es debido. Tu cabeza necesita una sacudida, cariño".

"Sí, eso suena muy lindo", dijo Joanna, más hundida que saltando sobre su asiento.

"Jo", algo en el tono de Mike hizo que Joanna se enfocara en su rostro. Se veía triste. "Mi maldición era algo más que vivir para siempre. Viste lo que pasó cuando me enfurecí. Eso se acabó ya. Ahora voy a envejecer, al mismo ritmo que tú. ¿Sabes lo que eso significa para mí? He pasado cientos de años en el limbo, sintiéndome atrapado y maldito y fuera de control. Sólo te digo esto porque estoy demasiado borracho para contenerlo, pero te amo, nena. El hecho de amarte ha roto la maldición".

Lola tosió educadamente y se dirigió hacia la puerta del bar casi vacío. "Tengo que... estar en... otro sitio. Suerte con eso". Pasó el letrero de la puerta a "cerrado" y Joanna escuchó el clic de la cerradura trancándose.

"Mike..." Joanna sintió un calor en la base de su estómago. Recordó la sensación en el cuarto de atrás después de la primera vez, la sensación de que todo era demasiado, demasiado abrumador para enfrentarlo. No había estado todavía lista para enfrentarse a la realidad de este hombre, a su enormidad, y lo que significaría amarlo. Él era tanto, amarlo se sentía como amar a una montaña. Esperaba que él entendiera cómo se sentía.

"Joanna, sé que todo esto es demasiado rápido. Entre todos mis años, estos últimos meses han sido un instante, pero también lo han sido todo. Dime que estarás aquí conmigo. Pelea conmigo. Bebe conmigo. Vamos a ver las arrugas crecer en la cara del otro y a amarnos como lo merecemos".

Por un breve instante, Joanna pensó en su hermana. Durante mucho tiempo había creído que toda su alegría traicionaba la memoria de su hermana. El hecho de creer en alguien o confiar en la decencia humana básica traicionaba todo lo que le había dejado la experiencia de Clarissa ¿Pero qué habría querido Clarissa para ella?

"Mike, yo soy un desastre", dijo Joanna, pasándole la mano por el pecho, y acariciando la parte posterior de su cabeza.

"Lo sé", su mano recorría la parte superior de su blusa, y la otra se deslizaba hacia arriba y abajo por su costado. Su contacto trazaba espinas de conciencia y calor arriba y abajo de su espalda.

"Y me voy a enojar contigo", ella empezó a besarle el costado de la boca; su lengua trazaba líneas alrededor de su hoyuelo.

"Sí", su mano le agarró el trasero, sus dedos eran tan fuertes que la levantaron un poco de las tablas chirriantes del bar. "Eso está permitido".

"Y voy a necesitar masivas cantidades de terapia para quedar al menos un poquito bien de la cabeza", sus dedos agarraban su cinturón, frotando el contorno de la erección que se marcaba en la parte delantera de sus pantalones.

"Yo aún necesito seguir asistiendo a la clases de control de la ira de Tabitha, cuando el mundo se pone tan frustrante quiero destrozarlo en pedazos". Sus manos se adentraron debajo de su blusa, soltando la parte posterior de su sostén y rodeando el contorno de sus senos. Sus dedos acariciaron sus pezones erectos hasta hacerla gemir.

"Iremos juntos", jadeó Joanna, bajando el cierre de su pantalón, y lanzándolo hacia el círculo de cojines en la esquina.

"Juntos... suena... perfecto", dijo respirando fuerte.

"Juntos".

No alcanzaron a llegar al sofá.

Su Caliente Vikingo
Un Romance Paranormal
Por AJ Tipton

Mientras Audrey MacTaggert se detenía frente a la cabaña, en el triste y abollado coche alquilado, maldijo por quinceava vez ese día. *Maldito avión estúpido con el Wi-Fi descompuesto. Maldito coche estúpido sin radio. Maldito país estúpido con gente manejando del lado equivocado del camino. Maldito poste de luz estúpido por no quitarse del medio a tiempo. Maldito ex novio estúpido por engañarme con su maldita ex esposa. Y finalmente...*

"Maldita abuelita estúpida por morirse, y hacerme empacar y vender su maldita cabaña estúpida".

Un pequeño rayo golpeó el suelo en frente de ella dejando un espiral humeante en la tierra.

"Lo siento, abuelita, no quise decir eso", murmulló Audrey. La abuelita siempre dijo que veía la irrevocabilidad de la muerte más como una *sugerencia* que como algo inevitable, pero eso no hacía que Audrey la extrañara menos.

Audrey luchó para abrir la puerta de su coche abollado y acarició el lado del vehículo con su dedo hasta que las abolladuras salieron y el acabado volvió a estar liso. Lo que no supiera la compañía de seguros para coches de alquiler no le haría daño.

Levantó su bolso sobre el hombro y se esforzó para sacar el resto del equipaje de la cajuela del coche silbando mientras caminaba por el sendero serpenteante.

Audrey pasó la última curva y vio por primera vez la cabaña. Quedó boquiabierta mientras la observaba. El hogar de su abuelita parecía sacado de un cuento de hadas. Era un refugio de piedra de dos pisos con enredaderas trepando por un pintoresco balcón de hierro forjado. "La cabaña", como siempre la llamaba la abuelita, difícilmente encajaba con la imagen de lugar pequeño y destartalado que esa palabra evocaba.

"Caray, abuelita, debiste haberme dicho que vivías en un maldito castillo". La "cabaña", como Audrey había descubierto recientemente cuando leyeron el testamento, también incluía una vasta extensión de tierra con (ahora vacíos) establos, varias pasturas y hasta un lago privado.

Todo de ella.

Audrey jugueteó con el relicario de plata de la abuelita mientras daba una vuelta a la estructura de piedra. En las tres semanas que habían pasado desde la muerte de su abuelita, no había tenido la oportunidad de procesarlo. Como la última sobreviviente de los MacTaggert, Audrey siempre supo que había una posibilidad de que la abuelita le dejara la cabaña familiar de la que tanto se hablaba. A medida que caminaba alrededor de la estructura de piedra, Audrey sentía como si estuviese en algún tipo de sueño. Cosas como ésta no le ocurrían a brujas dueñas de bares de pueblo. Su vida consistía mayormente en organizar órdenes de compras, contratar plomeros para reparar orinales descompuestos y encontrar una segunda camarera a último momento un viernes por la noche. Las demandas sin fin la habían obligado a posponer este viaje tantas veces que había empezado a mover "comprar boleto aéreo para Escocia" a su "lista de quehaceres" para mañana.

Aunque no quería admitirlo, Audrey tenía que agradecer a su ex, el bueno para nada y mentiroso de mierda, Chad, por ser un pendejo tan grande. Si él no la hubiera engañado, ella no habría subido en un avión para apartarse de la tentación de convertirlo en un escarabajo pelotero rosa brillante. Respiró profundamente y percibió el exuberante olor del pasto, y, a su vez, un olor más fuerte y turbio proveniente del lago atrás de la colina.

"Sííí, venir aquí fue una muy buena idea", pensó ella.

Hurgó en su cartera en busca de la llave que el abogado había enviado, sin embargo su mano se detuvo antes de tocar la puerta. Algo acerca del lago oculto al otro lado de la colina la hizo parar; su rico olor le daba escalofríos e hizo que sus pezones se erizaran debajo de la camiseta.

Retumbaban en sus oídos las palabras de su abuelita de aquellas largas noches jugando a Voltea el vaso. "Auds, tienes que prestar atención, carajo", diría ella con un coctel grande en la mano que nunca parecía agotarse a pesar de su atención entusiasta. "Los chicos de hoy en día, con sus teléfonos móviles y su YouTube, están como si anduvieran con las orejas en el trasero. Somos mujeres MacTaggert. Vemos cosas, *sentimos* cosas que los demás no pueden. Cree en esto y, a lo mejor, no termines siendo croquetas de hombre lobo como todos los demás". Las tangentes de la abuelita cuando había tomado se volvían algo extrañas, pero lo que decía tenía sentido y ganaba cada ronda.

"Bueno, tal vez un poco más de exploración no haga daño", le dijo Audrey al fantasma de la abuelita.

Dejó su equipaje adentro de la cabaña y apretó los cordones de sus botas. Más temprano, en una parada, se había cambiado la ropa del avión y se había puesto su falda favorita de color aguamarina y una camiseta que tenía estampada una caricatura de botellas de whisky entrecruzadas. Tomó el primer camino que vio y fue saltando sobre charcos para llegar al lago.

Para Audrey, no saber qué había al doblar la esquina, literalmente, era un sentimiento desconocido. El misterio le produjo escalofríos en el espinazo. Generalmente, cuando ella sentía algo, el mensaje era mucho más claro, en cambio esta emoción se sentía distante, casi diluida de alguna manera. Audrey estiró sus largas piernas y se tomó un momento para recordar algunos de los conjuros de defensa más efectivos que su abuelita le había enseñado. Tronó sus nudillos y volvió a atar los cordones de sus botas. Estaba tan preparada como podía para cualquier tipo de conflicto.

Dando zancadas hasta el claro que rodeaba el lago, intentaba investigar exactamente qué la había llevado hasta allí. Esto no se sentía como la vez, hace años, cuando la camioneta de su padre fue chocada lateralmente por un conductor ebrio, o el coctel de pavor y certeza en su estómago, la semana pasada, antes de que Chad le mintiera en su cara acerca del lugar a donde había estado la noche anterior. Sea lo que fuera lo que la esperaba en el lago, no lo sentía como una amenaza, pero no podía apartar la sensación de que no estaba sola.

***

En lo profundo, por debajo de las olas, Bram observaba la luz del sol bailar mientras se reflejaba en la superficie del agua. Por casi mil años, esta vista era la parte más emocionante de su vida atrapado en el fondo del lago. En los primeros años de su maldición, la luz era un tormento perpetuo; un recordatorio incesante de la vida sobre el agua que él ya no podía tocar, ya no podía sentir. ¿Sabía la bruja que esta tortura duraría más de mil años? La ribera del río subía y bajaba en el patrón natural de la erosión y el tiempo, pero él permanecía sin cambios. Era una presencia frágil e insustancial que flotaba en este mundo y, a la vez, no.

Un pequeño pez nadó hacia Bram. Su cara arrugada iba hacia delante y atrás como si fuera a mordisquear los pequeños vellos del pecho desnudo y translúcido de Bram. O, tal vez, quería probar el borde del tatuaje de lobo negro que iba desde la parte redondeada de sus hombros hasta sus antebrazos esculpidos. El pez pasó a través de Bram como si él no estuviese allí.

"Que te den a ti también, debilucho desgraciado", le dijo al pez que volteó una aleta en respuesta y Bram sintió un segundo de satisfacción, seguido deprisa por un abrumador sentimiento de impotencia. *¿En realidad estoy ahora hablando con peces? Finalmente, ¿me estoy volviendo loco?*

Bram pasó sus dedos de fantasma por su cabello rubio arena. No había crecido ni una pulgada en todos los años de la maldición; todavía colgaba de la misma manera a lo largo de la parte superior de sus amplios hombros. Su madre siempre quiso que se lo cortara y lo tuviera afeitado como los hombres de los clanes sureños de los cuales su padre se la había robado, pero Bram tenía el mal hábito de no escuchar su consejo. Quizás, si hubiese escuchado más de cerca sus historias de brujas y magia, no habría terminado atrapado en este tormento eterno.

Un sonido como arañazo en el fondo rocoso del lago llamó su atención. Bram se arrodilló, buscando a un cangrejo o —diablos— quizás su madre tenía razón y habían caballos kelpie asesinos en estas aguas listos para atraer a hombres jóvenes a su muerte. Por la forma en la que las rocas se movieron, era casi como si sus pies las hubiesen movido, pero esto era imposible.

Tal vez todo este tiempo su padre tenía razón y no había ningún otro poder en el mundo excepto el hierro y la sangre. A lo mejor, Bram siempre había estado loco. ¿Qué hombre cuerdo habría intentado enfrentarse a una bruja?

¿Qué hombre cuerdo habría intentado proteger a una?

***

Era difícil mantener un sentimiento de ansiedad cuando la vista era tan impresionantemente hermosa.

El agua transparente del lago reflejaba un atípico cielo azul. En su borde, había un viejo bote de remos deteriorado por la intemperie, pero que todavía se veía robusto. Audrey arrastró el bote al lago, mientras inspeccionaba en busca de cualquier filtración o deficiencia estructural. De alguna manera confiada de la navegabilidad de la embarcación, Audrey se subió, miró por última vez la costa para asegurarse de estar sola y se concentró.

Sosteniendo firmemente sus brazos a los lados de la embarcación, como la abuelita le había enseñado, Audrey sonrió mientras pequeñas líneas de luz brillaban y bailaban por los bordes de la madera. El bote se deslizó hacia adelante bajo su control a través de la lisa superficie del lago.

"Remar es para los tontos", se rio.

Cuando llegó al centro del lago, Audrey bajó los brazos y la embarcación se detuvo suavemente.

Se puso en una posición cómoda. El sol se sentía cálido sobre su piel, la vitamina D siendo absorbida dentro de los poros de sus pálidos brazos como pequeñas bocas hambrientas. Audrey estaba acostumbrada a trabajar horas de camarera; el sol era un extraño que echaba de menos. Ella había olvidado lo bien que se sentían los rayos del sol sobre su piel. Su camarera principal, Lola, le había dicho que usara este viaje como unas vacaciones de la oscuridad y, una vez más, Audrey sentía su cabeza asintiendo a la sabiduría de Lola. Audrey ya sentía una densa bola de estrés desenrollándose en su abdomen.

Desató sus botas y estiró sus largas piernas. Mientras lo hacía, accidentalmente pateó algo en el fondo del bote. Sorprendida, saltó hacia atrás, meciendo el bote y perturbando la quieta superficie del lago.

"Por favor, que no sea algo muerto. Por favor, que no sea algo muerto", murmuró mientras miraba el extremo del bote. Para su muy placentera sorpresa, no encontró algo podrido y asqueroso, sino un libro con tapa de cuero bastante viejo.

***

Bram miró hacia arriba mientras una forma oscura perturbaba el agua sobre su cabeza. Se movía lentamente como una anguila gigante nadando sin esfuerzo contra la corriente y proyectaba una sombra alargada a lo largo del fondo arenoso del lago. Pequeños destellos de luz salpicaban el fondo del bote, guiñándole el ojo como el destello de la piel pálida del muslo de una mujer.

La curiosidad le sacudió la cabeza a Bram, que apenas había pensado en mujeres en los últimos cientos de años. Los largos años de la maldición habían reducido sus recuerdos a sombras turbias. Primero, se había olvidado de cómo se siente una cama bajo su espalda, luego, del sabor de su comida favorita. Le había tomado otros cientos de años más el obligarse a olvidar cómo se siente la piel cálida y sedosa de una mujer; el sentimiento de satisfacción y poder cuando su lengua subía por sus pliegues y ella gritaba su nombre.

Un temblor recorrió su cuerpo. El bote lo atraía con el mismo oscuro magnetismo que recordaba sentir por las mujeres que perseguía cuando estaba entre los vivos.

Bram se impulsó del suelo, atravesando el agua con un deslizamiento controlado. Se movió hacia la superficie, uniéndose a las pequeñas olas del lago mientras luchaba por ver fuera del agua. Una mujer se sentaba al frente del pequeño bote de madera mientras pasaba páginas en un viejo libro. Bram sintió su corazón latir más rápido en su pecho insustancial.

Una mujer.

Condenado a ser un espectro del agua sin forma, en este lago aislado por más de mil años, los únicos habitantes de la tierra que había visto eran ovejas y sus pastores que también parecían ovejas. Al fin había venido una mujer y era tan hermosa como la promesa de una buena comida después de una semana de inanición.

Hebras de cabello rojo volaron en el viento alrededor de su rostro con forma de corazón y él sintió la necesidad de ponerlos detrás de sus delicadas orejas. Vio cómo su lengua humedecía sus labios mientras ella se concentraba en la lectura y sintió una bola de calor crecer en su pecho. Un ave cantó lejos desde lo alto y la mujer, abandonando su lectura, siguió el sonido con la mirada.

El color de sus ojos impactó a Bram como un golpe. Nunca había visto nada tan hechizante, mortal o maldito en toda su vida. Esta mujer de falda azul y embriagador cabello rojo tenía ojos que hubieran podido derribar a los mismos dioses con una mirada. Al ver en la esmeralda profundidad de sus ojos, sintió como si estuviese de vuelta en casa, totalmente sólido y enamorando a las doncellas del aguamiel de su aldea.

Los recuerdos de los últimos momentos de su antiguo yo vinieron a él sin advertencia; parado, en la orilla del viejo lago, entre su padre y la bruja. Por más que esta mujer pelirroja le hacía arder la sangre y le recordaba al hombre que una vez fue, algo acerca de ella también lo hacía pensar acerca de sus fracasos pasados. Para su padre, la vieja bruja con las manos extendidas parecía ser sólo un insignificante obstáculo fácil de conquistar. Para Bram, con las enseñanzas de su madre y su propia conciencia retumbándole en la cabeza, ella era otra persona que debía proteger de la ira de su padre. Él pensó que pararse entre ellos sería suficiente.

La belleza del bote dirigió la mirada lejos del libro y observó las aguas claras del lago. Parecía ver directamente a través de él. Su mirada lo atravesó con un calor que empezó en su barriga y se esparció mientras permeaba cada capa de su piel.

Suspirando suavemente, su pecho de ella se alzó sobre la línea de su delgada camiseta y Bram tuvo un vistazo de los pezones pequeños y duros como piedrecitas. Quería rodar esos pequeños capullos entre las yemas de sus dedos y sentir si en realidad eran tan firmes como parecían. Podía sentir como su miembro, por tanto tiempo flácido e ignorado, empezaba a despertar. Ella se retorció en la pequeña barca de madera y, así, apretó la tela de su camiseta contra el cuerpo. Gracias a eso, Bram pudo darle un buen vistazo al contorno de sus senos.

Por todas las valkirias, eran orbes perfectos. Él podía imaginar sentirlos bajo sus manos, tocando y masajeándolos mientras su flexible cuerpo se retorcía debajo suyo. Su pene se convirtió en un duro y palpitante segundo latido; él no pudo contenerse y empezó a tocarse. La mano que no estaba sosteniendo el libro lentamente se deslizaba por el costado del bote, en una lenta brazada que lo hacía gemir de deseo. Sus dedos eran largos y finos, su agarre suave pero firme. Era demasiado fácil imaginar sus manos sobre él, tocando su miembro hinchado y deslizando sus dedos por el tronco de su pene.

La mujer suspiró y Bram se imaginó a sí mismo subiendo al bote, amasando su nuca y lamiendo la línea desde su barbilla hasta el medio de sus pechos. Ella soltó su mano de uno de los lados del bote y mordió suavemente uno de sus nudillos y esto hizo que él casi se viniera.

¿Qué estoy haciendo? Él no tenía derecho a mirarla de esa manera. Bram soltó su verga palpitante, pasando su mano invisible de fantasma contra el bote. Casi podía sentirlo. Los ásperos tablones del bote le recordaron su vida pasada. Era un recuerdo de largas semanas en la playa con escabeche en su boca y el dulce sabor del aguamiel ayudándolo a olvidar lo que su padre y sus hermanos

hacían cada vez que llegaban a su destino. Sin embargo, como su vida pasada, el bote se sentía insustancial e implacable.

Bram soltó el bote y se deslizó de vuelta al fondo del lago. La breve aparición de la mujer en el lago era un regalo de los dioses que él pensaba lo habían olvidado hacía mucho tiempo. Ella sería un tesoro momentáneo que el recordaría por eones en las frías aguas. Un hombre como él no se merecía nada más que eso.

***

El libro no era lo que ella esperaba encontrar abandonado en el fondo de un bote. Las páginas estaban muy dañadas por el agua, algunas arrancadas, pero el texto en cursiva aún era legible. Describía a un vikingo que tuvo un conflicto con una bruja y se convirtió en la víctima de una oscura maldición. Nada demasiado extraordinario, pero la forma en la que el libro delineaba al hombre hizo a Audrey sonrojarse y reírse torpemente.

Pecas, con la forma de Orión el Cazador, esparcidas en el pecho esculpido de Bram Eyjolf.

Los tatuajes envolvían su brazo, las mandíbulas del lobo dibujadas en sus bíceps redondeados se abrían y cerraban cuando su poderosa espada traspasaba a sus enemigos. Su abdomen de duros valles y crestas creaba un camino complejo que seguían las gotas de sudor hacia su ancho cinturón de cuero.

"Santo cielo", suspiró ella. Fue al final del libro para ver qué le pasaba al sexy guerrero, pero las páginas finales estaban demasiado empapadas y dañadas para leerlas.

Audrey bajó el libro suavemente mientras se limpiaba el sudor de la frente, demasiado caliente. El calor del sol era como una gruesa manta y podía sentir un placentero hormigueo mientras su pálida piel se comenzaba a broncear.

Miró los alrededores buscando una señal de que alguien estuviese acechando. Aunque no podía dejar de sentir una presencia allí, claramente no había nadie a la vista. El lago era una extensión abierta de olas chapaleando y la orilla que lo rodeaba estaba despejada a excepción de algunas aves acuáticas.

"Después de unos meses sin salir, asolearse desnuda es mejor que el sexo". Audrey recordó la voz ronca de Lola diciéndolo hacía algunos días. La camarera morocha estaba secando unos vasos de

chupitos y atravesó a Audrey con una de sus enigmáticas miradas penetrantes de ojos violetas. *"En serio, desnúdate en el sol y dirás '¿Cuál Chad?'"*.

Audrey suspiró y flexionó sus dedos en la luz solar. Después de tantas noches decepcionantes con Chad, "mejor que el sexo" no era exactamente un estándar muy alto. La gente ignoraba los consejos de Lola bajo su propio riesgo. Audrey miró los alrededores por última vez.

Eh, ¿Por qué no? Se encogió de hombros.

Después de todo, estaba en su propiedad. Audrey cautelosamente se quitó la falda y la puso entre sus nalgas desnudas y la banca de madera. Sintiéndose un poco cohibida, se quitó la camiseta, el sujetador, la falda y la ropa interior. El sol besó su piel desnuda y ella dejó que sus senos se asentaran con un pequeño movimiento mientras se acomodaba en su asiento. Desnuda, salvo por el relicario de plata de su bisabuelita, Audrey se estiró.

"Lola, otra vez estás en lo cierto", suspiró ella. Definitivamente, venir a Escocia ha sido una buena idea. Audrey sonrió mientras se quedaba dormida en el suave balanceo del bote.

"¡Oh! ¡Mierda!", aulló Audrey al despertar con un sobresalto mientras el relicario ardía en su pecho expuesto. Se sentó rápidamente e intentó abrir el broche de la cadena, desesperada por quitarse el collar antes de que quemara su piel. Luego de unos agónicos momentos y maldiciendo sus torpes dedos, Audrey se inclinó sobre el costado del bote de remos para echar agua fresca en el collar ardiente. Tan pronto como el agua golpeó el relicario, el broche se abrió y el collar se sumergió en el agua.

¡Noooooooooo!

Sin pensarlo, Audrey se lanzó de cabeza al lago. Pasaron frente a sus ojos pesadillas del fantasma de su abuelita levantándose de la tumba para castigarla por perder el precioso regalo. Nadó con todas sus fuerzas, manteniendo sus ojos en el destello plateado que se sumergía en el agua frente a ella. Se estaba hundiendo más rápido de lo que había anticipado, casi como si alguna fuerza lo estuviese succionando hacia abajo. Continuó nadando tan rápido como le era posible, determinada a no perder su preciosa reliquia. Intentó pensar en un hechizo para atraerlo hacia ella, pero su mente se negó a recordar un sólo conjuro.

Sus pulmones quemaban por la falta de oxígeno y se le hacía cada vez más difícil ver el diminuto relicario mientras nadaba alejándose de la luz del sol. Justo cuando pensó que lo había perdido para siempre, el relicario se movió hacia arriba, hasta su palma extendida. *Gracias, flotabilidad.*

Victoriosa, Audrey cerró su mano sobre el relicario, se dio la vuelta y se lanzó hacia la superficie tan rápido como pudo. Sus pulmones se sentían como si estuviesen en llamas y se estaba empezando a marear. La superficie no estaba tan cerca como había pensado y comenzó a contemplar la terrible idea de que tal vez no lo lograría. Estimulada por la adrenalina, llevó sus músculos al límite, intentando con cada brazada llegar a la seguridad de la superficie.

Estaba lejos. *Voy a morir, todo por un maldito collar*, pensó ella amargamente mientras su visión se volvía borrosa y su movimiento se hacía más lento, involuntariamente.

El agua hizo erupción alrededor de ella, impulsándola rápidamente hacia arriba en dirección a su bote, el sol y el dulce *dulce* oxígeno. Sintió como si unas manos agarraban su cintura y la arrastraban hacia arriba. Ella podía sentir la presión de unos dedos apretados alrededor de su cintura, y sus yemas largas y callosas sujetando su estómago desnudo. No había nada en el agua a su alrededor.

Escupiendo y asfixiándose, salió a la superficie y se agarró del costado del bote con los brazos extendidos. Después de respirar por unos minutos profunda y agradecidamente, lanzó el collar dentro del bote y miró el agua, dándole la espalda al bote de remos. ¿Qué fuerza benévola la había salvado? Ella había visto más cosas sobrenaturales que la mayoría, pero siempre había sido escéptica acerca de los cuentos de fantasmas y las historias sobre monstruos marinos. Ahora mismo, estaba considerando seriamente cambiar su actitud con relación a estos temas.

Audrey se sostuvo del borde del bote y respiró profundamente. La luz se filtraba a través de las olas, revelando pequeñas partículas de arena y trocitos de plantas, pero nada más. No había señal de lo que sea que la había empujado hacia la superficie. La pequeña corriente del lago se sentía reconfortante en su piel desnuda, el chapaleteo del agua contra sus senos calmándola y refrescándola mientras inhalaba y exhalaba.

"¡Oh!"

Un fantasma de algo que se sentía como una gran mano callosa suavemente masajeo sus pantorrillas y ascendió por sus piernas. ¿Podía ser que su experiencia cercana a la muerte la volviese loca? Gimió suavemente.

Mmmm...Si esto era la locura entonces estar cuerda estaba perdiendo rápidamente su atractivo, pensó ella. El suave toque empezó a sentirse más sólido mientras subía por sus piernas y se detenía un momento para moverse en círculos en la piel sensible detrás de sus rodillas. Su pulso se aceleró mientras la mano invisible continuaba subiendo.

Visiblemente no había nada en el agua, pero no se podía negar la sensación de ese apretón experimentado, masajeando y subiendo lentamente. Por un segundo, ella consideró salir del agua y alejarse de esta rareza. Nada la retenía allí, el agarre de los dedos fantasma era tan ligero que ella podría liberarse fácilmente y subir al bote.

Tragó en seco cuando a las manos invisibles se le sumaron una boca igual de invisible, besando, subiendo y mordiendo suavemente por un muslo y luego, por el otro.

No, no me moveré ni un centímetro, decidió ella, antes de que su capacidad para pensar empezara a disminuir.

Las manos se volvieron más ásperas, agarrando y moldeando el trasero de Audrey mientras la boca incorpórea besó y lamió cuidadosamente su estómago de arriba abajo, tomándose un momento para introducir la lengua en su ombligo. Ni el mejor sexo con Chad se había sentido así de bien. Cada terminación nerviosa, desde sus dedos hasta su pelo, estaba cantando "*Sí, eso, ahí*", una y otra vez.

Audrey agarró el borde del bote aun con más fuerza, ignorando las afiladas astillas que empezaban a enterrársele en sus palmas expuestas. No podía mantenerse a flote mientras estaba pasando lo que sea que estuviese pasando y era seguro que ella no iba a salir del lago.

La mano fantasmal se movió al frente, gentilmente masajeando sus muslos, mientras al norte se sentía a alguien lamiendo y mordisqueando delicadamente su pezón izquierdo. Pequeños torbellinos de agua danzaban por su piel en los sitios donde el cuerpo invisible no la estaba tocando, mezclando y complementando las sensaciones hasta que era casi demasiado para ella poder soportar. Se mordió el labio inferior, duro. Era una tortura, pero el tipo de tortura deliciosa que no cambiaría por nada en el mundo.

La boca encontró su clítoris y comenzó a chupar y a saborear, al principio lento y suave. Ella quería más —más duro, más rápido, simplemente más— pero no sabía cómo comunicarlo a través de sus jadeantes gemidos. Empujó su cadera hacia adelante, inclinándose en la hermosa sensación, esperando que su amante invisible pudiera entender su necesidad. Las manos dejaron de masajear y jugar con sus pezones, se movieron hacia sus muslos y ella fue halada hacia adelante con un agarre que se sentía como una brusca posesión. La boca empezó a moverse sobre su cuerpo, mordisqueando y lamiendo, mientras dientes y lengua y labios iban haciendo juntos su sensual magia.

Casi se suelta del bote cuando la lengua de su amante le penetró, ruda e inesperadamente, entrando y saliendo de ella a un ritmo insoportablemente lento. Respirando pesadamente, no pudo contener su gemido, sintiendo un calor creciendo en ella, que no había sentido en mucho tiempo. La yema de un dedo presionó su clítoris mientras la lengua la lamía y mordisqueaba.

Ella se sacudió y retorció sus omóplatos chocando rítmicamente contra el bote. Incapaz de aguantarlo por más tiempo, Audrey gritó mientras el orgasmo se propagó por todo su cuerpo, explotando como fuegos artificiales.

En el agua bajo ella, surgió y se desvaneció la figura de un hombre alto. Pudo ver, por un instante, un gran tatuaje en sus amplios hombros y una constelación de pecas sobre su pecho justo antes de que él desapareciera de su vista.

¿Qué diablos fue eso?, pensó ella jadeando. Las manos del fantasma la soltaron repentinamente y sintió movimientos en el agua tal como si su amante invisible se hubiera alejado nadando. Esperó un segundo por alguna señal de su regreso, pero el lago estaba tan calmado y vacío como antes. Con los músculos tambaleantes, se subió al bote.

Sea lo que sea que haya sido eso, pensó ella sacando una astilla de su palma, valió la pena totalmente.

***

La piel de Bram se sentía como si estuviese en llamas.

¿Qué acaba de suceder?

En el segundo cuando sintió el orgasmo estremecedor de La Belleza como una ráfaga caliente bajo su lengua, cada parte de él repentinamente se sintió más real, más viva. Era algo aparte de la agitada alegría de llevar a una mujer al clímax; esto era como un despertar de cada nervio. Aún podía sentir la piel de ella bajo sus manos, su exquisita sensibilidad más embriagante que cualquier otra que él haya visto.

La ausencia de la mujer en el agua lo afectó como un hoyo en su estómago. Tan pronto como ella volvió a la seguridad del bote, las luces destellaron nuevamente por la embarcación y se impulsó alejándose hacia la orilla. Se sentía como si una parte de su existencia intangible se hubiera marchado con el casco del bote y lo había dejado vacío, desequilibrado y terriblemente frustrado. La cabeza de Bram salió entre las olas para ver sus largas y pálidas piernas correr y desaparecer detrás de la colina hacia la casa. Se veía la punta del techo asomar sobre la cima de la colina, una línea borrosa que él cuidadosamente había ignorado desde que su existencia sin cuerpo cayó con la lluvia en el lago.

Las cien yardas de pasto y maleza entre el lago y la casa miraban a Bram con burla.

Sería lo mismo que La Belleza estuviese detrás de un laberinto impasable de picos y llamas.

Así como maldecía a Havarr, su padre, algunas veces Bram deseaba poder ver el mundo a través de sus ojos. Havarr nunca vio barreras. Cuando él quiso una esposa, simplemente salió y secuestró a una. Cuando su isla no pudo sustentar las necesidades de su creciente clan, Havarr no se detuvo a considerar si la isla era todo lo que debía tener. Él nunca vio el agua que los envolvía como una barrera, sino como una amplia avenida a las aldeas y pueblos que no merecían las riquezas si no las podían defender. Y si, en algunas ocasiones, las tormentas convertían esa avenida en un obstáculo, entonces Havarr vio su supervivencia como la evidencia de que era digno de reclamar lo que sea que estuviera detrás de ese reto.

Bram apretó su puño y miró la casa con una intensidad que debió de haber quemado su techo de tejas. Su padre habría cruzado a la fuerza la extensión de tierra firme hacía cientos de años, habría vencido esas colinas y devastado el césped y la hierba estando armado con nada más que el obstinado peso de su voluntad.

Pero Bram había vivido más que suficientes peleas y saqueos mucho antes de que fuera maldecido. Él no era su padre; tenía que encontrar otra manera.

La necesidad de sentir su piel nuevamente tenía toda la potencia de una obsesión. Él quería enterrarse en ella, una y otra vez, cada vez más profundo, hasta poder sentir el momento de su devastador grito mientras culminaba de placer aferrada a él. Si ella no venía a él, entonces él tendría que usar el pequeño poder que quedaba en su cuerpo fantasmal para alcanzarla.

La desesperación lo colmaba. Romper la maldición era algo que él no podía hacer. Hace mil años, Bram no detuvo a Havarr aunque sabía que su padre estaba en un error. En el momento en el que Bram y sus familiares saltaron de sus botes, armas en mano y escudos listos y lo que encontraron fue un grupo de mujeres y niños con pieles y baratijas de piedras pulidas, Bram lo supo. Esta no sería una batalla digna de la aprobación de los dioses. Aquí no había riquezas, ni joyas, ni gloria. Sólo mujeres.

"Júntenlos, muchachos", gritó Havarr.

Cuando los hermanos de Bram empezaron a arrear a las mujeres hacia la playa usando porras y espadas, Bram intentó intervenir.

"Por favor, padre", dijo él suavemente. "Piensa en lo que dijo mamá la última vez que llevaste esclavos a casa". Havarr bufó "buen punto". Por un mes la mujer fue un saco de lágrimas en la cama. Él miró en los alrededores, luego se encogió de hombros y dijo "no podemos dejar que estos tesoros caigan ante los próximos saqueadores que vengan". Alzó su voz lo suficientemente alto para ser escuchado en toda la aldea, "¡Mátenlos a todos!"

Los gritos aún retumban en la memoria de Bram, el hedor a entrañas y sangre. Algunas de las mujeres se defendieron blandiendo antorchas, herramientas de granja y cuchillos de cocina. Su coraje era hermoso aún en su inutilidad. Bram presenció la matanza desde lejos. Él era lo suficientemente valiente para desafiar la orden de su padre y mantenerse insolentemente apartado en la playa, pero no lo suficientemente valiente para intervenir y detener la espada de Havarr antes de cortar la cabeza de una mujer sollozando.

Bram fue el único que vio a la bruja cubierta de amuletos destellantes llevarse a los niños. La siguió. Parte de él quería ayudar, la otra parte quería simplemente presenciar cómo algunos de los inocentes de esta desafortunada aldea encontraban un lugar seguro. Él no sabía que su padre y sus hermanos lo habían seguido; no podía oler su sucio aroma familiar entre el hedor a muerte.

Recién supo que estaban allí cuando saltaron desde una roca y les bloquearon el paso a la bruja y a los niños a la cueva escondida entre las piedras. Lo único que Bram podía recordar de la cara de la bruja fue su expresión de terror cuando se volteó y lo vio. Ella avanzó lentamente hacia la playa hasta que sus pies tocaron las olas. Un movimiento de su dedo congeló a Bram, Havarr y sus hermanos el tiempo suficiente para que los niños escaparan a la cueva.

"Intenté detenerlo", dijo Bram. Su boca se movió antes de que su cerebro tuviera la oportunidad de darse cuenta de la inutilidad de sus excusas.

El dedo de la bruja cayó. Su brazo bajó como si estuviese atado a un gran peso y Bram pudo moverse. "Entonces eres peor que ellos", su acento era raro y vacilante; su tono, condenador. "Ellos son bestias que sólo nos ven como animales para asesinar, pero tu entendimiento es mayor y no hiciste nada. Te mereces esto". Su brazo temblando con esfuerzo, levantó el dedo nuevamente y las palabras de la maldición cayeron sobre Bram, su padre y sus hermanos con una ola de angustia. Su voz parecía venir del aire y de la tierra simultáneamente, hacía eco a través de su caja torácica y su cráneo reverberando sin fin.

"Te maldigo a ser físicamente el charco sin carácter que eres. No hasta que pruebes la fuerza de tu convicción y dos hogares trabajen juntos por tu liberación se romperá mi maldición".

El mundo se disparó a su alrededor, la escena en torno a él se vino encima para consumirlo, mientras Bram sentía cómo se disolvía en un charco en la tierra. Su último momento de visión humana fue la imagen de los cuerpos inertes de su padre y sus hermanos esparcidos por la playa como basura.

Pasó un tiempo hasta que un día estuvo lo suficientemente cálido para que el triste charco de Bram y su conciencia se evaporaran en el aire. Lo poco que él recordaba de su existencia en partículas aquellos años que vivió entre evaporarse en la isla de la bruja y caer con la lluvia en el lago eran una pesadilla y, por suerte, borrosa.

Después de cientos de años culpando a la bruja por la naturaleza extrema de la maldición, otros cientos fueron suficientes para darse cuenta que su estado actual era sólo debido a su culpa. Los últimos cientos de siglos fueron lo bastante largos para revolverse en su propia inutilidad hasta que, finalmente, creyó que no era digno de redención.

Dejé morir a esas mujeres. Yo hubiese dejado a mi padre y hermanos masacrar a esos niños. No merezco recobrar mi cuerpo. No la merezco a ella.

Pero, con una certeza más fuerte que su desesperación, Bram supo que nunca se perdonaría a si mismo si no intentaba alcanzarla una vez más, si una vez más se quedaba pasivo, esperando.

Analizó la tierra nuevamente. Él no necesitaba los ojos de su padre para conquistar el espacio entre el lago y la casa. Necesitaba a su madre. Donde Havarr veía el mundo como una avenida hacia su deseo; su madre veía el mundo como una balanza en equilibrio.

"Hasta un esclavo puede encontrar fuerzas", diría ella. "Hasta un rey debe inclinarse ante los dioses. Fuego, agua, aire y tierra todos existen en armonía".

La tierra entre el lago y la cabaña no era un desierto; era frondosa y verde. El agua debe correr a través de ella de alguna manera y él, también, podría hacerlo.

Era un pensamiento distante, pero la sensación de evaporarse y levantarse en el aire como gotas de agua indefinidas era una emoción terroríficamente inolvidable. Esa experiencia se había sentido como ser desgarrado hasta las entrañas, y con desesperanza y desesperación en un viaje transcendental sin dirección.

Bram se aferró al recuerdo de aquella sensación y sintió las moléculas de su presencia fantasmal dividiéndose y dispersándose en el agua. Por un segundo, pensó que iba a ser diseminado para siempre y ese momento de indecisión lo mantuvo suspendido, medio unido y medio disuelto.

No me puedo rendir y dejarla ir.

Él podía simplemente dejar que ella se quedara allá, en la casa. Podía continuar dolido con la misma frustración contenida que le agitaba la sangre. Podía quedarse en el lago para siempre, solo, acariciando sus anhelos.

O podía tomar el riesgo, apostar que al separarse totalmente en un rocío del cual nunca podría volver a unirse, se aferraría a su necesidad por ella el tiempo suficiente para filtrarse través de la porosa tierra. Si se introducía en la cabaña gota a gota a través de las tuberías, ¿quedaría suficiente de él para poder darle placer a ella? O ¿si ella lo tocaba, sería él una masa de carne amorfa? ¿Podría el arriesgar su completa existencia ante la posibilidad distante de sentir su clítoris temblar entre sus labios?

***

Audrey volvió temblorosa a la mansión, aún aturdida y exhausta por el sexo en el lago. Podría jurar que vio a un hermoso hombre tatuado formarse frente a sus ojos y desaparecer en menos de un segundo. La coincidencia de la descripción del libro y la aparición breve del hombre era demasiado fuerte como para ignorarla. Por ser nieta de una bruja excéntrica, ella había visto muchas cosas extrañas y sin explicación, pero nada como esto; era hora de ir a los libros.

La cabaña era una excelente representación del sistema único de organización de la abuelita, es decir era un caos total. Estaba llena de libros en casi todos los idiomas, formas y tamaños, almacenados no sólo en los estantes, sino también detrás de las alacenas, bajo los sofás y, en un caso notable, equilibrando en el aspa de un ventilador de techo. Tomaría un tiempo ver si había algo que hiciera referencia a maldiciones o hechizos relacionados con el lago. Sin duda, había un aurea de *brujería* acerca de lo que acaba de pasar.

El calor se dispersó por su cuerpo con el fresco recuerdo de esas fuertes manos, esos dedos inquietos y esa lengua persistente de su amante del lago. Ella ansiaba tocarse ahí abajo, duplicar el camino recorrido por sus dedos y revivir nuevamente el exquisito placer.

Se preparó una taza de té y se obligó a concentrarse, instalándose en un gran sillón para revisar la primera pila de libros que estaba cerca.

Seis tazas de té e incontables intentos fallidos después, Audrey era rica en polvo y cortes de papel, pero pobre en respuestas. Quería gritar de frustración. Ahora sabía cinco formas diferentes de revivir un sapo, pero ni una palabra acerca de hombres sexy invisibles en lagos con niveles de cunnilingus que se llevarían una medalla de oro.

Audrey suspiró y apiló cuidadosamente los montones de libros que ya había revisado. Un papel ondeante cayó de uno de los tomos más polvorientos. Ella lo recogió con cuidado.

La foto mostraba a la abuelita con una expresión que podía hacer que arrestaran a una mujer más joven, su calloso dedo señalando pícaramente la parte izquierda del marco. Audrey se rio de la foto y la volteó para ponerla en una caja de recuerdos que llevaría de vuelta a los Estados Unidos. Mientras la volteaba, la foto centelleó y esto obligó a Audrey a pestañar. La abuelita estaba señalando a la derecha con expresión de molestia.

Audrey sonrió orgullosa del ingenio de la abuelita. Sostuvo la foto en su mano y se movió lentamente por la habitación, mirando como la abuelita señalaba a la izquierda y a la derecha en una versión ilustrada de "frío y caliente". Navegando la cabaña mientras seguía las direcciones de la abuelita, Audrey estiró la mano detrás de un helecho extremadamente muerto y levantó un viejo libro empastado en cuero resquebrado. Era casi exactamente como el libro embarrado que ella encontró en el bote de remos.

"¡Esto debe ser! abuelita, ¡eres la mejor!", exclamó Audrey, saltando de alegría y casi cayéndose con un montón de novelas de John Grisham apiladas junto a la puerta de la cocina. Audrey abrió con manos temblorosas cuidadosamente el polvoriento libro y empezó a leer.

Sintió cómo se abrían cada vez más sus ojos mientras ojeaba la densa cursiva. El viejo libro detallaba la historia de una antigua familia de vikingos, respetada por sus pares y temida por sus conquistas. El libro parecía enfocarse mayormente en los pecados y las maldiciones del patriarca, Havarr Eyjolf, pero ella paso páginas hasta encontrar la descripción del hijo del medio, Bram Eyjolf, con un tatuaje de lobo en su hombro encajando tal como el que ella había visto momentáneamente en el lago. Hojeando las descripciones de la desgarradora suerte de sus hermanos, Audrey devoró cada palabra acerca del adonis tatuado que había fallado en detener su familia de masacrar inocentes.

Ella hizo los cálculos. Bram había estado en ese estanque por más de mil años, solo y desamparado. No era de extrañar que estuviese tan frustrado. Audrey quería estrangular a la bruja que lo había maldecido. ¿La vieja no pudo pensar en un contra hechizo que tuviese sentido? "Sólo cuando él pueda probar la fuerza de su convicción y dos hogares trabajen juntos por su liberación, será la maldición rota".

¿Qué diablos significaba eso? Audrey lanzó un suspiro de frustración por la incapacidad de la bruja de comunicarse claramente. Usualmente, las brujas eran lo bastante inteligentes como para saber los peligros de maldiciones sin esperanza de ser rotas, entonces ¿qué quería decir la bruja? ¿Cómo podía un charco demostrar convicción? ¿Cómo podía ella ayudarlo a liberarse?

Escuchó sobre ella un sonido borboteante.

¿Y ahora qué? Suspiró. Audrey cuidadosamente puso el libro a un lado y se dirigió al piso de arriba para ver de qué forma la antigua plomería se estaba destruyendo.

***

No entendía nada de la habitación. Empujando todas las moléculas dispersas de sí mismo a través de la tierra, grietas en las tuberías, alrededor de una curva en la pared para luego salir a través de una apertura en un tubo de metal, era tan extenuante, que casi no se dio cuenta cuando su esencia se derramó en una gran tinaja blanca en una pequeña habitación.

Las paredes rodeando la gran tinaja blanca se veían extrañas con bordes cuadrados pegados juntos y se sentían suaves cuando salpicaba para tocarlo. Otra pequeña tinaja unida a un pedestal blanco estaba reclinada en la pared y Bram sintió un momento de gratitud porque las tuberías vertieron su gran esencia en la tinaja grande donde cabe un cuerpo, en vez de en la tinaja con un penetrante hedor y forma de silla.

Él no podía creer que había llegado tan lejos. Podía sentir su presencia; ella estaba muy cerca. Él se volteó y salpicó, con esperanzas de continuar su viaje al salpicar fuera de la tinaja y hacia el piso, pero no pudo pasar del borde de la tinaja. Sólo podía esperar que ésta fuera una habitación usada a menudo y que pronto ella viniera y lo encontrara. Ahora, que se había separado a sí mismo, gota a gota, tenía que concentrarse intensamente en mantenerse unido. Sólo tenía que aferrarse el tiempo suficiente y no irse por el drenaje para que ella lo tocara.

"¿Qué diablos?" Su voz era como campanas y la luz de las estrellas. Ella se asomó, su cabello y sus manos cubiertas de polvo y embarradas de tierra. Su camiseta con estampado de botellas había caído lo suficiente para mostrar el borde del sujetador con encajes y la parte superior de cada uno sus sedosos pechos.

Él intentó hablar, intentó pedirle que venga hacia él, pero sólo salió un borboteo de burbujas estallando en el agua.

"¿Hola?" Dijo ella. "¿Eres el del lago?" Una leve sonrisa, como si no pudiera creer que estaba hablando con un charco de agua, se asomó en el lado de su cara.

Él borboteó nuevamente, las burbujas llenaron la superficie del agua como una fina frazada.

"No estoy segura de saber qué significa eso", dijo ella. "Borbotea una vez para 'no', y dos veces para 'sí'".

Bram estaba impresionado por su ingenio y borboteó dos veces.

Ella sonrió, el hermoso dejo de sus labios recordándole a Bram su suavidad. Oh, cómo se sentirían esos labios contra los de él...

"¿Bram Eyjolf?"

Bram necesitó todo su autocontrol para no caer en cascada de burbujas por todo el piso de alegría.

Manteniendo un fuerte dominio sobre sí mismo, borboteó una vez, pausó, luego borboteó por segunda vez. Ella se rio y corrió a través de la habitación hasta arrodillarse al lado de la tinaja. Alargó una mano delicada.

"¿Puedo?" dijo ella.

Él borboteó dos veces, su segundo borboteo tan entusiasmado que derramó agua sobre su camisa, moldeándola a su forma. Ella se rio y dijo algo bajito para sí misma, lo que él pensó que fue, "Bueno, de cualquier manera, no iba a llevar esto puesto por mucho más tiempo", aunque probablemente sólo haya sido lo que él quería escuchar. Su verga había saltado al primer vistazo en el umbral de la puerta y ahora se sentía terriblemente duro mientras la veía desabotonar su camiseta lentamente y despegarla de su piel húmeda. Sus pezones visiblemente se erizaron bajo su delicado sujetador y Bram recordó cómo se sentían bajo sus labios.

Ella estiró una mano mojada nuevamente para tocar la superficie del agua. Bram podía sentir su mano rozar la parte superior de sus pectorales y bajar hacia sus abdominales. Ella tragó en seco y sacudió su mano hacia atrás.

"¡Santo cielo! Puedo sentirte". Ella se estiró hacia adelante nuevamente, esta vez con más entusiasmo, con ambas manos y deslizó las yemas de sus dedos delicadamente por sus hombros, por sus costados, por su firme estómago, hacia arriba para trazar las líneas de su barbilla y su nariz. "Esto es increíble", suspiró ella. "Pareces una bañera de agua, pero cuando cierro los ojos", ella cerró sus ojos y Bram sintió un escalofrío a través de su toque, "puedo sentirte".

Su roce era una tortura; hacía arder la piel de Bram y le hacía querer impulsarse a sus manos, su boca y sus partes privadas. Un dedo provocador acarició sus labios y Bram no pudo resistir capturarlo con su boca, chupando su dedo índice y lamiendo la yema con su lengua.

Ella se rio nerviosa, un sonido ronco, "definitivamente eres un hombre, ¿no?" Su otra mano inquisitiva siguió el camino de su pecho, rozando sus pezones y palpando hacia la línea de vello en dirección a su pene, que ya estaba en atención y brillante por el líquido preseminal. Él intentó sentarse, sacar sus brazos y halarla sobre él, pero no pudo alcanzar más allá del borde de la tinaja y salpicó de vuelta agua.

"Hmmm, ¿quieres tocarme?", preguntó ella. Él intentó borbotear dos veces, pero no pudo invocar la voluntad de hacer nada más que mirar mudamente mientras ella se desabrochaba el sujetador y lentamente se quitaba la falda y las bragas transparentes. Ella se inclinó sobre la tinaja y apretó sus senos contra el borde.

Por un segundo, él perdió la concentración que lo mantenía unido y pudo sentir como sus moléculas se separaban con un grito de agonizante dolor. Ella lo tocó con su mano y a la mínima presión de sus yemas, su cuerpo se volvió a unir de un tirón. Él agarró su mano y la presionó contra su pecho, sosteniéndola firmemente.

Él exhaló, suspiró, trazando la curvatura de cada yema. Ella empezó a quitar su mano, pero él la agarró con más fuerzas, tratando de recalcar la importancia de mantener su mano tocándolo todo el tiempo.

"Entonces, *realmente* quieres que te toque".

Él borboteó dos veces, feliz de que ella haya entendido. Ella suspiró y se mordió los labios.

"Bueno, si necesitas que mi mano se quede en tu pecho, entonces sólo hay una forma de que yo alcance lo que realmente quiero tocar".

Él quería explicar que no tenía nada que ver con tocar su pecho en particular, pero su cara se estaba doblando sobre el borde de la tinaja, su lengua rozando la parte baja de su estómago, besando su ombligo y mordisqueando levemente mientras seguía el camino de vellos hacia su miembro hinchado. No quería decir absolutamente nada para detenerla.

Bram pensó que explotaría en el momento en que su boca tocara su piel caliente. Ella tomó la base de su tronco con la mano libre, se la jaló una vez dejando su mano envuelta en el tronco. Lamió el lado, su lengua siguió su vena palpitante antes de cubrir sus dientes con sus labios y tragar la cabeza en un solo y suave deslizamiento. Él apretó sus dientes, resistiendo el instinto de empujar dentro de su boca, sumergirse más profundo dentro de su cálida boca. Ella lo lamió perezosamente, moviendo su cabeza lentamente de arriba abajo en movimientos suaves que lo mareaban de deseo. Su mano fue a la parte de su nuca y suavemente la guio más profundo dentro de él. Ella gimió de placer alrededor de él y su miembro se sacudió.

Luego, ella empezó a tararear, una vibración que empezó alrededor de su tronco y lo sacudió hasta el centro de su ser. Él intentó levantar su cabeza antes de venirse en su garganta, pero ella soltó su tronco para agarrar sus muslos e introducir el tronco más profundo hasta que él pudo sentir el revestimiento de su garganta moviéndose alrededor de su miembro. Su grito hizo explotar burbujas por todas las paredes, que luego gotearon dentro de la tinaja, mientras él se vino con fuerza en su boca, sintió estrellas y luces rebosando a través de su cerebro tan fuerte y rápidamente que casi se desmayó.

"Para ser un chico del lago, sabes salado", ella sonrió.

Su piel vibro con energía, cada terminación nerviosa rebosando de vida. Él se solidificó en carne y huesos, el agua desapareció hasta que él estaba estirado visible y desnudo en la tinaja. Por un glorioso momento, fue él mismo otra vez, su cuerpo una vez más completo y entero.

"¡Santo cielo!" Ella tragó en seco. La repentina aparición en carne y hueso fue tan discordante que Audrey no pudo evitar saltar hacia atrás de la bañera, perdiendo contacto con su piel.

"Belleza", murmuró él y alzó su mano para tocarle el brazo, antes de que su brazo colapsara de vuelta en el charco de agua.

"¡Bram! ¡No!", gritó ella y se lanzó hacia adelante tan rápidamente que cayó completamente sobre él. Él envolvió un brazo alrededor de ella, halando su cuerpo desnudo cerca de él. Estaba de vuelta a su forma acuosa invisible, pero cuando la sostuvo pudo sentir las crestas rígidas de su cuerpo contras sus suaves curvas.

Luchó contra el cansancio después del clímax que halaba su cerebro. ¿Quién sabe por cuánto tiempo podría mantenerse unido? ¿Cuántos momentos tendría con la mujer más bella y asombrosa que jamás había visto?

"¿Qué acaba de pasar?" Ella apoyó la cabeza sobre su pecho, una mano recorriendo la línea de su barbilla y luego su clavícula antes de volver a recorrer el camino al otro lado de su cuello. Bram no tenía respuestas para ella pero la agarró cerca de sí, concentrándose en las respiraciones de ambos y en el ritmo de los latidos de su corazón mientras se volvían uno solo.

***

Acostada en el húmedo capullo de sus brazos, Audrey recitó las palabras del contra hechizo una y otra vez, esperando que hubiera algún aspecto del acertijo que aún no hubiera examinado. "Sólo cuando él pueda probar la fuerza de su convicción y dos hogares trabajen juntos por su liberación, se romperá la maldición". Era seguro que ella y Bram eran dos hogares diferentes, pero Audrey estaba desconcertada en cómo se supone que trabajarían juntos por su liberación. Sintió frustración en su estómago. No parecía haber una solución a la vista.

Se estiró en la bañera, recostándose más sobre Bram y sintió su calor. Por ahora, él estaba vivo, estaba sólido y era sólo de ella. Asegurándose de mantener un fuerte agarre alrededor de su centro para que él no desaparezca, le dio un suave beso en sus labios. Él respondió, como un verdadero Vikingo, agarrando la parte de atrás de su cabeza, empujando la lengua entre sus labios que se desapartaron con facilidad, besándola como si el mundo estuviese en llamas. Audrey se recostó sobre él y saboreó cada segundo, sólo se soltó para tomar una bocanada de aire. Los lados de la bañera se sintieron fríos contra sus costados. Sabía que probablemente tendría moretones en las rodillas y codos al otro día, pero el pensamiento era distante y fácilmente ignorado en medio de la confusión de esos rápidos toques calientes. Deseó tener sus manos libres, pero tenía miedo de que ajustando su agarre rompiera el hechizo y él se disolviera para siempre.

Esto no desaceleró a Bram para nada y Audrey tragó en seco mientras sentía su atención moverse a sus senos, lamiendo y mordisqueando su delicada piel. Él torturó deliciosamente sus duros pezones, retorciendo y ocasionalmente pellizcándolos. El dolor se mezclaba con el placer, mientras ella se retorcía y gemía, intentando tocarlo por todos lados a la vez. Aun cuando sus manos estaban atrapadas y contraídas en sus costados, él usó por completo sus palmas y dedos, la tocó y masajeó: vagó arriba y abajo por su esbelto y bronceado cuerpo, dejando besos y pequeñas marcas de mordidas a su paso.

Audrey gimió, el placer y la frustración se mezclaban en un charco seductor e instalándose entre sus piernas como una ardiente necesidad. Ella quería pasar sus manos por sus duros abdominales, sentir el contorno de sus bíceps y tirar de su cabello mientras él se venía dentro de ella.

"¡Bram, por, favor!" gimió ella.

El roce de sus manos se sentía hambriento, mientras ella lo sentía mover arteramente una mano bajo ella. Sus dedos recorrieron sus muslos, vacilando ante su húmeda apertura.

"¡Tócame Bram, te necesito!" Él introdujo sus dedos, hurgando y estirándola mientras un dedo encontró el delicado nudo de nervios en su pasaje y lo masajeó hasta que ella pudo sentir cada terminación nerviosa de su piel gritando por liberación. No podía hablar, apenas podía gemir su nombre y un grito susurrante desesperado.

"¡Bram...Métemelo...Ahora!" Audrey tragó en seco cuando el largo y duro miembro de Bram se presionó contra la parte interna de su muslo. Ella nunca había estado tan húmeda y lista para un hombre y se enganchó a sí misma en su dura verga, mientras él se impulsaba hacia arriba, empujando hacia abajo hasta que la penetró hasta el tronco.

Audrey casi grita cuando lo tuvo dentro de sí; él la llenó por completo y ella le hizo señas de que necesitaba un momento para reacomodarse. Asegurándose de mantener sus manos exactamente donde estaban, Audrey subía y bajaba, cogiendo un ritmo. Ella escuchó este gemido borboteante mientras él igualaba su movimiento pélvico. Su mano se movió lentamente por su costado hasta que él alcanzó el lugar donde sus cuerpos se unían.

Ella estaba tan cerca, su orgasmo incrementaba como una ola a punto de romper.

"Aún no", ella escuchó su susurro borboteante. "Puedes llegar más lejos, mi belleza".

De repente, Bram agarró a Audrey bruscamente por la cintura y los volteó a ambos, con Audrey acostada sobre su espalda en la bañera y él en control. Audrey se rio nerviosa mientras ellos cambiaban lugares, moviendo sus manos por su pecho sin romper el contacto hasta que ambas manos sujetaron firmemente sus nalgas halándolo hacia ella y besándolo ferozmente.

Bram se salió, tomándose su tiempo a través de cada pulgada de su suavidad aterciopelada, mientras lo hacía. El sentir de su verga contra su pasaje se sentía como una exquisita tortura. Se detuvo en su entrada, inclinándose para besar el cuello y el pecho de Audrey. Ella podía sentir su mirar como una caliente advertencia; sentía su diversión al verla retorcerse.

Audrey gimió de frustración. No quería admitir que lo necesitaba tanto. Todo su cuerpo palpitó para él y él se rehusó a darle lo que ella tan desesperadamente necesitaba. Tan cerca, tan cerca. Ella movió su mano hasta su cara para sentir a Bram sonriendo bajo las yemas de sus dedos, mientras él se deslizaba dentro de ella, lenta y superficialmente, antes de salirse, una y otra vez.

"Bram, por favor…" ella tragó en seco entre sus metidas provocadoras y sus besos, agarrando sus lados e intentando halarlo más cerca, "¡Oh por favor…..sólo hazlo!"

A su orden, él se abalanzó sobre ella, llenándola toda. Con un gruñido como un grito de guerra, Bram se introdujo dentro de ella mientras la halaba hacia su verga. Audrey podía sentir el calor incrementar en su interior. Ella estaba completamente fuera de sí; era incapaz de pensar o hacer ninguna otra cosa más que estar con este hombre y seguir su delicioso movimiento pélvico. Su ritmo se aceleró y los gemidos salían de su boca. Estaba completamente fuera de su control.

Justo cuando pensó que iba a explotar de la presión, Bram puso una mano entre ellos dos y presionó su pulgar contra su hinchado clítoris. Ella se pasó del límite en un liberador momento cegador y pulsante. Audrey se apretó contra Bram mientras él liberaba su semilla dentro de ella con un gemido como grito.

El centelló en forma de carne y hueso. Audrey no pudo aguantar un suspiro ante el asombro en su cara. Su boca se torció con una sonrisa colmada de confianza y satisfacción masculina.

Su dedo recorrió su cara. Él no encajaba en el modelo de belleza andrógina que salen en tantos posters de películas. Los rasgos de Bram eran más fuertes, más marcados, con líneas definidas y cicatrices en su frente y bajo sus párpados. Esta era una cara que había visto la guerra y las adversidades, y que peleó su camino hacia ella.

Era la cara más bella que ella había visto.

Ellos estaban acostados juntos, respirando fuertemente.

"Obviamente, vamos a necesitar tener mucho más sexo si esa es la única forma que tengo para ver tu cara", dijo ella, recorriendo con un dedo su barbilla y bajando a su pecho. Ese tatuaje de lobo, ella estaba rápidamente empezando a pensar, era la imagen más sexy del planeta. Bram sonrió como respuesta.

El cuerpo sólido sobre ella debía ser pesado y caliente, pero todo lo que ella podía pensar era en la mágica perfección de cómo sus cuerpos encajaban juntos. Él se le quitó de encima, recostado sobre la pared de la bañera antes de relajarse en un sueño colapsado.

Su expresión mientras dormía era más joven, como si sus años malditos desaparecieran cuando se relajaba. No deseando despertarlo, ella se levantó temblorosa de la bañera y tomó una toalla para empezar a secarse.

Demasiado tarde se dio ella cuenta de su error.

¡Necesito tocarlo para que se mantenga sólido!

"¡No...!" gritó ella, resbalándose en el tapete del baño y cayendo hacia la bañera. Por un segundo se sintió suspendida, sus brazos sacudiéndose incontrolablemente frente a ella para intentar detener la caída, sabiendo que se golpearía contra las duras baldosas. Justo cuando estaba segura de que se partiría la cabeza contra la pared detrás de la bañera, dos brazos musculosos la agarraron y la estabilizaron.

"Ya, ya muchachita. Te tengo". Su voz era baja y áspera.

"¿Estás bien?" preguntó ella, sin aliento. El verdadero significado de la maldición la golpeó con la fuerza de uno de los cocteles de la abuelita. "¿La 'liberación'? ¿Nuestra diversión en la bañera te solidificó? ¿En serio?"

"Muchacha, yo no sé más que tú, pero puedo sentir mi piel y eso no ha ocurrido en mil años. La convicción de llegar a ti, aquí en la cabaña, los dos trabajando juntos para dar placer... debieron ser suficiente".

Audrey pensó en el guiño pícaro de la abuelita en la foto lo cual la llevó a la descripción de la maldición. "O tal vez mi familia realmente sólo quería que nos acostáramos".

Él enredó un dedo en su cabello. "Cualquiera que sea la razón, mi belleza, estoy en tu deuda por siempre. Yo dedico mi vida a tu servicio".

¿Un vikingo jurando lealtad y servicio eterno? Audrey pensó en muchas maneras para usarlo.

Gracias, Abuelita.

Su Inmortal Vikingo
Un Romance Paranormal
por AJ Tipton

Siobhan caminó al trabajo, fatigada y confusa, pasando sus dedos por las marañas de su rebelde cabello pelirrojo y halando hacia abajo el fedora alrededor de su cabeza. Una taza de café aguado de cafetería quemó sus dedos lentamente, atravesando el papel barato, pero ella apenas lo notó.

¿Eso en realidad sucedió?

Después de tres años juntos, Steve tuvo el coraje de decirle, "Tal vez deberíamos ser solamente amigos...con beneficios."

Siobhan suspiró. *Que mal que los embrujos sean tan difíciles de encontrar en estos días.* Ella enderezó su fedora por tercera vez desde que aparcó su automóvil. *En el siglo diecisiete, yo podría haber obtenido un buen hechizo de rana en cualquier esquina.*

Maldito Steve y su maldito miedo al compromiso.

El corazón le dolía como si se lo hubieran exprimido y colgado a secar. A ella le habría encantado pasar el día en su rutina post-ruptura, hace tiempo perfeccionada, en vez de ir a trabajar. Pero, sus días de vacaciones de este año se habían acabado hacía mucho.

Uf.

Siobhan pasó la entrada del Winter Wondernasium, luciendo una sonrisa profesional en su rostro. El esfuerzo quemó sus mejillas. Le dijo hola rápidamente a los boleteros y saludó a los guardias de seguridad.

Ellos no serían tan amistosos si supieran lo que soy, pensó Siobhan, concentrándose en su sonrisa.

Vio su sombrero reflejado en el ojo vidrioso de uno de los muñecos de nieve y las palabras de Steve, de anoche, la golpearon inesperadamente. "Sabes cuánto me gustas, pero tus cuernos...me ponen los pelos de punta. ¿Se verían mis hijos así? "

Pendejo.

Siobhan se detuvo a sí misma de ajustarse el sombrero nuevamente. Tres años. Fue tanto tiempo que ella lo dejó entrar, empezó a pensar que él la aceptaría por lo que era: una verdadera leprechaun. La mayoría de la gente pensaba que los leprechones tenían ollas de oro (falso) y concedían deseos (verdadero), pero casi nadie sabía acerca de los cuernos. Aun cuando era honesta en las citas acerca de lo que era, los cuernos eran una sorpresa reservada para la tercera cita. Por suerte, un simple sombrero podía cubrir los suaves y redondeados apéndices de todos, excepto de los más íntimos compañeros.

Siobhan tenía un historial sorprendentemente espantoso seleccionando a esos compañeros.

Se dijo a sí misma, en el largo transcurrir de su vida, tres años eran prácticamente nada. Steve apenas viviría otros 60 años, *como mucho*.

Tienes más de setecientos años de edad. Eres mejor que esto.

Ella *odiaba* lo mucho que aún le dolía su rechazo.

Sus pies bajaron por la vía peatonal, cubierta de copos de nieve plásticos, que pasaba por el centro del parque temático de invierno.

Miró buscando a Erik, pero su mejor amigo probablemente aún estaba en los vestidores intentando entrar sus abultados músculos y enormes alas en el traje de mascota. Siobhan conoció a Erik en el 1850 cuando ella huyó de Irlanda y vino a América. Erik—un vikingo inmortal, maldito-- también había llegado recientemente, su engaño haciéndose pasar como un ángel caído fue finalmente descubierto por el Vaticano. Aunque ella nunca se lo diría, Siobhan entendía muy bien por qué la estafa funcionó para él por tanto tiempo. Los rasgos perfectos de Erik y sus músculos firmes eran casi perfectamente iguales a las imágenes de los seres celestiales que se ven en los vitrales de las parábolas. A diferencia de siglos de incautos, Siobhan sabía que las alas distaban de ser angelicales: eran la pesada consecuencia de una maldición lanzada hace más de mil años.

Imaginándolo desnudándose lentamente en el vestuario, mientras se preparaba para su turno, ella contuvo otro suspiro.

Ni siquiera lo pienses. Erik está prohibido.

Era una regla tan antigua, que ella casi había olvidado por qué la crearon.

Casi. Todo lo que hacía falta era verse en el espejo para recordar. Se detuvo frente al cartel reflejante de la Casa de los Espejos, pensando cuidadosamente. Ella era pequeña, pero no tan cómicamente pequeña como los leprechones de las historias. Su pálida piel se volvía rápidamente rojiza en el sol y estaba cubierta de pequeñas pecas castaño rojizo. Era delgada, pero fuerte, y se esmeraba todos los días para asegurarse de que sus largos rizos rojos estuviesen perfectamente peinados. En realidad, no se veía mal. Steve no había tenido ninguna queja sobre su rostro.

Eran los *malditos* cuernos.

Siobhan sacudió la cabeza, trayéndose de vuelta al presente. Generalmente, éste era su momento favorito en el parque: la hora antes de abrir, cuando todas las atracciones chirriaban lentamente cobrando vida como enormes criaturas estirándose, mientras despertaban con engranajes rechinantes y luces centelleantes. Las hordas de niños gritando y padres aburridos todavía no habían llegado y el sol de la mañana, brillando de posibilidades, destellaba sobre las decoraciones de invierno.

Caminó alrededor de una manada de muñecos de nieve con ojos espeluznantemente realistas y la estatua de treinta pies de altura de Percy el Pingüino, la mascota del parque, con su lenta cabeza giratoria y saludando con el ala. Se dijo a sí misma --nuevamente-- que la estatua era encantadora, no espeluznante. Siobhan nunca había entendido por qué la familia Smitheen, con su abundante riqueza, había decidido que un parque de atracciones temático de invierno era algo que el mundo necesitaba. Pero, Siobhan no podía negar que tenía debilidad por el lugar cada vez más en decadencia.

El sólo hecho de estar en el parque la ayudaba a desenredar uno de los dolorosos nudos en su pecho. Aquí ella tenía un propósito, algo que le quitaba la mente de Steve y Erik y el desastre que era su vida personal. Siobhan encendió el aire acondicionado en su oficina y respiró hondo, mientras el aire frío le daba la bienvenida. La oficina era eficiente y simple; el único toque personal era una pequeña pintura de San Patricio que nadie necesitaba saber que era un original del siglo 18.

Como Directora Financiera del Winter Wondernasium, Siobhan era responsable de las finanzas del parque: desde los inservibles juegos que dan premios en la sala de juegos, de las aún peores mercancías en la tienda de regalos, hasta las recaudaciones nocturnas del sorprendentemente lujoso bar, el Ice Palace. Su jornada laboral consistía en horas de cálculos y duras decisiones que hubiesen mantenido a una persona menos capaz babeando de sueño por el aburrimiento o corriendo en círculos, del pánico.

Siobhan no lo cambiaría por nada.

Luego de nueve gloriosas horas de cálculos, reuniones y una llamada en conferencia que terminó con Siobhan suponiendo que la madre del gerente del banco era propensa a aparearse con yetis, finalmente terminó.

Siobhan sonrió al parque lleno a reventar, mientras salía del edificio de oficinas. Ya había atardecido y todo el Wondernasium estaba encendido con cientos de luces blancas centelleando, brillando por doquier como libélulas. Aún después de haber trabajado en el parque por dos años, la vista todavía se las arreglaba para quitarle el aliento.

"¡Oye, muchachita!" llamó una voz grave en un pobre acento irlandés, "¡Mantente alejada de mi olla de oro!". El dueño de la voz se rio, con una grave y contagiosa risa que sacudió su gran cuerpo e hizo que su cabello negro, que le llegaba hasta los hombros, se sacudiera. Como siempre, la voz de Erik hacia saltar el estómago de Siobhan que luego brincaba hasta en medio de sus piernas. Y, como siempre, Siobhan lo ignoraba.

"Guau, Erik, ese es sin lugar a dudas el peor acento que he escuchado," Siobhan sintió una amplia sonrisa crecer en su cara. No había nada como su mejor amigo para animarla.

"¿Qué? ¡He estado todo el día perfeccionándolo! "La cara de Erik se contorsionó con falsa indignación, su gabardina demasiado grande ondulando en el viento. "¡Sólo intento congeniar con mi leprechaun favorita! "

Únicamente el botón superior de su abrigo estaba abrochado, permitiéndole al resto de la gabardina agitarse libremente y revelar el cuerpo, digno de babear, apenas cubierto por su ajustada camiseta. Siobhan intentó ignorarlo, pero Erik era verdaderamente hermoso de mirar. Su pecho era fuerte y esbelto, estrechándose en una 'V' perfecta para encontrar sus exquisitamente curvos huesos de la cadera.

"Que excelente uso del tiempo de la compañía," Siobhan redujo su voz a un susurro, "y *sabes* que no debes usar la palabra que empieza con 'L' en el trabajo." Puso los ojos en blanco. Siempre era así con Erik: sus conversaciones eran cómodas e íntimas, pero su mente siempre estaba a un suspiro de empezar a fantasear acerca de pasar su lengua por el fuerte contorno de su mentón.

"Era eso o resolver la hambruna mundial," dijo Erik con una sonrisa lobuna. Esa familiar curvatura de sus labios siempre hacía bailar su libido, un baile feliz. Pero, años de práctica ayudaron a Siobhan a no darle importancia. "Hay un límite de lo que puedo hacer en un traje de pingüino gigante con niños pateándome las espinillas." La cara de Erik se puso seria de repente. "Vi tu mensaje de texto sobre Steve. Lo siento no pude ir a verte esta mañana. ¿Cómo lo llevas?"

Siobhan miró a los alrededores, consciente de la multitud de trabajadores y extraños pululando por el parque. Después de alejar pensamientos de Steve todo el día, la compasión en los ojos azul oscuro de Erik hizo que vinieran a ella todo el dolor e indignación como una multitud de carritos chocones.

"Pienso que debemos ir a tu oficina, " dijo ella. "No existe forma de tener esta conversación sin usar lenguaje que los pequeños no deben oír. "

Erik le ofreció su brazo como todo un caballero en una película a blanco-y-negro. "Por aquí, jovenzuela," dijo él con su adorable sonrisa.

Riendo, Siobhan tomó su brazo y caminó con él hacia la gran Noria cerca de la parte trasera del parque. Sólo Erik podía llamarla "jovenzuela" y salirse con la suya. Con 1200 años y algo más, él era uno de los únicos seres que ella conocía más viejos que sus 700 y pico de años.

Stan, el tipo alegre manejando la Noria, les asintió con familiaridad. Estaba acostumbrado a su hábito de ocupar una cabina por horas. Era el único lugar, tal vez aparte de su bar favorito, *AUDREY'S*, donde ellos podían hablar libre y privadamente, sin tener que esconder sus verdaderas naturalezas.

Erik y Siobhan ocuparon la banca de su cabina, sentándose tan cerca en el reducido espacio que sus muslos se presionaban. Pequeñas chispas de electricidad recorrían cada nervio de Siobhan cada vez que sentía el calor de su piel a través de sus pantalones.

Mientras la gigantesca rueda quejumbrosa los levantaba del suelo, Erik tomó las manos de Siobhan suavemente y miró fijamente en sus ojos. Los ojos de él, eran tan azules que hacían el panorama helado, estridentemente pintado, al borde del parque lucir opaco en comparación.

"Este es el inicio de algo especial." Él lamió sus gruesos labios e incrementó la intensidad de su mirar. Siobhan sintió su aliento. Su lengua pasando por sus labios envió escalofríos profundos A su estómago. *"¡Finalmente vamos a hacer salto de base!"*

"¡Aléjate de mí, baboso!" exclamó Siobhan, halando su mano y sonrojándose, mientras se reía. "Pensé que ese era el plan para *tu* próxima ruptura, no para la mía." Se acomodó en el pequeño espacio, rozando su pierna contra las musculosas piernas de Erik, manteniendo su expresión cuidadosamente neutral, mientras su saltante libido bailó bajo su piel. "Veamos. Hasta ahora hemos hecho paracaidismo, salto bungee, nado con tiburones y paravelismo," Ella se contó los dedos con cada actividad. "¡*Ah* y salto desde acantilados! sonrió ante el recuerdo. "¿Dice algo horrible acerca de nosotros que cada vez que pasamos por una ruptura, hacemos actividades que atentan contra la vida?"

"¿Qué amenazan la vida? ¡Ha!" Erik le dio a Siobhan una sonrisa engreída que bamboleó el seductor hoyuelo en su barbilla. "Sabes tan bien como yo que la bruja que me maldijo no me dejaría terminar mi castigo con algo tan simple como la muerte. Amigos y enemigos han intentado asesinarme en todas las formas que puedas pensar", alzó una ceja casi hasta donde empieza su cabello. "Ninguna funcionó".

Siobhan se acercó y pasó un dedo por la ceja de Erik, presionándola hasta que volvió a su posición normal. Una expresión extraña apareció en sus ojos, mientras sus dedos rozaban su cara, pero Siobhan lo ignoró.

"Está bien, Vikingo, cálmate. No quiero verte sobrexcitado y saqueando el área de comida."

Erik se movió en el duro banco de la Noria hasta estar frente a ella, su pícara sonrisa creciente. Con un suave agarre, sus dedos rodearon la muñeca derecha de Siobhan y la colocaron delicadamente sobre su cabeza, contra el marco metálico de la cabina verde desteñida. Él alzó su ceja más alto que la vez anterior en un acto de rebeldía.

"Hoy hicieron pudín de chocolate. El saqueo es casi un hecho en este momento," puso su voz en un tono grave y ronco.

Siobhan puso sus ojos en blanco y usó su mano libre para nuevamente empujar hacia abajo la ceja de Erik, sintiendo un cosquilleo por todo su brazo mientras sus dedos tocaban su piel.

"Pareces un villano de historietas cuando haces eso con tu ceja, ¿lo *sabes*, no? dijo ella.

Erik quitó la palma de Siobhan de su cara con su otra mano, uniendo sus dos muñecas sobre su cabeza. Su agarre era tan suave que, de intentarlo, ella se podría haber liberado fácilmente. Pero, la posición era lo suficientemente intensa para hacer saltar el corazón de Siobhan. Él la miro con una sonrisa de satisfacción.

"Tú sabes…no hemos estado solteros al mismo tiempo desde *la noche*…" empezó a decir él.

Fue interrumpido por una ráfaga de viento que los cubrió, revoloteando como un torbellino el pelirrojo cabello de Siobhan alrededor de su pálida y pecosa cara.

Oh joder, no otra vez, pensó ella. Muchas historias hacen hincapié acerca de la dificultad de atar leprechones para obligarlos a conceder deseos, pero lo que la magia realmente consideraba "atar" era irresponsablemente impreciso en la opinión de Siobhan.

Ella pudo sentir sus ojos brillar como cien luciérnagas zumbando detrás de sus párpados, volviendo sus iris verde brillante. La magia del deseo haló su cuerpo enderezándolo como una marioneta extendida en sus cuerdas hasta que sus manos atadas rozaron el techo de la cabina. Los dos cuernos redondeados bajo su fedora se extendieron tan alto en su sombrero que se cayó de su cabeza hacia el piso de la cabina. Ella quería patear y atraparlo antes de que se lo llevara el viento pero todo su cuerpo estaba congelado, inmovilizado, bajo las antiguas reglas que gobiernan su especie.

"¡Me has atado, di tu deseo y será concedido!" La voz grave hizo eco desde el pecho de Siobhan y a través de su garganta aunque su boca no se movió.

"Oh, cierto, leprechaun," Erik murmuró para sí mismo. "Lo siento, S, se me olvidó."

Siobhan quería lanzarle dagas con la mirada desde su cara congelada.

¿Se te OLVIDÓ? Te mataré cuando esto acabe, pensó ella mirándolo. Desde luego, un deseo mal formulado podría ser mortal en sí mismo. *¡Déjame libre!* Le gritó ella con sus ojos.

"Mi culpa. Aunque..." Su cara adoptó una traviesa sonrisa que hubiese hecho a Siobhan sudar frío si su cuerpo estuviese aún bajo su control. "Apuesto que puedo animarte." Él pausó y luego se inclinó tan cerca que casi se tocan sus narices. Susurró en una voz grave y seria, "Mi deseo...es que tengas tres de los más increíbles orgasmos de tu vida. Ahora mismo."

Luego de Erik decir su deseo, el cuerpo de Siobhan se relajó inmediatamente, el zumbido detrás de sus ojos disminuyendo, mientras volvían a su color natural. Sus cuernos se retractaron hasta estar nuevamente cubiertos bajo la salvaje maraña pelirroja. Ella bajó su brazo y tomó el sombrero, metiéndolo bajo su asiento para que no se lo llevara el viento.

"No puedo creer que tu acabas de... ¡oh!" Siobhan se detuvo bruscamente. Podía sentir la magia del deseo empezando a explotar a través de ella, moldeando la realidad para adaptarse a los requerimientos del deseo. Un calor bien recibido floreció entre sus piernas y ella lanzó su cabeza hacia atrás, sacudiéndose y retorciéndose en el pequeño espacio, intentando contener los gemidos amenazando salir de sus labios. Su mano voló para agarrar el bien formado hombro de Erik, sus dedos hundiéndose en la tela de su gabardina. Ella nunca se había venido tan rápido. Sin progresión, sólo *bam*.

"Nunca había odiado y adorado a alguien *tanto* como ahora--" Un segundo orgasmo la interrumpió, aumentando y llegando a la cima, rápidamente persiguiendo al primero. Enterró su cara en el pecho tonificado de Erik, reprimiendo sus gritos con su camisa mientras su cuerpo tenía espasmos incontrolables. El éxtasis recorrió cada pulgada de su piel como una estampida de caballos, chocando contra las paredes de su estrés. Era increíble.

Era aterrador.

Sudando y temblando, descansó sobre el frío marco de metal de su cabina. Ellos estaban llegando al final de la vuelta, deslizándose cada vez más cerca a la cara cubierta de acné de Stan. *Sólo un orgasmo más...*

Siobhan agarró la mano de Erik en un apretón aplastante, "Este es el peor, mejor... ¡oh!" ella regañó, mientras el último orgasmo empezaba a crecer. Se retorció en su asiento, aferrándose al costado de la cabina, su cuerpo instintivamente contorsionándose intentando incrementar y prolongar el placer.

"Creo que daremos otra vuelta" Erik le guiñó el ojo a Stan mientras daban otra vuelta hacia la tierra.

"Una vez más, ¿si no te molesta?"

"¡Claro!" respondió Stan entusiasmadamente, dándole una mirada confusa a Siobhan.

"¡Gracias! ¡Oh Dios, Sí! Gritó Siobhan, retorciéndose en su asiento.

"No hay problema, señora..." Stan presionó el botón de *empezar* viendo a Siobhan como si fuera una zarigüeya rabiosa lista para atacar. Por un segundo, Siobhan se imaginó a sí misma como debió verla Stan: desplomada en la cabina, sudando y respirando fuerte, una sonrisa de loca, extendida en su cara. Ella sólo esperaba que su cabello estuviese lo suficiente desaliñado para cubrir los cuernos. Y luego, Siobhan paró de pensar.

El tercer orgasmo vino justo cuando llegaban a lo más alto de la Noria. Una sensación apabullante la cubrió en olas y olas tan intensas que pensó que podía desmayarse de placer. Las condiciones del deseo dictaban que los orgasmos tenían que ser los más intensos de su vida, pero esto era imposible. Ningún amante la había hecho sentirse así. Bueno, excepto uno...

¿De seguro un cuerpo no estaba hecho para sentirse así de asombroso?

"Si esto me mata...nunca...hablaré contigo...nuevamente," dijo ella entrecortadamente. Se aferró a la mano de Erik como un ancla, mientras su cuerpo se retorció y agitó en una liberación deliciosa y salvaje.

"¡Oh DIOS!" gritó ella. Las risitas de las cabinas arriba y abajo de ellos trajeron a Siobhan devuelta en sí. *Joder, ¿eso acaba de pasar?*

Ella podía sentir el caliente sonrojo bajo sus mejillas, mientras se daba cuenta de que acababa de tener un orgasmo. En público. En su lugar de trabajo.

Erik soltó una risita, besándola suavemente en la sudada frente.

"Mejor que salto de base, ¿eh?"

Siobhan volteó la cabeza para mirar a Erik a los ojos. Aun después de lo que acaba de pasar, él la miraba exactamente como siempre: su intensa mirada y sonrisa arrogante la taladraban, pero su expresión se mantenía frustrantemente platónica. Hacía que ella quisiera gritar de frustración.

Habían pasado décadas, ellos habían salido con otras personas. Uno de ellos siempre con alguien, mientras el otro estaba soltero. Su amistad, la única constante en cientos de años. En 1945, ambos estuvieron solteros a la misma vez, una ocasión a la que ellos se refieren como *la noche,* aunque no hablaban de eso muy a menudo. Hablar sobre esa aventura en borrachera amenazaba una amistad con la que Siobhan había contado más profundamente de lo que podía admitir. Así que, ella pretendía que sus rarezas eran la única fuerza que mantenía su amistad tan sólida. Ellos hacían chistes acerca de los sombreros que ella tenía que usar para cubrir sus cuernos y los grandes abrigos que él vestía para cubrir sus, inútiles, alas rotas. Se escondían del mundo, a menudo diciendo cuan agradecidos estaban porque no tenían que esconderse el uno del otro.

Pero yo sí me escondo de ti, Erik, Siobhan no dijo las palabras en voz alta, pero sonaron fuertemente en su éxtasis post-orgásmico. Ella escondía que tan a menudo pensaba acerca de esa noche de hacía mucho tiempo. Escondía que tan frecuentemente recordaba lo suave que empezó el toque de Erik, masajeando y acariciando su pálida piel y cómo eso evolucionó a la vuelta más difícil de su vida. Si ella no podía apartar la vista de la apertura en su abrigo era porque no podía olvidar el espectáculo que se escondía bajo su camiseta gris.

Sus abdominales ondeantes, que dan ganas de morderlos, sus brazos fuertes bien definidos alrededor de su pecho, sus piernas fuertes impulsándolo profundamente dentro de ella, una y otra vez...

No hemos estado solteros a la misma vez desde la noche, había dicho Erik antes de pedir su deseo.

Siobhan sintió como se le secaba la boca. Él tenía razón. Erik había estado soltero desde que esa perra, Susan, lo engañó con un hombre tigre hacía seis meses.

Siobhan se sentó más erguida y miró a Erik con una mirada tan feroz que lo hizo moverse en la banca. "Eso ciertamente no fue justo... colega," Siobhan se aclaró la garganta e intentó poner una mirada severa, mientras ajustaba su respiración. *Puedo hacer esto.*

"Oh, vamos, S, sólo intentaba ¡ANIMARTE!" Erik gritó la última palabra, saltando un poco, mientras Siobhan metía la mano en los jeans de Erik.

"Lo que es justo es justo. Es todo lo que digo," sonrió ella, seductoramente y lentamente comenzó a desabotonar los pantalones de Erik, frotando de arriba hacia abajo su mano libre por su muslo. Se sentía bien finalmente tocarlo en la forma en que ella había querido por décadas. Se sentía libre, poderosa. Su sonrisa creció, mientras lo liberaba de los confines de sus jeans, impresionada con lo duro que ya estaba.

No soy yo la única que está lista para esto, pensó ella. Miró su considerablemente largo miembro y se inclinó, sus labios a centímetros de su verga púrpura y brillando con fluido pre-seminal.

Sus ojos se encontraron, su ceja levantándose en interrogación.

Erik miró en los alrededores del activo parque extendido debajo de sus pies y sonrió. "No me gustaría interponerme en la vía de lo que es justo..." sus ojos bailaron con picardía.

Siobhan pasó su lengua desde la punta del pene de Erik hasta el tronco, suavemente, agarrando y masajeando sus bolas con ambas manos. Lo provocó lentamente, besándolo y lamiéndolo de arriba hacia abajo, una y otra vez. Miró hacia arriba viéndolo a los ojos, excitada al ver como esto hacía que se pusiera aún más duro. Erik soltó un pequeño gemido cuando Siobhan dejó de provocarlo y se lo puso en la boca. A ella le encantaba la forma en que se sentía tenerlo dentro, demasiado largo para capturar dentro de su boca entusiasta. Usando una mano para halársela lentamente y acariciar su tronco, ella comenzó a moverse en él, rítmicamente subiendo y bajando, las mejillas hondonadas, mientras ella desbordaba atención en el hombre que adoraba.

La Noria chirrió deteniéndose, mientras su cabina llegaba a lo más alto nuevamente, meciéndose lentamente en la fresca brisa de la noche. Erik agarró el borde de su cabina fuertemente, cerrando los ojos, mientras dejaba salir otro gemido.

"Oh sí, S. Eres realmente buena en esto." Dirigió su mano grande a la cabeza de ella, pasando sus dedos suavemente por sus rebeldes rizos rojos y acariciando sus pequeños cuernos de arriba hacia abajo con las yemas de sus dedos.

Siobhan gimió alrededor de su verga. Ningún amante se había atrevido nunca a tocar sus sensibles cuernos y Erik los masajeó como si fueran rasgos dignos de adoración. Los cuernos se alargaron y enrollaron como respuesta, reaccionando a su excitación. Steve nunca había estado dispuesto ni siquiera a tocar su cabello por miedo a rozarlos accidentalmente. Podía sentir las caricias de Erik por todo su cuerpo, los nervios de los cuernos intrínsecamente conectados a los centros de presión a lo largo de las puntas de sus pezones y su clítoris. Sus manos en su cuerno se sentían como un reflejo de ella lamiendo y chupando su verga.

Ella lo miró y le guiñó el ojo. *Ese tipo de atención necesita ser recompensada.* Relajando su garganta, lo tomó por completo, deleitándose en su grandeza. Incrementó el ritmo, acariciándolo con la lengua, sus manos explorando su espalda baja mientras lo introducía más profundo. Podía sentir como él se aceleraba, apretando el agarre en su cabello y en sus cuernos.

Desde un distante lugar de felicidad, Siobhan escuchó sus palabras de advertencia. Sintió como él se intentaba salir, pero no estaba lista para dejarlo ir tan pronto y se aferró a él. Lo sintió venirse, con su semen caliente bajando por su garganta, llenándola de él.

Él continuó acariciando sus cuernos, aumentando la velocidad de sus dedos, incrementando la presión hasta que sintió un cuarto orgasmo llegar inesperadamente y explotar a través de ella por sorpresa. Cada hueso en su cuerpo se sentía como gelatina y no estaba segura de que podría siquiera bajarse de la cabina de la Noria.

El toque de Erik era casi reverente, mientras la levantaba, sus ojos azules mirándola y manteniéndose sobre los ojos verdes de ella.

"Guau," suspiró él.

La Noria se movió una vez más, transportando sus pasajeros cuidadosamente a tierra. Siobhan no sabía que decir, mientras descendía lentamente. *Guau* ya había sido dicho. La tierra se acercó con su usual lentitud, mientras ella se rompía la cabeza intentando pensar algo ingenioso o despectivo que decir para cubrir lo mucho que ese último orgasmo inesperado había significado. Tomó su sombrero debajo de su asiento y lo empujó sobre su cabeza.

"Pido perdón por eso, gente, la condenada cosa dejó de funcionar", Stan se disculpó jovialmente. Dio un sorbo de una taza blanca con la palabra "STAN" exhibida en un lado. "Espero no haberlos mantenido allá arriba por mucho tiempo."

Él destrabó el cerrojo, abriendo la barra de seguridad y Siobhan sintió sus piernas en piloto automático, mientras bajaba de la cabina. Se desplomó un poco sobre sus débiles rodillas y las manos de Erik se sintieron increíbles en su espalda, mientras la estabilizaba.

Siobhan se sonrojó. Ella ni siquiera había notado la falla en la atracción. *Demasiado distraída.* Se alejó de las manos de Erik, caminando hacia el maltratado panel de control. Luces rojas centelleando por el lado mostraban que la máquina en realidad tenía problemas y que Stan no estaba simplemente haciéndoles un favor a ella y a Erik al prolongar el viaje.

"Malditos contratistas. Hace poco vino un *muy* costoso personal de mantenimiento. Costó una fortuna, dijo ella. Intentó sutilmente ajustar su falda la cual se había torcido ligeramente durante el recorrido.

"Hace años que no se le hace ningún mantenimiento a este viejo pedazo de basura, señorita," Stan pateó la consola principal de la atracción, sin ganas. "Me alegra oír que alguien va a venir a echar un vistazo."

¿Años? Pensamientos invadieron la mente de Siobhan. Había reportes detallados de mantenimientos escandalosamente caros para las, cada vez más, destartaladas atracciones en todo el

parque. *Si el dinero no estaba yendo a los mantenimientos entonces que...*

Filas de números llenaron su visión.

"Eso estuvo bien..." la voz de Erik parecía venir desde lejos. Por el rabillo del ojo, lo vio despedirse de Stan, mientras la seguía con un caminar saltarín hacia su oficina. "Siobhan, tal vez deberíamos hablar acerca de..."

Miles de dólares se han gastado en esas reparaciones. *¿A dónde se había ido el dinero?* Un pánico enorme empezaba a crecer, mientras ella intentaba recordar con prisa los costos de mantenimiento del año pasado.

"Hasta luego, Erik. Tengo trabajo que hacer." Se fue trotando hacia el edificio de oficinas, determinada a llegar al fondo de este asunto.

Si Erik respondió, ella no lo escuchó.

***

A Erik, no le parecía posible que todo el mundo estuviese caminando como cualquier otra mañana.

¿Lo de ayer realmente pasó? Estar así con Siobhan, en la Noria, en medio de un parque

abarrotado, era una de sus fantasías más profundas, más secretas, hecha realidad.

Erik aún podía sentir la boca de Siobhan alrededor de su verga, su lengua pícara provocándolo y llevándolo al orgasmo más explosivo que haya tenido en siglos. No se había venido tan intensamente desde Denise, la dependienta parisina que él cortejó en los 1770; ella lo cabalgaba como un hada llorona en el muelle de carga de la *boulangerie*. Por supuesto, ese amorío terminó cuando los agentes del vaticano lo encontraron y tuvo que huir de la ciudad, nuevamente.

El pesado disfraz de pingüino era una carga de dos toneladas contra sus alas y el sol de media tarde rostizó la parte exterior del disfraz de mascota como la cáscara carbonizada de un malvavisco, con Vikingo derretido dentro. El gran contenedor de agua hecho de tela atado a su espalda con una manguera serpenteando hacia su boca, picaba donde colgaba entre sus alas. Él podía sentir los duros bordes del contenedor contra cada delicada barba de sus plumas, la petaca flácida y seca hacía mucho tiempo. Erik intentó sorber las gotitas sobrantes y sólo escuchó el silbido del recipiente vacío.

Oh, las glorias y los milagros de ser una mascota de parque, suspiró Erik, convocando la energía para lanzar sus brazos hacia arriba y echar su peso hacia atrás y adelante como un "baile" para los niños reunidos alrededor de él.

De todos los trabajos esporádicos que él había tenido a través de los siglos para ocultar sus malditas alas, mascota de parque tenía que estar entre los cinco peores. La inmortalidad no era tan mala. Pero, las malditas alas rotas lo relegaban a una vida de correr y esconderse; ser llamado fenómeno donde quiera que fuese. Era difícil recordar los viejos días cuando él soñaba--*obsesionado*--con conseguir las alas de una Valkiria.

Todo se resume en la bruja. Hace más de mil años, él la encontró, mientras saqueaba una pequeña isla con su padre y sus hermanos y, como un idiota, intentó hacer un trato. Era joven, ambicioso y--pensaba él--inteligente. Una combinación mortal. El plan parecía tan simple en ese momento: Él dejaría ir a la bruja con los niños de la isla y, finalmente, tendría la capacidad de volar como tanto había soñado. Una vez el trato estuvo hecho, todo salió mal.

"Hay una razón por la que 'ten cuidado con lo que deseas' es un cliché, chico." Las palabras de la bruja fueron las últimas que Erik escuchó antes de rendirse en la agonía de las alas creciendo en un cuerpo humano no hecho para ellas.

Entre lágrimas de dolor vio a la torcida vieja bruja arreando los niños cubiertos de cenizas y sangre, lejos de los sonidos de la batalla, dirigiéndose a la playa.

Directamente a la espada del hermano de Erik, Bram.

Aún en su estado de angustia, él sabía que pudo--que *debió*--gritar para dejarle saber a la bruja que la playa sería una trampa mortal.

Mientras la última de las cabezas de los niños desapareció, detrás del peñasco, una puntada de culpa añadió otra arruga a su frente. La bruja no había dicho *explícitamente* que Erik debía protegerla a ella y a los niños hasta que el saqueo Vikingo *acabara*, sólo que los dejara ir--en este caso, ir a ser cortados en pedacitos. Erik había obtenido lo que quería y eso era lo único que importaba: ¡Tenía sus alas!

Las majestuosas alas de una Valkiria brotaron en su espalda; capas de suaves plumas se arquearon desde sus omóplatos estrechándose hasta la parte de atrás de sus muslos. Su cuerpo se sentía completo y, aun así, extrañamente ligero, mientras él flexionaba sus hombros y sentía las correspondientes olas de las alas. Las posibilidades eran ilimitadas. Con alas, él podría ser un explorador de su clan, buscando blancos más lejanos y más valiosos. *O mejor aún...*con alas, él podría dejar su familia por completo y explorar otras tierras. Se podría alejar de la sed de sangre de su padre, de la furia y angustia de sus hermanos e ir a algún lugar donde su ingenio y encanto pudieran ser apreciados.

Erik abrió sus brazos y sus alas se extendieron amplio igualando sus brazos, estirándose a los lados con poder aun no probado. Las batió en toda su extensión, incrementando la velocidad a medida que crecía su confianza.

La tierra desapareció bajo sus pies.

Corrientes de aire jugaron por cada pluma como una caricia, cada rizo de aire y giro en la brisa llena de misterios y secretos. Nunca se imaginó que las plumas serían tan sensibles. Se sentía como si nervios individuales se extendieran hasta la punta de la barba exterior de cada pluma, enviando pequeñas olas de conciencia a través de cada fino cañón.

Allá abajo, la batalla de su padre y hermanos parecía tan pequeña. Podía ver a Bram, una diminuta figura negra sobre la arena blanca, deteniendo a la bruja y a los niños de continuar y alcanzar su destino. Mikkel, cubierto en metal que destellaba con el sol, iba rápido, con su otro hermano, Carr, seguido de cerca por su padre. Erik sabía que podía descender, intervenir, pero... ¡las alas eran asombrosas!

Erik plegó sus alas y cayó en picada, extendiéndolas a su envergadura completa en el último momento para subir en espiral en una ráfaga de éxtasis. Este sentimiento--esta exaltada alegría de potencial y posibilidades--esto era la libertad.

"Rompiste tu promesa." La voz de la bruja parecía rodearlo, llevarlo en un frío viento cortante como una tormenta de nieve. El borde de la isla en el horizonte se inclinaba y se desplazaba, mientras Erik luchaba por recobrar el balance en el súbito vendaval.

"Te dejé ir. ¡Mantuve mi promesa! No dije que te protegería por siempre." Gritó él al viento rugiente. De repente, sintió una pesadez en su estómago como si su cuerpo se estuviera llenando de piedras.

"Y yo cumplí mi promesa," dijo ella. *"Te di alas."*

El viento congelante se extinguió tan repentinamente como empezó.

"No dije que tenían que funcionar."

Sus alas pelearon contra la gravedad, pero su cuerpo era demasiado pesado para mantener a Erik en vuelo. Un pánico ciego se apoderó de él. Lo que sea que haya hecho la bruja para preparar su cuerpo para el vuelo había sido revertido en un momento.

La tierra rugió hacia él. La última imagen que Erik vio fue a su familia, ordenada, en la playa: Bram disuelto en nada, como si su cuerpo hubiera sido convertido en sopa y su padre y hermanos colapsados, muertos, inmóviles en la playa.

Luego oscuridad.

La risa chillante de un niño trajo a Erik de vuelta al presente. Se estremeció ante el recuerdo que, aún después de mil años, nunca estaba lejos de sus pensamientos. La bruja no sólo se había asegurado de que nunca volara nuevamente sino que se aseguró de que él tuviese que vivir con el remordimiento y la carga de las enormes alas todos los días.

Una pequeña niña gritó "¡Percy! Mamá, ¡es Percy!!" y Erik no se sentía con ganas de mover las manos y bailar. No cuando las alas se sentían como idénticas pesas de plomo en su espalda y el sudor goteaba como ríos entre sus omóplatos. Saludando en dirección a la niña, él caminó fatigosamente hacia la puerta, de *Sólo Empleados* de la Casa de los Espejos y entró a la relativa frescura del almacén del parque.

La angosta área estaba tan llena de juguetes con ojos muertos de la sala de juegos que apenas había espacio para caminar. Pero, la claustrofóbica fealdad aseguraba que al menos tendría unos cuantos segundos para estar solo. Él cerró la puerta y se quitó la sofocante cabeza de pingüino de espuma con el mareado alivio de un hombre ahogándose que sale a la superficie.

Hasta el aire rancio y polvoriento del almacén se sentía sublime en su rostro. Plumas de los arcos de sus alas sobresalieron del gran cuello de su traje, ondeando delicadamente en el aire. Él deseaba saltar del disfraz de mascota y estirar en su total envergadura sus torcidas alas rotas.

Erik ya había aprendido a no hacerlo. Ser expulsado de suficientes ciudades por aldeanos empuñando antorchas y horcas y un chico aprende a mantener un bajo perfil. Sobrevivió por siglos con la estafa del ángel caído. Con las inútiles alas deformes brotando de su espalda, ¿qué más podría ser? La gente era engañada más fácilmente hace siglos. Ahora, en las raras ocasiones--mayormente convenciones de historietas y fiestas de Halloween-- cuando él podía caminar libremente con las alas descubiertas, tenía que envolver sogas alrededor de sus hombros para hacerlas parecer utilería de disfraces.

Que mal que las últimas generaciones tuvieran teléfonos con cámaras pegados a ellos todo el tiempo. En siglos pasados, él podía simplemente dejar la ciudad--o el país--cuando sus alas rotas causaban revuelo en la clase dirigente.

Ahora, el mundo no era lo suficientemente grande.

Suspiró y desabrochó el contenedor de agua de su espalda y lo puso bajo el chorro del viejo bebedero.

Tenía que estar agradecido por este trabajo. Si el parque cerraba--como parecía que iba a hacer cualquiera de estos días, aun con el lugar rebosante de clientes--él no sabía a donde iría.

Tal vez Siobhan venga conmigo. Puso el pensamiento a un lado antes de sobre-analizarlo. Siobhan era su amiga. Nada más.

Sin importar que tan seductora se viera su cara cuando sonreía alrededor de mi verga.

El agua fría se derramó sobre sus manos. El agua había desbordado el contenedor y se había desparramado por los lados, mientras su mente divagaba.

El clic de un tacón sobre el piso de rejilla de metal lo hicieron mirar a los alrededores. Sintió un vacío en el estómago.

"¿Qué haces sin tu uniforme? ¿No sabes las regulaciones oficiales de las mascotas?"

Mohinder Smitheen era el hijo del jefe. "No puedes quitarte la cabeza del traje. Está en las reglas," se quejó él.

Mohinder había heredado su oscura belleza, barbilla delicada y ojos negros de su madre hindú, la hija de un magnate de software y una estrella de Bollywood. Había heredado su gusto por los trajes perfectamente entallados, relojes de oro y zapatos brillantes de su padre sangre azul de los Hamptons.

Sus padres, ricos de toda la vida y su antigua cultura se habían combinado para crear un arrogante, pendejo malcriado con cabello aceitado y una sonrisa igual de aceitosa.

"¡Tú! ¡Contéstame cuando te hable!" Mohinder pateó el suelo.

¿Era yo tan malo cuando tenía 25 años? pensó Erik para sí. La imagen de una isla y una vieja rodeada de niños cubiertos de hollín pasaron nuevamente frente a sus ojos.

Yo era peor.

Erik mantuvo su cara cuidadosamente neutral, mientras respondía, "Lo siento, jefe. Sólo necesitaba rellenar mi botella de agua antes de ir allá afuera."

"No, no lo necesitas. No te pagamos para beber agua y holgazanear en mi tiempo y mi dinero. Sal allá afuera y mantén a esos enanos contentos y gastando dinero."

"Creo que prefieren ser llamados *niños,* señor," dijo Erik antes de poder detenerse.

La cara de Mohinder se puso roja brillante. "Nada de hacerte el listo, payaso. Eres la maldita mascota y tu trasero me pertenece y todo lo demás aquí."

No puedes ni empezar a costear mi perfecto trasero. Erik se pudo detener de decir eso.

Era en momentos como estos cuando Erik deseaba que dar nalgadas no estuviese en desuso. Erik sentía respeto por el sentido de negocio de los padres de Mohinder, pero ellos le hubiesen hecho un favor al mundo al mejorar sus habilidades paternales con el mismo fervor con el que mejoraron la fortuna de su familia.

Por suerte, Mohinder se giró y se dirigió a la Casa de los Espejos antes de que Erik abriese su gran boca y lo hubieran despedido. Considerando cuantas veces en los últimos meses Erik dejó correr su lengua, si lo amonestaban una vez más, ni siquiera Siobhan podría salvar su empleo.

Erik se colocó la cabeza de Percy el Pingüino nuevamente, asegurándose de que sus malditas alas estuviesen completamente cubiertas. Bebió un gran sorbo de agua de la manguera y salió por la puerta al sol. La luz del sol se sintió aún más como un horno después de la frescura del almacén. El calor resplandeció el aire sobre el crujiente Remolino Chino, mientras el metal giratorio despedía vapor.

Dirigiéndose hacia una fila de niños esperando por la sillita voladora, casi choca contra una masa de trenzas negras que llenaron la ventanilla de malla para ver fuera de su disfraz.

Erik saltó hacia atrás, listo para disculparse, pero luego miró abajo hacia la pequeña cara ovalada, ojos violetas y la traviesa mirada de Lola. La camarera en *AUDREY'S,* donde él gastaba la mayor parte de su salario, tenía la cara enterrada en un cono de algodón de azúcar al menos tres veces el tamaño de su cabeza. El dulce rosa brillante casi cubre la frase sobre su camiseta que ponía "Mi Niño Interior Protagonizó una Película de Terror".

"¡Hola, Erik! dijo ella a través de un bocado de masa rosa. Su sedoso pelo negro, tejido en un remolino de incontables pequeñas trenzas, serpenteantes en patrones intrincados alrededor de su cabeza como fuegos artificiales congelados. Las trenzas se movían saludándolo como una criatura independiente. "¿Cómo te va?"

Él encendió el intercomunicador para que ella pudiese oír su voz. "Me va..."él buscó una palabra apropiada, luego eligió la mejor mentira que pudo encontrar, "Bien."

Sus ojos centellaron verde por un momento antes de cambiar de vuelta a su normal tono violeta.

"Ajá." Su mordida al algodón de azúcar fue tan grande que Erik podría jurar que ella se dislocó la mandíbula para tragar. "¿Quieres decir eso nuevamente sin la mueca?"

La máscara de pingüino cubría por completo la cara de Erik; la única apertura era una malla opaca que le permitía ver hacia afuera. Pero, esto--hipotéticamente--escondía su cara de los observadores exteriores. Le sacó la lengua.

"Vi eso." Ella le dio otra enorme mordida al algodón de azúcar. Su sonrisa hacia él era todo dientes y lápiz labial rojo. "Estoy cubriendo el bar esta noche en el Ice Palace. Pensé venir y ver el parque antes de quedar atrapada detrás de la monstruosidad de Mohinder derritiéndose. Y si piensas que te voy a servir esta noche después de quedarte con el chisme para ti, vas a ser enseñado en las bellas artes de la sobriedad. "

Ella envolvió su brazo en la gran aleta izquierda de fieltro de Erik y comenzó a caminar en dirección a la entrada del parque... y de las oficinas administrativas. Las trenzas serpenteaban alejándose de su cabeza y rozaban el hombro del disfraz. Él podía sentir las trenzas sedosas en sus plumas a pesar del grueso disfraz.

"Es Siobhan, ella rompió con ese as--astronauta, Steve," dijo él. En el último instante, Erik se dio cuenta que pasaron cerca de una clase de niños de primaria todos con camisetas rosa. Todos los estudiantes se espabilaron al verlo, expresiones de asombro y terror por sus caras. Su intercomunicador tenía dos volúmenes: apagado y estruendoso. Ellos escucharían todo lo que él dijese. Por más que quisiera llamar al pendejo de Steve todos los nombres que se merece, Erik sabía que tendría que conformarse con sustitutos.

"¿Astronauta?" Lola frunció sus labios rojo brillante en una expresión verdaderamente aterradora. "Me gusta. Un hombre interestelarmente p--pato. Él era un gran pato, ese tipo."

Erik se rio. "Absolutamente. No se cómo Siobhan aguantó a ese cara de pato por tanto tiempo."

"Tal vez era por su gran pico," Lola alzó una ceja.

"Escuché que era más como una...parte del pato que es pequeña. Lo siento, no sé mucho de patos."

Lola palmeó el acolchado hombro del disfraz, su cara una máscara exagerada de tragedia. "Está bien, amigo, sé que te especializas en pingüinos. Entonces Siobhan rompió con Steve y..." dijo ella esperando su respuesta.

Pasaron el carrusel. El tema de invierno del parque también se extendía hasta allí. Los paneles centrales estaban pintados con montañas cubiertas de nieve y paisajes nevados de zorros rojo brillante jugueteando entre árboles de hojas perenne. Las criaturas corriendo, unas contra las otras, en un baile vertical, todos hechos a medida para el parque y uno de los mayores atractivos de la gente artística. Tal vez las sonrisas de las morsas en la cueva se veían demasiado predatorias para sentirse cómodos, pero ver a los niños sobre los enormes osos polares con sillas de montar siempre tenía un toque de magia.

"Este, bueno, estábamos en la Noria. Hablando. Tú sabes, acerca de qué íbamos a hacer en el viaje de ruptura."

"¿Pensé que los viajes de ruptura eran sólo para ustedes evitar brincar a la cama juntos cuando se suponía que estuvieran saliendo con otras personas?" Ella dio otra enorme mordida al algodón de azúcar y luego se limpió el dedo con el costado del traje de Erik.

"¿Qué?" *¿Ha sido tan obvio?*

Él no sabía cuándo se había dado cuenta de que amaba a Siobhan. En el 1950, probablemente, aunque el sentimiento ha sido más fuerte desde *la noche*. En realidad, era un asunto de poner en palabras un sentimiento que ya consumía su vida. Siempre la había querido con una desesperación que lo aterrorizaba. Recordó muy bien lo que pasó cuando quiso algo tanto como esto.

Él lo arruinó.

"En serio, las miradas que se dan, el uno al otro, cuando piensan que el otro no está mirando son suficiente para hacerme querer tirarlos en el depósito con 10 tragos de whiskey y dejar que el brebaje mágico de alcohol y las hormonas hagan su trabajo."

"Pero..." Él no podía arruinar su amistad con Siobhan. Ella lo mantenía cuerdo. Lo inspiraba a ser mejor persona: más fuerte, más amable, más paciente. Si ella no quería estar con él, si sus declaraciones ponían las cosas incomodas entre ellos, entonces sería una maldición peor que la que le había hecho la bruja hace todos esos años.

"¿Me estás diciendo que finalmente lo hicieron?

Erik miró al grupo de niños de primaria parados en línea en el puesto de helados. Estaban lo suficientemente cerca como para escucharlo.

"Estábamos hablando solamente, pero luego pasaron algunas cosas y ella, este, terminó degustando mi caramelo."

"¿Qué?" La confusión se veía tan extraña en la cara usualmente omnisciente de Lola que le dio a Erik una pequeña fisión de felicidad.

"Degustó mi caramelo, tú sabes. *Muy amablemente, degustó mi caramelo,*" dijo él, esperando que ella entendiera el énfasis en degustó mi caramelo.

"Ah...que gesto tan amigable y ¿fue en la Noria?" La confusión se había ido, reemplazada por una sonrisa entusiasmada. "Espero que estés planeando devolverle el gesto pronto. Los caramelos son disfrutados mejor cuando son recíprocos."

"No sé. Las cosas son complicadas. Aún no hemos hablado de eso. Cuando se terminó, ella simplemente se alejó. Han pasado más de cuarenta años desde que algo así pasó. Tal vez ella sólo quiere que seamos amigos y sigamos como siempre."

"Cariño, ella probó tu caramelo en la Noria en el medio de un día laboral. Confía en tu amistosa vecina, camarera, el leprechaun quiere ser más que tu amiga." Lola se detuvo y asintió la cabeza hacia las oficinas administrativas al lado de la entrada.

Era probablemente una coincidencia que la conversación concluyera justo cuando estuvieron a unos pies de la oficina de Siobhan, pero con Lola las coincidencias parecían casi predecibles.

"Tienes que darle la probada más intensa a su caramelo, de toda su larga vida," dijo ella. "Y cuando vengas al bar más tarde, lo mejor será que ustedes estén de tan buen humor que ambos dejen una propina *más allá* de generosa."

"Sí, señor," dijo él, con una sonrisa creciendo en su cara bajo el grueso disfraz. Le dio a Lola un saludo con su aleta y caminó como un pingüino hacia la oficina de Siobhan.

"Claro que sí," murmuró ella.

***

Siobhan ahogó otro quejido, mientras los parlanchines miembros de la junta directiva hablaban sin cesar en la llamada en conferencia de los artículos en la agenda, cada uno intentando decir más jerga técnica que el otro.

"Todo se resume en racionalización y sinergia estratégica. Si no damos pasos para incrementar la eficiencia y la reestructuración fiscal no podremos ser una empresa exitosa." Una de las voces al otro lado de la línea decía monótonamente.

Esa oración literalmente *no significa nada*. Siobhan reprimió otro quejido, mientras los otros miembros gruñeron en aprobación y repitieron el mismo concepto sin sentido, una y otra vez.

Siobhan no tenía tiempo para esta larga y--como dijo Mohinder--muy *obligatoria* llamada. Ella pasó horas anoche recabando información sobre los misteriosos fondos perdidos y tenía casi toda la información que necesitaba. En unas cuantas horas, sabía que lo encontraría. La olla de oro era un mito, pero los leprechaun tenían un *sentido* del dinero. La respuesta estaba frente a sus ojos, lo sabía.

También estaba el asunto de lo que ocurrió con Erik. Pasó su mano libre por su cabello, halando un poco, de frustración, las puntas enredadas. No podía creer que se la chupó a Erik *en la Noria* y luego se distrajo por la seducción de un misterio de contabilidad. Apenas recuerda haberle dicho adiós.

Atrapada en la llamada, Siobhan estaba completando un garabato particularmente infernal de un miembro de la junta siendo devorado vivo por sus once gatos cuando tocaron a la puerta.

"¡Hola, S!" la voz de Erik retumbó en la pequeña oficina.

Siobhan, lo saludó con el brazo en silencio, haciendo señas hacia el teléfono en su mano. Obviamente él se había empezado a quitar el disfraz en el pasillo. Llevaba la enorme cabeza de Percy bajo su brazo y la cremallera frontal estaba abierta unas pulgadas, haciendo que la tela blanca y negra estuviese abierta en el medio de sus pectorales. El día era muy caluroso y Erik no llevaba camiseta bajo el disfraz y sus ojos no podían dejar de mirar su piel bronceada.

Los recuerdos de su verga entre sus labios regresaron a ella como una ola y no pudo detener el pequeño gemido que se le escapó.

"¿Qué fue eso, Siobhan?" Una voz masculina dijo desde el teléfono.

Dos horas intentando decir algo en esta llamada y *por supuesto* la única vez que prestan atención a lo que dice es cuando estaba babeando.

"Estaba diciendo, 'mmm hmm'--Estoy de acuerdo con lo de necesitar un análisis sistemático de la estructura actual para identificar las ineficiencias."

Erik alzó una ceja y cerró la puerta detrás de sí, caminando lentamente hacia Siobhan. El disfraz de Percy debió entorpecer su caminar, pero Erik se las arregló para cruzar la habitación en un enorme disfraz de pingüino con un lento y sexy pavoneo.

Siobhan podía sentir su corazón latir rápidamente dentro de su pecho, mientras él se acercaba con su ceja alzada y su traviesa sonrisa. Sus dedos anhelaban empujar su ceja hacia abajo. Pero, también sabía, que si comenzaba a tocarlo, no se podría detener.

Sus ojos azules nunca dejaron de mirar su rostro, mientras se quitaba las aletas de sus grandes manos. *Sip, esas son unas enormes manos,* sus hormonas le señalaron. Él lentamente bajó la cremallera del disfraz, pulgada a pulgada, revelando su piel en toda su sudorosa gloria. Ella sabía que estaba boquiabierta, pero no le importaba.

Pectorales cincelados con un poco de vellos por encima, abdominales esculpidos con picos y valles bien definidos sin grasa corporal para arruinar la deliciosa perfección de su físico...ella no podía dejar de comérselo con los ojos. Erik era su amigo, su *mejor amigo*, ella ya lo había visto así antes, pero después de lo que pasó en la Noria, su lento striptease se sintió como algo excitante, algo que prometía lo extraordinario.

Cuando él abrió el traje de pingüino hasta la seductora inclinación de su cintura, removió la tela de sus hombros. Ahora estaba desnudo hasta la línea de sus calzoncillos asomándose desde el borde de su traje doblado sobre sí.

Siobhan se reclinó, conteniendo el teléfono bajo su barbilla y agarrando el brazo de su silla de oficina para detenerse de intentar tocar a Erik. Él se inclinó hacia ella y ella sintió su cuerpo mecerse hacia él como si hubiera sido atraída por un imán. Cubrió el auricular del teléfono, intentando activamente controlar su respiración. "el botón de silencio no funciona en esta cosa," susurró ella.

"Supongo que tendrás que ser silenciosa," susurró Erik con una sonrisa diabólica y se arrodilló en el piso frente a ella.

"¿Que estás haciendo?" siseó Siobhan, cubriendo el auricular tan fuerte como pudo.

"Shh...esta cosa no tiene silenciador, tú sabes." Erik deslizó el zapato de tacón alto del pie de Siobhan y lentamente empezó a masajear su arco con sus fuertes manos. Sus dedos experimentados masajearon la planta de su pie con minucioso cuidado.

Siobhan se inclinó en la silla, placenteramente sorprendida por el giro de los acontecimientos. Su toque no era excesivamente sexual, pero un hermoso hombre medio desnudo amasando los nudos de sus pies era un decadente placer que ella no había anticipado. Requería esfuerzo llevar su atención de vuelta a la llamada para corregir a alguien citando erróneamente las ganancias del trimestre pasado.

Ella contuvo un grito de sorpresa cuando Erik movió su mano hacia arriba lentamente masajeando y amasando cada músculo en su paso. Se inclinó para besar la pantorrilla de Siobhan, dando un pequeño mordisco cuando se alejaba.

Alguien al teléfono con un profundo malentendido de ambos términos estaba hablando sin parar de "sinergia" y "redes sociales." Siobhan se debatió entre saltar y aclarar la confusión que escalaba cuando Erik empujo la silla de oficina, enviándola lejos del escritorio y arrodillándose entre sus piernas.

Él se inclinó, sus manos apretando y haciendo círculos en sus rodillas hasta que--con el corazón latiéndole tan fuerte que ella estaba segura que la junta directiva podía oírlo--lentamente abrió sus piernas para concederle un mejor acceso.

Su mano deambuló de arriba hacia abajo por la extensión de su pierna, acariciando y masajeando sus pantorrillas, las rodillas, la parte posterior de sus muslos, cada movimiento llevando sus dedos cada vez más y más cerca de su falda. Su sombrero se cayó cuando sus cuernos lentamente se extendieron, su excitación empujando las protuberancias a una extensión embarazosa. *Que los dioses los maldigan.*

La sonrisa engreída de Erik creció, mientras tomaba el fedora en el aire y lo ponía en su cabeza antes de que tocara el suelo. Sus dedos tomaron confianza, recorriendo el borde de su falda, sus nudillos rozando sus muslos. Más arriba. Ella abrió aún más las piernas, su mano agarrando fuertemente el teléfono y cubriendo su boca para reprimir el débil sonido saliendo de su garganta.

Esto era una tortura. Asombrosa, no-la-cambiaría-por-nada-en-el-mundo, tortura.

Sus dedos reptaron más alto, su ceja se levantó en interrogación, mientras ella se retorcía en la silla.

"Sí," dijo ella al teléfono, tanto respondiendo que estaba de acuerdo con un miembro de la junta directiva y también alentando a Erik a seguir.

¡Por fin! Él hizo a un lado su ahora empapada ropa interior y empezó a acariciar sus pliegues.

*"Allí...*estás en lo cierto." Le dijo Siobhan al teléfono, con especial énfasis en la primera palabra.

Erik la miró con una sonrisa y volvió a su labor, lentamente masajeando, dejando sus hábiles dedos vagar y provocar sus muslos y piernas. Besando el lado de un muslo, se hizo camino hacia el centro de su ser, cada vez más cerca hasta que su boca estuvo en el clítoris de Siobhan, chupándolo mientras su mano la acariciaba.

"Sí...sí." Siobhan ahora estaba jadeando al teléfono, intentando sonar apropiada y afable en vez de gimiendo orgásmicamente.

Erik introdujo un dedo, y luego dos en el húmedo calor de Siobhan, entrando y saliendo lenta y rítmicamente.

"¿Tienes los reportes finales? Si es así debes *Dármelos. ¡Dámelos ahora!* Siobhan ahora estaba jadeando, sus manos agarrando el largo cabello de Erik, mientras lamia su clítoris y sus dedos entraban y salían rítmicamente.

Los dedos de Erik ahora se movían más rápido y Siobhan pudo sentir la calurosa bienvenida del clímax acercándose.

"¡O Dios!" gimió ella.

"Bueno, el nuevo código de impuestos no es *tan* impresionante..." una densa voz masculina flotó del teléfono olvidado.

Siobhan cerró de un golpe el teléfono contra la base y gritó el nombre de Erik, mientras se venía. Lo haló hacia sí y lo besó intensamente, saboreándose a sí misma en su lengua. Su beso era calor y fuego, sus dedos aún moviéndose dentro de ella, recorriendo la línea entre su clítoris y su punto G como si tuviera un mapa para llevarla nuevamente a un orgasmo revelador.

El teléfono sonó.

Ella se alejó, el mundo repentinamente volviendo a ser el centro de atención con una claridad inoportuna.

¿Qué acaba de pasar? Santo cielo, mujer, compórtate.

"Entonces, ¿querías hablar...de...algo?" *Mantén la calma, Siobhan. Esto seguro no significó nada para él. Él es un maldito Vikingo Inmortal, tú sólo eres un jodido leprechaun.*

"Eeeh, sí," Erik ahora estaba de pie, una mano en el borde de su traje, la otra enredada en su cabello. Sus alas aleteaban un poco en un torpe ritmo. "Yo como que estaba pensando que tenemos que tener, como, una conversación o algo así acerca de la ¿situación... en la Noria?" Él se movió, incómodo.

Siobhan enderezó su camisa y se levantó de la silla. *Gran error.* Parada, estaba tan cerca de él que podía oler su aroma masculino, ver los músculos en sus brazos, sentir su calor. Sus alas se extendieron detrás de él de tal forma que ocupaba la habitación. Mientras su mente luchaba para encontrar una respuesta apropiada, su cuerpo tomó su propia decisión. *Joder, ¿por qué no?* Ella agarró los hombros descubiertos de Erik, halándolo cerca. Abrió su boca y lo besó con todas sus fuerzas.

Él la abrazó tan fuerte que casi dolía, su lengua y labios respondiendo con igual ferocidad.

Sus dedos acariciaron la delicada suavidad de sus alas y él gimió de éxtasis. Tropezando juntos hacia el sofá en la oficina, Erik tuvo problemas con los botones de la blusa de Siobhan, mientras sus manos intentaban tocar tanto como pudiesen de su pecho desnudo.

Siobhan escuchó dos abruptos toques en la puerta como si viniesen de otro mundo. La puerta se abrió de par en par y Mohinder entró, apenas pausando a ver si le respondían.

"¿Qué diablos estaba haciendo en esa llamada, señorita MacManus?" Se detuvo de repente, mientras sus ojos vieron la desaliñada pareja. Sus ojos fueron a sus cuernos extendidos, luego a las alas expuestas de Erik.

"Sabía que había *algo* raro con ustedes, par de fenómenos."

Siobhan y Erik se separaron de un salto. Siobhan automáticamente agarrando su sombrero, mientras Erik halaba su disfraz, aun cuando Siobhan sabía con horrorosa mortificación que era demasiado tarde.

Siobhan podía sentir su cara arder de vergüenza, mientras buscaba una explicación creíble. "Estábamos practicando para una obra, en disfraces..." Siobhan pudo soltar. *¡Estúpida, ESTÚPIDA!* Siobhan se regañó a sí misma. *Debí haber cerrado la maldita puerta.*

Mohinder la interrumpió, sus perfectos dientes blancos brillando contra su piel marrón chocolate, "Ni siquiera te molestes en mentir." Empezó a caminar a lo largo de la oficina de Siobhan. "No sólo está la Directora Financiera de mi empresa fraternizando inapropiadamente con una...mascota." El tono de asco que usó estaba, por lo general, reservado para enfermedades venéreas. "Pero, ustedes son dos monstruos. Podría convertirlos en la nueva atracción del parque. Existe un cierto atractivo retro en un show de fenómenos como los de antes, ¿no crees?"

"No te atreverías," dijo Erik, avanzando hacia Mohinder con ojos de asesino. Sus puños apretados con furia apenas contenida.

Siobhan agarró el brazo de Erik antes de que su amigo desatara el bárbaro Vikingo que lleva dentro sobre Mohinder. "Él no nos puede hacer eso. Mierda odiosa como esa ha sido ilegal por mucho tiempo. No tiene ninguna prueba, nadie le creerá." Ella intentó decirlo con la mayor autoridad que pudo reunir con una camisa desabotonada, falda torcida y un terror frío llenando su estómago.

Mohinder dejó de caminar de un lado a otro, mientras reflexionaba. Si no hubiera estado tan aterrada, Siobhan tal vez se hubiera sentido tentada a reírse de qué tan difícil parecía serle el acto de pensar.

"Tal vez mantenga este...incidente...para mí mismo, por el momento," Mohinder dijo con desprecio. "Estoy seguro de que en el futuro encontrarán alguna manera de recompensarme por mi discreción." Se giró sobre sus mocasines Prada y salió de la oficina, dejando detrás de sí un raro silencio.

***

"Voy a arruinar esto," le dijo Erik a Lola, sosteniendo su cabeza sobre la cerveza.

Él no estaba seguro cómo, pero Erik lo sabía en lo más profundo de su ser. Tomó un gran trago de su bebida y puso la botella de golpe contra la barra de bar de hielo sólido con un eco seco. Lo bueno nunca dura. Más de mil años caminando por esta tierra se lo han demostrado una y otra vez.

"Claro que lo harás," dijo Lola, mientras raspaba una mancha en el fondo de un vaso. "Estás saliendo con el amor de tu vida. Si no lo arruinaras algunas veces, entonces no tendrías todo ese ardiente sexo de reconciliación." Sombras de las luces debajo de la barra del bar transformaron su cara para parecer aún más fuera de este mundo de lo normal.

El Ice Palace estaba mayormente vacío un martes por la noche, con sólo algunos de los clientes regulares bebiendo en pares y tríos a lo largo de la barra y de las esquinas. Mohinder había intentado convertir el viejo bar de feria en un chic duplicado de los clubes donde él despilfarraba el dinero familiar en Dubái y Punta Cana. En esos lugares, con mejor financiamiento, tenían bares enteros esculpidos de hielo, los taburetes, las mesas y todo lo demás. Desafortunadamente--o afortunadamente, desde el punto de vista de Erik--Mohinder se había conformado con sólo congelar la barra del bar e instalar luces azules sobre las demás cosas para darle la ilusión de estar frías.

Los clientes regulares que habían estado yendo al viejo bar desde hacía más de una década tendían a perdonar las excentricidades del nuevo heredero. Él no duraría, se decían, unos a otros, en voces susurrantes. El bar eventualmente se derretiría y ellos podrían volver a beber frente a la vista placentera de la Noria y las luces de la sala de juegos sin tener que escuchar la música Euro-techno de Mohinder.

"¿Por qué tu consejo es siempre sobre sexo, Lola?" preguntó Erik, tomando otro gran trago de su cerveza. Lola sonrió. "La gente da mejor propina cuando está pensando su cerebro de allá abajo." Se inclinó sobre el bar, su escote asomándose sobre la parte superior de su escotada blusa. Las luces LED bajo el bar cubierto de hielo parpadeaban con la música, luces pulsantes azul y rojo resaltando sus pómulos y ojos violetas. Las espinosas enredaderas de su tatuaje de rosa en su pecho parecían moverse con la luz palpitante, serpenteando alrededor de su clavícula en un retorcido movimiento en armonía con el punzante bajo que salía del estéreo.

Erik miró su cerveza indeciso. *¿Le puso ella un poquito de ajenjo a su cerveza? Ocurrió una vez en Montmartre en 1889...*

Lola pasó las yemas de los dedos por la palma de Erik y dijo en voz baja,

"Serán veinte dólares, mi joven Vikingo."

Él no se percató de su mano en su cartera, pero el billete de veinte dólares apareció en la barra congelada del bar.

"*¿Maldición*, vas en serio?" gritó un acento irlandés sobre su hombro.

Erik se giró en su taburete a tiempo para alzar la manos como rindiéndose. Aun cuando la gabardina que vestía cubría sus alas, el borde de hielo en el bar se sentía como una fría sacudida, mientras él se apoyaba sobre el mismo.

"¿Qué diablos está pasando, Lola?" Los verdes ojos de Siobhan ardían con un fuego interno listo para derretir el bar por completo dejándolo en un charco de polietileno.

Lola deslizó una alta botella de sidra por el bar. Siobhan atrapó la botella ágilmente, con su expresión aún homicida.

"Sólo demostrando algo, cariño." dijo Lola. Siobhan se encogió un poco bajo la juiciosa mirada de Lola, deslizando dinero por el bar y volteándose hacia Erik.

Por Odín y Thor, *amo a esta mujer*. Tomó otro gran trago de cerveza, forzando la granulosa amargura por su garganta tan rápido como podía tragar.

"Entonces..." dijeron ambos al mismo tiempo.

Rieron un poco, luego pausaron, esperando que el otro empezara a hablar.

El bajo de la música Euro-techno retumbó cinco veces en el silencio, mientras ellos esperaban.

La estoy cagando. Aún ni hemos empezado a hablar de si estamos juntos y ya lo estoy arruinando, sudó Erik. *Que me salven los dioses si de verdad intentamos ser pareja, la jodería tan grandemente que nunca más nos hablaríamos.*

"Cierto, empieza tú," dijo Erik. *Por favor, no me dejes perderla por completo.*

Siobhan tomó otro gran trago de su sidra, tragando tres veces antes de poner la botella, casi vacía, en el bar.

"No, por favor. Edad sobre belleza y todo eso. Empieza tú. Ayer...esta tarde..." su voz perdió fuerza, su dedo rozando el borde de la botella en un lento movimiento que hizo que la piel de Erik vibrara con necesidad.

"Sí..." *Mierda, mierda, mierda...*

El punzante tempo de la música house en el aire, mientras ambos intentaban leer la expresión del otro.

"¡O Dios mío!" gritó Lola, golpeando duro con ambos puños la helada barra del bar. "¡Van a matarme! ¡Ustedes dos! ¡En serio! Compónganse o ¡no les serviré jamás!"

Los ojos de Erik se desviaron a la calle, manteniéndose en las luces parpadeantes de la sala de juegos. Una sonrisa lentamente llenó su rostro. *Tal vez no tengo que decir nada...*

Los ojos de Siobhan se estrecharon con sospecha.

"Conozco esa expresión. ¿A quién estas intentado estafar, Erik?" dijo ella, sus labios presionados juntos. Él quería pasar sus dedos por sus labios, deslizándose entre ellos, sentir su humedad a los lados de su pulgar, tan similar al húmedo calor de sus pliegues...

Contrólate. Sacudió su cabeza para salir de la fantasía, reenfocando sus ojos en las luces de la sala de juegos.

"Te reto, Siobhan, hija de Tuatha Dé Danann, hada de las colinas irlandesas."

"¿A qué, maldita monstruosidad Vikinga alada?" su tono era despectivo, pero él conocía esa expresión en las arrugas alrededor de sus ojos. Ella estaba dispuesta; sólo que aún no lo diría. Tenía la misma expresión cuando él la retó al salto bungee en los inicios del 1980, antes de que se inventaran las regulaciones de seguridad y el juego era todavía semi-suicida.

"Dejaremos que los dioses del skeeball decidan," dijo él.

"¿Dioses del skeeball? ¿Es ésta una de tus deidades nórdicas desconocidas que no pudieron entrar en los libros de texto modernos?" Su dedo recorrió el borde de la botella y él apretó fuertemente el borde congelado del bar para distraerse de sus pantalones abultándose. "¿Qué más no pudo entrar en el panteón? ¿Los dioses del Whack-a-Mole?" Ella se rio, tomando un último trago de las sobras de su sidra, pero su mirada se mantuvo en su cara.

"Sólo piensa: no es necesario hablar. Dejamos los tiros de skeeball decidir si seguimos como vamos. Buenos amigos con beneficios." La idea era excitante, aun si no igualaba sus fantasías. "Amigos con beneficios" no empezaba siquiera a estar cerca del tipo de intimidad que él ansiaba con ella, pero era lo único que se arriesgaba a pedir. Le tomó sus más de mil años de experiencia como embaucador mantener la voz firme. "O seguimos como amigos, como hemos sido por los últimos...por siempre."

"Lola, cogemos estas bebidas para llevar," dijo Siobhan, su expresión sombría por un segundo, antes de sonreír. "¿Podemos coger dos más para el camino?" Antes de que pudiera terminar la oración, Lola ya tenía las botellas en las manos.

"Diviértete, cariño," dijo Lola. "Intenta recordar desinfectar..."

Ellos ya se habían marchado.

Stan estaba barriendo la sala de juegos cuando ellos entraron de prisa. Siobhan miró a los niños a los ojos y sacudió un pulgar hacia la salida.

"Ciérralo. Hoy te vas temprano."

Stan apretó la escoba contra su pecho y, sin decir palabra, bajo el portón de metal haciendo imposible ver dentro de la sala de juegos.

El sonido metálico del portón contra el pavimento hizo eco en la habitación.

Al fin solos.

Erik giró hacia las máquinas de skeeball, rezándole a todos los dioses que podía recordar no permitir que sus manos tiemblen.

"Entonces, éste es el trato. Si puedo acertar el tiro dentro del aro de cincuenta puntos en un sólo tiro, entonces podemos disfrutar teniendo sexo hasta más no poder. Si yo fallo, entonces volvemos a ser amigos. Sin resentimientos."

Después de mil años perfeccionando sus destrezas atléticas, él podía acertar este tiro. Skeeball era un juego sencillo. Cinco círculos concéntricos de plástico blanco. Un aro de cero puntos en la base, arriba un aro de diez puntos y luego, círculos de plástico concéntricos más pequeños incrementando su valor en diez puntos hasta llegar al aro en el medio, el más pequeño: con valor de cincuenta puntos.

Durante su larga vida, Erik había aprendido a cómo dar en el blanco con todo tipo de artillería desarrollada por el hombre. Él había estudiado en dojos y monasterios escondidos especializándose en pulir las artes de concentración y precisión. Este juego de niños humanos a cambio de líneas de papel sin valor no era un reto.

Él podía romper una tabla de dos-por-cuatro con un puñetazo de sólo un cuarto de su fuerza.

Él podía meter una estúpida bola dentro de un maldito aro de plástico.

Erik movió su brazo hacia atrás y pudo sentir los latidos de su corazón en la yema de sus dedos, mientras lanzó la bola por debajo del hombro rodando por la larga pista y la vio ir hacia la parte superior del tablero como en cámara lenta...

Noooooooooo.

Todo se estaba cayendo en pedazos. El ángulo estaba mal y pudo verlo desde que la bola dejó su mano. Iba a fallar. El camino de la bola estaba claro. Él lo iba a arruinar todo nuevamente. Él había estado tan cerca, tan cerca de realizar el mejor sueño de su larga y horrible vida. ¿Qué lo había hecho pensar que skeeball era la respuesta?

La bola rebotó del borde del aro de cincuenta puntos y se hundió en el profundo agujero de treinta puntos. Pudo sentir el sonido seco como un golpe.

Puedes hacer esto, le dijo a su cara. Ponte como si no importa.

Has perfeccionado mentir por más de un milenio, le dijo a su boca.

Puedes mentirle, le dijo a sus ojos.

Se puso como de acero y se giró hacia el amor de su vida, completamente preparado para decirle que estaban perdidos aun antes de empezar.

Siobhan se giró hacia él, un dejo de tristeza en el borde sus ojos y su boca.

"¿Al mejor de tres?" dijo ella.

Él agarró su nuca y haló su boca a la de él, sus labios y lengua contra los de ella como si pudiese devorar su alma y corazón a través de su cara. Pudo sentir su jadeo en la parte de atrás de la garganta, una vibración contra sus labios, sentir su medio segundo de estupefacta sorpresa.

Luego, ella también hundía sus manos en él, enterrando sus uñas en los músculos de su espalda y su trasero, agarrándolo y apretándolo contra sí hasta que sus caderas encajaban cómodamente como dos piezas contiguas en un rompecabezas. Él agarró sus muslos y la alzó apretándola contra sí hasta tenerla completamente en sus brazos, sus caderas rozando con fuerza sobre su verga, mientras ella se aferraba de su nuca para mantener el balance.

Ella lo besó más profundamente, su lengua explorando dentro de su boca. Sus manos agarraron sus muslos, mientras se retorcía sobre él, cabalgándolo.

"Erik," suspiró ella, sus manos vagando llegaron a la parte de atrás de su cabeza y enrollando sus dedos en su cabello negro que le llegaba hasta los hombros. Lo agarró con más fuerza, halándole el cabello en un dolor mordaz que sólo intensificaba su hambre por ella.

¿Entonces le gusta rudo, no? Los recuerdos de 1945 volvieron de repente, la noche en la que se entregaron a su pasión, ardientemente cogiéndose el uno al otro en ese hotel en Nueva York, el horizonte parpadeando a través de la ventana. Las luces de la sala de juego prendían y apagaban, brillantes y llamativas, pero lo único que podía ver era a ella.

Y Siobhan llevaba demasiada ropa encima.

Inclinándose, Erik dejó caer suavemente a Siobhan en la rampa de skeeball. La elasticidad del carril cubierto de caucho protegió su espalda, mientras él agarraba el frente de su blusa y la desgarraba, revelando su sujetador de encajes negro y su piel pálida. Ella desabrochó sus pantalones y los bajó hasta que él pudo ver la línea de vello pelirrojo de su concha asomándose por los bordes de sus bragas estampadas de tréboles verde brillante.

"¿En serio? Él no pudo evitar preguntar, mientras tocaba los bordes de la tela verde brillante, alzando su ceja, mientras se inclinaba. Se arrodilló en la rampa de skeeball para que sus rodillas quedaran a los lados de sus muslos desnudos.

"¿Qué? preguntó ella, un dedo moviéndose para empujar su ceja hacia abajo, a su posición normal.

"Soy patriota."

Ella desabotonó su bragueta y bajó sus pantalones, ahora su propia ceja alzándose cuando vio los calzoncillos con estampado de caricaturas de aviones debajo de su pantalón.

"No soy la única con nostalgia en los pantalones," dijo ella en voz baja. Erik podía sentir como se sonrojaban sus mejillas. Pero, lo ignoró, mientras rasgó su ropa interior, empujando los calzoncillos junto con sus pantalones alrededor de sus tobillos hasta estar desnudo frente a ella, su verga erecta buscándola. Su mano derecha alrededor de su verga, halándolo más cerca, mientras sus dedos se movían hacia adelante para patinar sobre su clítoris. Ella le dio una bofetada en la mano, agarrando la parte de atrás de su cabeza para atraerlo hacia adelante y darle un largo beso.

"Basta de juegos, Erik. Te necesito. Te necesito dentro de mí, ahora." dijo ella a su boca. El intenso anhelo en su cara hizo que se alzara el miedo en la neblina de la lujuria. *No puedo ser lo que ella quiere.* Siobhan se merece lo mejor, el hombre más abnegado y perfecto. Y yo soy un saco de mierda: un Vikingo maldito atado a alas inservibles como evidencia de su deplorable existencia.

"Antes de que hagamos esto, sólo quiero que quede claro," logró decir Erik, aunque su lengua se sentía llena de terror, "Esto es sólo diversión, sólo sexo. No quiero que nadie salga herido." *Cuando esto no funcione, necesito que continúes hablando conmigo,* él no lo dijo.

La expresión de Siobhan no cambió. En vez de eso, ella simplemente se restregó contra su duro miembro, haciendo a Erik gemir con anticipación.

"Dentro de mí. Ahora."

"Lo que mi dama deseé," dijo él, agarrando sus caderas e introduciéndose en lo profundo de ella, empujando hasta el tronco. Él casi grita, se sentía tan bien con ella a su alrededor. Su cálida humedad lo recubrió, lo abrazó y él tuvo que respirar hondo para detenerse de venirse dentro de ella inmediatamente.

Sin romper el ritmo de su lento movimiento pélvico, él se quitó la gabardina cubriendo sus alas, sintiéndolas estirarse detrás de él a cada lado de sus hombros. Con las alas ayudándolo a mantener el balance, Erik desgarró el sujetador de Siobhan y se agarró de sus caderas, permitiéndole a sus senos perfectos saltar al ritmo de su movimiento. Él miró las orbes subir y bajar, sus pezones rozando su pecho como gemelos metrónomos de lujuria.

Siobhan no parecía notarlo, sus ojos bailando en su pecho y el lugar donde sus cuerpos se unían una y otra vez. Agarrando los bordes de su camisa, ella la rasgó hasta que sus duros abdominales y pectorales musculosos estuvieron expuestos para su completa exploración. Su peso la empujó de vuelta sobre el carril de skeeball, pero la elasticidad del carril la hizo rebotar de vuelta hacia él, una sutil re-entrada que hicieron que todo su cuerpo se tambaleara.

¡Erik! ¡Sí! ¡Eso! jadeó ella.

Su cerebro dejó de pensar y mil años de instinto despertaron y tomaron el control. *Aquí, allí, justo ahí.* Él entró en ella, sintiéndola empujar hacia él. *Más profundo, más fuerte, un poco más arriba, un poco más abajo. Fuerte. Ahí.* Aun con la sutil inclinación ayudando con el ángulo, no estaba del todo bien. Sus manos podían entrar más profundo; sus ojos no estaban tan salvajes. *Más. Necesitamos más.*

Aún muy dentro de ella, Erik levantó a Siobhan, apretando sus senos contra su pecho, mientras la cargaba por la habitación. Posando su trasero perfectamente redondo en el borde de la máquina de pinball más cercana, haló la vara con resorte para despertar la máquina, vibrando de vida. La música rugió en un retumbe de luces y acordes de quinta.

"Ever since I was a young boy...I've played the silver ball," la voz rasposa de *The Who* estalló desde el estéreo sobre sus cabezas. La cara de Siobhan se iluminó con una alegre sonrisa, sus piernas envolviéndose alrededor de su cintura para halarlo más profundo dentro de ella.

Bolas plateadas salieron disparadas en patrones caóticos bajo el trasero de Siobhan, mientras Erik entraba y salía de ella. La fuerza de su movimiento desplazaba las paletas de la máquina haciendo que la bola plateada bailara, una y otra vez, contra la parte superior de la máquina, aumentando la puntuación a los cientos y miles de puntos, mientras chocaba de un lado a otro dentro de la pista de obstáculos.

2000 puntos. 2500 puntos. 3000 puntos.

Adentro y afuera, una y otra vez, el movimiento de Erik se hacía más fuerte y rudo en sintonía con sus crecientes gritos de éxtasis.

"...Sure plays a mean pinball."

Ella gritó, mientras se venía, recostándose, haciendo que sus cuernos alargados rastrillaran el frente de la máquina de pinball, arañando la superficie de plástico cubriendo la escritura de neón rosa brillante.

"¡Sí! ¡Sí! ¡Oh Dios!" gritó ella, convulsionando y vibrando alrededor de su verga, hasta que cayó sin fuerzas contra la máquina.

"Santo cielo," suspiró ella.

La pequeña bola rebotó hacia el contenedor en el fondo de la máquina y la música se detuvo.

"Oh, mi leprechaun favorito, aún no hemos terminado." dijo Erik.

"¿Qué? Ella estaba casi babeando en la felicidad post-coital.

Medio cargándola, medio guiándola, él apoyó a Siobhan contra el mostrador de la máquina de Whack a Mole. Ella miró la superficie del juego con incertidumbre, pero con creciente interés.

"¿Estás seguro?" dijo ella.

"Esto va a ser genial." Él levantó uno de los grandes martillos acolchados unido a la mesa de juego por una gran cuerda negra. Suavemente envolvió la cuerda alrededor de sus muñecas y lentamente la alzó sobre su cabeza. Él pudo sentir su cuerpo empezar a endurecerse, la primera etapa de su estado otorgador de deseos empezando a apoderarse de ella.

"Espera," las palabras fueron tan débiles a través de sus labios casi congelados que él apenas pudo oírla. "Está bien, puedes confiar en mí." dijo él.

El movimiento de su cabeza fue apenas visible, pero fue suficiente. Él bajó su brazo, desatándolo de la soga del Whack a Mole, dejándola en libertad.

"¿Qué pasa? dijo él, masajeando su nuca. "Iba a desearte los mejores orgasmos de toda tu vida."

"Confío en ti, Erik" dijo ella, su dedo recorriendo desde su nariz hasta el hoyuelo en su barbilla. "Confío en ti más que en nadie en este mundo. Yo..." pareciera como si iba a decir algo más, pero se contuvo, mordiendo su labio y mirándolo, sus ojos verde brillante suplicando. "Pero, no me gusta. Lo de conceder deseos. No tengo control y no me gusta. Se apodera de mí y soy impotente."

Pasó sus manos por sus costados de arriba hacia abajo y por su espalda en un movimiento reconfortante. "Lo siento, no lo sabía. El otro día, en la Noria..."

Ella le sonrió. "Está bien. En realidad me gustó esa vez contigo. Sólo que no...aquí...ahora."

Siobhan miró arriba y desvió su mirada, su boca era una línea apretada, mientras buscaba las palabras. Él frotó su espalda, sus dedos recorriendo sus lados, siguiendo la línea desde su cintura bajando a sus muslos hasta sus rodillas y luego volviendo a subir.

Siobhan continuó, "Contigo, así, me siento poderosa. Tú me haces sentir poderosa." Sus dedos seguían su barbilla, su toque enviando pulsaciones por cada terminación nerviosa como pinceladas de plumas. Pasó sus manos por su estómago y caderas. La libertad de tocar su piel, de explorar sus crestas y valles, era como volar alto.

"Contigo, no quiero nunca que me quiten ese poder," suspiró ella. "Contigo, siempre quiero ser yo misma."

Un recuerdo pasó frente a él, un momento de aire moviéndose rápidamente bajo sus alas rotas, de caer desde el cielo y ver el océano acercarse cada vez más rápido hacia su cara. Erik entendía lo que era sentirse impotente. Él lo sabía demasiado bien.

Erik oprimió el botón de *encendido* de la máquina de Whack a Mole y se batió encendiendo y vibrando contra sus caderas desnudas descansando. La pequeña cabeza metálica de un topo apareció del hoyo derecho más lejano con un empuje estremecedor.

"Entonces se poderosa para mí." Él le entrego el gran maso acolchado y se paró detrás de ella, instruyendo sus piernas a que se abran más ancho hasta que ella estuvo de pie inclinada sobre la mesa. Sus caderas se ensancharon frente a él, mientras ella miraba la mesa y los topos que salían con intensidad decidida.

Un topo de plástico azul salió del fondo derecho más alejado y ella lo golpeó en la cabeza con tanta fuerza que 100 puntos se registraron en el tablero frente a ellos.

"¡Whoo!" gritó ella, golpeando con el mazo al topo rojo desteñido que iba saliendo. Los topos salían en un patrón rítmico y Siobhan les dio a todos. Whack! Whack! Whack!

Erik recorrió con sus dedos la línea de su trasero. Escuchó como dejó de respirar cuando su dedo se acercó a su ano. Su ritmo se cortó por medio segundo y ella casi falla en golpear el topo, mientras salía del hoyo derecho más lejano. *Interesante*, pensó él.

1300 puntos. 1400 puntos. 1500 puntos.

Él apoyó su frente totalmente desnudo contra su espalda, mordisqueando su oreja.

Ella falló con el siguiente topo y le siseó. "¡Estaba a punto de batir un récord!"

"¿Estás diciendo que yo te estoy distrayendo?" Sus dedos cayeron por la línea de su ano hasta su húmeda concha. Sus dedos presionaron en lo profundo de su canal, mientras ella gemía.

"No...digo...que sea...malo," ella tragó en seco, agarrando su otra mano para envolver y tocar su sensible capullo.

Erik no necesitaba ningún otro estímulo. Sacó su dedo de ella, reemplazándolo con una rápida estocada de su verga. Inclinándola sobre el lado de la máquina Whack a Mole, entrando en ella, más y más fuerte, mientras ella gritaba y chocaba contra el lado de la máquina. Un rugido creciendo en su mente, mientras entraba y salía más y más rápido. La máquina se agitó y vibró bajo ellos, su calor bajo sus caderas, mientras él se lo metía duro desde atrás.

Mientras ella se venía y gritaba bajo él, Erik no pudo contener su orgasmo un segundo más. Entró en ella, mientras ella convulsionaba alrededor de su verga, viendo estrellas tan brillantes que casi se desmaya. Aturdido, él vio su mano apagar la maquina Whack a Mole y se giró para envolver sus brazos, soñolienta, alrededor de su cuello.

"Ahora lo sabemos," dijo ella, mirando profundamente sus ojos. Él esperó un segundo sin respiro para que ella dijera lo que él sabía desde el centro de su ser: *debemos estar juntos.*

"Tuvimos una puntuación más alta en pinball que en skeeball," dijo ella.

***

Lola tamborileó sus dedos sobre la helada barra del bar.

"Mientras seamos jóvenes, cariño. No todos podemos vernos como si tuviésemos treinta por siempre," ella golpeteó el menú del bar.

"Demasiadas opciones," murmuró Siobhan, jugando con su sombrero, sabiendo que estaba intentando ganar tiempo. El menú tenía los mismos nueve cocteles que siempre había tenido, todos con nombres de juegos de palabras de invierno que sólo le parecieron graciosos después de probar algunos. ¿Por qué no tenían en el bar la única cosa que ella deseaba? ¿Por qué tenía el mundo que ofrecer tantas malditas opciones?

¿Qué tal si elijo el equivocado? Tanta libertad apesta.

Lola deslizó un vaso de cerveza fría en las manos de Siobhan.

"Ya está. He decidido que no vas a malgastar otra media hora que nunca recuperaré. Después de consultar mis poderes psíquicos, he determinado que quieres una cerveza."

"¿Tienes poderes psíquicos?" Siobhan no estaba segura de querer una cerveza. De hecho--después de tomar el primer sorbo--ella estaba segura de que Lola la estaba castigando de alguna manera al servirle la peor IPA en el bar.

Lola golpeó el lado de su nariz, ojos violetas bailando en las luces LED. "Sólo intuición de camarera, pero no se lo digas a nadie. Perdería mi misteriosa atracción."

"Puf, esto es horrible," Siobhan deslizó el vaso de vuelta a Lola. "No puedo haber hecho nada tan terrible para merecer esto." Azotó su tarjeta de crédito en la meseta. "Dame un trago de whiskey, escocés." Siobhan suspiró profundamente, recostándose sobre la dura madera del respaldo de su taburete del bar, mientras masajeaba los músculos anudados de su tenso cuello, "y sigue trayendo."

Lola preparó un trago completo con rapidez inhumana. "¿Por qué te estoy llenando de jugo de tristeza? Ella gesticuló hacia la copa de chupitos. "Existe beber por una mala ruptura, acabo de romper mi libertad condicional, o, una vez," ella sonrió ante el recuerdo, "beber porque perdí mi unicornio." Buscó una cerveza para otro cliente, mientras le sonreía a Siobhan. "Debería estar llenándote de tragos de 'sexo genial con mi mejor amigo'."

Siobhan reajustó su sombrero y se tragó la copita de whiskey de un trago, apoyándose en el familiar calor del licor. "Ese es justamente el problema."

Lola le sirvió otro trago y un segundo para ella. "Aunque *particularmente* no apruebo el lugar que elegiste," ella miró la vieja sala de juegos con disgusto, "Tengo que decir que estoy un ciento diez por ciento en el equipo de Siobhan-Erik." Bebió de golpe el trago, sonriendo, mientras Siobhan hizo lo mismo. "Tienes un hombre zorrito... ¿aguileño? Había un juego de palabras con alas que acabo de perder, ¿o no? Sirvió dos tragos más. "No solamente encajan con un alocado calor sexual, de hecho se *gustan* el uno al otro. ¿Cuál es el problema, muñeca?" Lola alzó el fedora de Siobhan, mirándola a los ojos.

"Él quiere que seamos," Siobhan dudó, el mundo un poco confuso por todos los tragos. "Amigos Con Beneficios." Cada palabra la cortó desde adentro, rallando contra su corazón como áspera lija.

"¡BASTARDO!" Lola alineó tres tragos más, ahora ignorando completamente el resto del bar.

"Está bien. Quiero decir, lo entiendo completamente." Siobhan bajó otro trago, dándole la bienvenida al regalo de adormecimiento del whiskey. "Erik puede tener a quien él quiera, bueno, siempre y cuando no les importen las alas. Él es inteligente y ridículamente hermoso...yo sólo soy esta..." ella golpeó el bar con su puño, "¡demonio obsesionado con los números! Me han corrido de más ciudades de las que puedo contar. Estos malditos cuernos. No tienes idea de cuantas veces me han llamado monstruo. Una y otra vez por siglos." Otro trago de whiskey desapareció en su garganta. "¿Quién querría a alguien como yo?"

Lola apareció en su lado del bar, aunque Siobhan no la vio moverse. Sus brazos envueltos en los hombros de Siobhan, empujando sus errantes rizos rojos detrás de sus orejas.

"No, cariño. Quiero decir que es un bastardo porque el tonto viene, se *queja* conmigo por *años* acerca de cuan locamente está enamorado de ti y ahora es demasiado cobarde para decírtelo." Ella se inclinó sobre la barra y se tomó el trago restante. "Eso es una bajeza."

***

Esta vez, Erik se aseguró de cambiarse el disfraz *antes* de ir a ver a Siobhan. Parte de él se preguntaba si alguna vez llegarían al punto en el que ella lo miraría a los ojos con sexy puchero y diría,

"Esta noche, déjate el disfraz..."

Pero, él no sabía si la idea era excitante por un fetiche personal o si simplemente encontraba todo lo que ella decía sexy. Él esperaba que fuese lo segundo. Después de un milenio, él esperaba que su subconsciente y su consciente estuviesen en mejores términos que suprimir algo tan interesante.

El sol se había ocultado hacía horas; los últimos parranderos tropezando hacia sus casas desde el Ice Palace. Hasta los adolescentes intentando, a duras penas, obtener algunos momentos desesperados para besuquearse en las sombras habían finalmente partido hacia sus habitaciones llenas de posters.

Él pasó por el oscuro letrero de la sala de juegos. Nunca podrá mirar esa atracción de la misma manera. Todo el día, el parque había brillado con promesa. Cada superficie se transformó en un posible lugar de rendezvous donde él podría sentir a Siobhan perder el control alrededor de su verga.

El zorro ártico en el carrusel era delgado, pero lo suficientemente largo para dos personas. Él podía imaginar fácilmente a Siobhan amarrarlo con su espalda contra el poste central y sus manos sobre su cabeza. Entonces, Siobhan se podría sentar frente a él, cabalgándolo con abandono, mientras ella agarraba el largo poste para equilibrarse. Sus senos saltarían ante la fuerza del carrusel, ayudado por el suave movimiento del mismo.

Los carritos chocones presentarían un reto mayor. Ella tendría que usar una falda--¿tal vez la misma que usó en la oficina? El tweed se veía bien contra su pálida piel--sin ropa interior. Los ángulos podrían ser complicados, pero las horas habían pasado felizmente, mientras consideraba la logística. Él se podría sentar detrás de ella, presionarse contra el asiento del coche para hacer espacio para ella en su regazo. Mientras se sentaban, ella podría guiar su verga hacia sus suaves pliegues hasta que él estuviese dentro de ella desde atrás. Ensartada con su verga, ella conduciría en el caótico círculo de coches sin fin, moviendo su peso ligeramente hasta que él se volviera loco necesitando que ella incremente el ritmo. Él podría pasar su mano por sus suaves muslos para masajear su clítoris disimulando que era para ayudarla a conducir, presionar sus senos contra el volante, tal vez se podrían salir con la suya en las horas de trabajo, sin ser notados por la multitud.

El Remolino Chino no serviría para nada más que para manosear a lo loco; Sería aún peor en la gran montaña rusa. Los vagones se movían muy rápido, él podía imaginar demasiado fácil un tirón causando daño a las áreas sensibles. Las sillitas voladoras estaban individualmente separadas, pero...su caminar se hizo más lento.

La Casa de los Espejos...

Erik nunca antes había considerado esa atracción en particular. Él había caminado hoy frente a ella casi diez veces sin pensar dos veces en el anticuado salón. Pero los espejos...

Lola tiene razón. Soy un idiota.

Entró corriendo en la oficina de Siobhan. Ella estaba en medio de ponerse un gran sombrero sobre los cuernos y brincó ante su repentina aparición.

"¿Qué pasa? ¿Algo anda mal? preguntó ella. Su rostro había perdido el color. "¿Te dijo algo Lola?"

"No la he visto desde ayer. ¿Qué ocurre? ¿Estás bien? Sus ojos se movieron de ida y vuelta entre su cara asustada y el sombrero. Algo lo había estado molestando y el ver el sombrero hizo el sentimiento más claro que el agua.

Era la misma mirada de terror en sus ojos cuando Mohinder los vio, un terror que no se trataba de ser descubiertos casi desnudos en los brazos del otro, era acerca de su vergüenza por que alguien vio sus cuernos. Probablemente lo arruinaría al estar con ella de verdad. Pero, si podía hacer que Siobhan no sintiera vergüenza por sus cuernos, aunque sea por un momento, tal vez su inevitable ruptura valdría la pena.

Ella sacudió la cabeza, una sonrisa trayendo de vuelta el color a sus pecosas mejillas.

"Míranos," dijo ella, haciendo un pequeño gesto entre sus pechos. "Entrando en pánico sólo porque el otro entro en pánico. Eso no es un buen presagio para lo de *Amigos con Beneficios*, o lo que sea que-sea-esto. "

"¿Realmente quieres tener *la charla* acerca de lo que Sea Que Sea-Esto? *Oh dioses, por favor, no hagan que quiera tener la charla. Debemos mantener las cosas casuales.* Él puso la voz profunda en un tono burlón misterioso. "O... ¿Quieres que te la meta hasta dejarte loca?"

Ella apoyó el sombrero con fuerza sobre su cabeza mientras la sangre fluía hacia sus mejillas. Él quería romper el sombrero directamente en su cabeza.

"Lo segundo. Definitivamente," dijo ella.

"Siempre supe que eras una mujer inteligente," rio él, tomando su mano y llevándola por el camino central a través del parque.

La luna estaba alta, iluminando las máquinas dormidas con un brillo plateado. Esta era la hora del día favorita de Erik en el parque: la gente se había ido, las hileras de luces finalmente extinguidas, las máquinas de plástico y metal en paz sin ninguna de las luces y brillo escondiendo su propósito básico y funcional. Las luces de la garita de seguridad en el frente del parque estaban lo suficientemente lejos que era posible ver la luz tenue de algunas estrellas. Sin bombillas parpadeantes ni cancioncitas repetidas distrayendo de la enormidad del cielo.

Siobhan lo siguió en silencio a través de la luz plateada hasta que llegaron a la entrada de la Casa de los Espejos.

"¿Qué? ¿Aquí? Ella dejó de caminar y soltó su mano, sus manos firmemente plantadas en sus caderas. "¿Estás loco? Este lugar está hecho para convertir la gente en fenómenos. ¿Por qué no me lo haces en el carrusel? Yo podría atarte--El zorro ártico es bastante largo..."

"¡Lo sé! ¿Cierto? La sonrisa de Erik partió su cara. Sus alas dolían, plegadas bajo su gabardina. Él quería extenderlas y volar hacia el cielo para abarcar toda la exaltación que sentía porque ella tenía la misma fantasía que él. *De hecho, tal vez esta relación puede que funcione.* "Podríamos usar el..." se detuvo, recordándole a su verga que tenía un propósito emocional esta noche." No, eso será después. Necesitamos *esto*." El señaló hacia la oscura entrada de la Casa de los Espejos.

Ella apretó el sombrero más fuerte sobre su cabeza y no dijo nada. Sus pies retrocedían lentamente del edificio como si fuese un monstruo a punto de atacar.

"Por favor, Erik, vayamos a la Noria. Es cómodo allí. Hasta es súper alto, para ese loco de la adrenalina que sé vive debajo de tu piel." Le tocó el pecho con el dedo, sus dedos manteniéndose en su pecho como si dudara en soltarlo.

Su renuencia fortaleciendo su determinación de que tenían que hacer esto.

"Erik, sabes que confió en ti y sabes cómo me veo," sus dedos aplastaron su sombrero en su cabeza de tal forma que él podía ver la protuberancia de sus cuernos presionar ligeramente la tela desde adentro. "Pero estos...Yo no necesito ver estos cuando estamos juntos. Cuernos en la cabeza de una mujer no son algo sexy." Ella alzó una mano, desde ya anticipando su negativa. "Tú me ayudas a olvidar...cuando tú me miras, casi puedo olvidar que tan horribles son. Pero, aun si no te molestan, no necesito tener una docena de espejos recordándomelos cuando estoy intentando venirme."

Erik se acercó y la besó suavemente. Tuvo un segundo de miedo de que ella no lo correspondiera. Pero, luego sus labios presionaron contra los de él. Sus manos tocaron su barbilla y luego subieron por el lado de su cara, mientras sus labios se movían sobre los de ella.

Ella gimió, abriéndole su boca mientras el deslizaba su lengua. Su boca barrió dentro de su boca, mientras sus dedos reptaban hacia arriba para agarrar el borde del sombrero y quitárselo de la cabeza.

La cascada de pelo rojo rizado cayó alrededor de su cabeza y hombros en un desordenado montón. Él separó el cabello alrededor de sus cuernos hasta que los cortos puntos desafilados se asomaron. Mientras sus dedos rozaban sus oh-tan-sensibles lados, él sintió su rápido suspiro.

"¿Asustada? Dijo él suavemente.

El movimiento de su cabeza fue tan pequeño que él pudo no haberlo notado si esto no hubiese movido sus labios así sea sólo un poco sobre los de él. Sus dedos masajearon cada cuerno hacia arriba por un lado, por la punta y hacia abajo por el otro. Él no había podido ver su cara tan claramente cuando prestó atención a los cuernos en la Noria. Pero, su reacción a cada minúscula presión era fascinante. Su boca se contorsionaba en un "o" intrigado a un "ah!" sorprendido.

Él soltó su costado para tener ambas manos libres y así masajear sus cuernos. Los cuernos se extendieron unas cuantas pulgadas con su excitación; los suaves huesos brillantes sobresaliendo como pequeños consoladores, tentándolo con elaborados pensamientos pecaminosos.

"Eso se siente tan bieeeeeen," su voz era un gemido. Él incrementó la presión en los cuernos, acariciando sus puntas como si tuviera su clítoris entre sus dedos. Ella gimió más fuerte, sus manos enterradas en su gabardina con tanta fuerza que él temía que ella lo desgarrara.

"Los de seguridad pasarán en cualquier momento." Hacia arriba y hacia abajo su dedo masajeaba, acariciando con más fuerza. Ella se mecía contra él, su cabeza recostada sobre sus hombros. Él mantenía una presión constante sobre sus cuernos, concentrándose en cómo cada movimiento hacía su cuerpo prácticamente tararear en respuesta.

"Tan cerca..." suspiró ella. Las pequeñas sacudidas involuntarias de caderas contra su ingle lo hicieron reprimir un gemido. "No te detengas. No te atrevas a detenerte," dijo ella.

Él aceleró el ritmo, incrementando la velocidad y la urgencia por cada sedoso cuerno, barriéndolos con su palma y luego pellizcando las puntas entre sus dedos, él la podía sentir estremecerse por todo su cuerpo. Ella colgó sobre el lado de la gabardina como si fuera una balsa salvavidas.

Más rápido. Más fuerte. Él masajeó sus cuernos arriba y abajo, sintiendo su suavidad bajo las yemas de sus dedos, sintiendo su lujuria y excitación por todas las pulgadas que sus cuerpos se tocaban. Cada uno de sus gemidos ponían su verga más dura, cada uno de ellos hacían que quisiera hundirse más profundo en su calor.

Su verga se presionó con fuerza contra la tela de sus jeans, forcejeando, intentando ser libre. Sus alas se estiraron contra el interior de su abrigo, cada pluma gritando por ser liberada.

Ella aulló con su orgasmo, mientras él cubría su boca con sus labios para enmascarar el sonido. Él podía sentir su aliento dentro de su boca, su aroma alrededor de él. Ella se retorció en sus brazos, su glorioso placer viniendo en olas que él podía ver desplazarse a través de ella, mientras se movía y lo agarraba una y otra vez. Cuando esta primera cresta comenzaba a descender, él soltó sus cuernos, dejando su mano vagar hacia su blusa para acariciar sus senos, los vivaces pezones asomándose fuera de su blusa. Su mano se dirigió lentamente hacia abajo para agarrar firmemente su trasero y halarla hacia él.

"Eso fue..." ella no parecía poder terminar su pensamiento.

Cuando él la haló hacia la puerta de la Casa de los Espejos, esta vez, ella no se resistió. Erik dudaba que sus piernas tuviesen la fuerza para soportar su peso. Ella se acomodó sobre su pecho, sus cuernos descansando en su hombro.

Sus dedos ya habían desabotonado su camisa antes de que él pudiera abrir la puerta. Su camisa ondeaba abierta y él podía sentir el aire nocturno contra su pecho y abdominales. Sus manos vagando de arriba hacia abajo por las subidas y bajadas de sus músculos como si estuviese intentando acariciar cada planicie y esculpida colina a la vez.

"Entra en mí," gimió ella, sus diestros dedos desabotonando su braqueta. Ella lamió el lado de su oreja, mordisqueando su lóbulo al mismo tiempo que su mano bajaba para agarrar en sus calzoncillos. Ella gruñó en voz baja, "Erik, te necesito."

Ella era tan erótica, él casi se viene en sus pantalones como un sacerdote nuevo escuchando una confesión por primera vez. Él no se dio cuenta que ella le había quitado la gabardina hasta que sintió el aire por cada pluma como un millón de besos celestiales. El aire se sentía glorioso, como si los rayos de luz de luna acariciaran cada una de las sensibles plumas. Siobhan hizo una bola con la gabardina y la arrojó con tal fuerza que casi llega a la pista de los carritos chocones.

Él se movió para ir a buscarlo, pero ella agarró el cuello de su camisa abierta y lo haló hacia ella.

Rápidamente se olvidó del abrigo, mientras ella consumía sus sentidos.

Abrió la puerta de la Casa de los Espejos con un tirón tan fuerte que casi se queda con el picaporte en la mano. Ambos tropezaron un poco hasta que Siobhan encontró el interruptor de luz y los candelabros que la Sra. Smitheen importó de la mansión de su padre en Mumbai parpadearon con vida. Las capas de tres niveles transmutaron cálida luz a prismas y arcoíris, reflejando y refractándose sobre una docena de espejos.

Erik y Siobhan se congelaron.

Nada mata la pasión como verte a ti mismo desde veinte ángulos diferentes a la vez, pensó Erik. Él era un desastre: cabello desaliñado, verga erecta un poco mojada con fluido pre-seminal saliendo de su bragueta abierta, pantalones torcidos, camisa desabotonada y sus ojos encendidos con un frenético brillo. Y lo peor de todo, las lámparas bañaban sus alas en una luz tan brillante que era imposible ignorar los detalles de su roturas. Esas feas e inútiles cosas colgaban de su espalda en ángulos asimétricos, retorcidas y en carne viva.

Siobhan, por el otro lado, se veía asombrosa. Su cabello explotaba de su cabeza en el salvaje frenesí de rizos. El borde de su sujetador mostraba donde había sido halada su blusa, la tela tan fina que no escondía la forma perfecta de los duros pezones debajo. Su cara estaba radiante; sus mejillas brillando y sus osos resplandeciendo de felicidad post-coital.

Ella frunció el ceño ante su reflejo y luego empezó a cepillar su cabello con sus manos, alisando a jalones y un poco a los lados para que sus largos rizos cubrieran sus cuernos aún extendidos.

"¿Que estás haciendo?" preguntó Erik.

"Te dije que venir aquí mataría el ánimo" dijo ella. Se haló el cabello con tanta fuerza que temió que tiraría mechones de raíz.

"Deja eso. Te vez perfecta."

Ella lo miró con duda, sus labios conjurando una sonrisa casi a pesar de sí misma. "¿Qué hay de ti? ¿Gran Vikingo Malo? ¿Desde cuándo empezó a importarte tu aspecto?"

"¿Qué?" Miró hacia abajo cuando se dio cuenta de que estaba metiendo la camisa en los pantalones, arreglando su pelo y enderezando sus pantalones sin siquiera darse cuenta de que lo estaba haciendo.

Él pegó las alas a su espalda, como si aún llevase la gabardina, para limitar la cantidad visible en los espejos en todos lados. Los espejos torcidos, a su derecha e izquierda, distorsionaban su cuerpo en protuberantes montículos que ondulaban, mientras él se movía, haciendo su cabeza parecer enorme, luego sus alas, luego su trasero y caderas, luego su pecho, luego su cabeza nuevamente.

"Soy un fenómeno."

"No." Siobhan lo tomó por los hombros en un feroz agarre. "¡Nunca digas eso de ti!"

Toda la noche estaba empezando a parecer algún tipo de sueño. Él ni siquiera se había dado cuenta que dijo esas palabras en voz alta.

"¿Qué? ¿Tú puedes decir eso de ti, pero yo no lo puedo decirlo de mí mismo?" preguntó él con una suave sonrisa. "Eso no parece justo." Sus manos tocaron sus hombros en lo que empezó como un reconfortante gesto amigable y, en segundos, se volvió algo más exploratorio. Sus manos igualaron las de él, vagando bajo lo que quedaba de su camisa. Quitándosela, mientras él quitaba la blusa y el sujetador sobre su cabeza. Por un momento, sin aliento, estuvieron topless, frente a frente, solos, el único sonido sus rápidos latidos de corazón en la habitación brillantemente iluminada.

Sus ojos miraban descaradamente el cuerpo del otro como si nunca hubiesen visto algo tan perfecto en sus vidas. Erik se sentía más erguido bajo sus ojos, sentía sus alas soltar el abrazo contra su espalda y extenderse al máximo.

Se inclinó y tomó los senos desnudos de Siobhan con su boca, lamiendo y chupando su teta. Suspirando, ella desabrochó sus pantalones y los bajó lo más que pudo manteniendo sus labios firmemente alrededor de sus senos. Una mano agarró su verga, jalándosela en el tronco, mientras la otra suavemente masajeaba sus bolas entre sus dedos.

"Eres una diosa." Él gruñó dentro de su pecho mientras cambiaba su atención al otro seno. "Nunca pensé que le agradecería a la bruja por maldecirme."

"No dices eso en serio," dijo Siobhan.

Erik abrió la boca para corregir su error, pero en su lugar cerró la boca alrededor de su pezón. Tenía la eternidad para decirle que tan fuerte creía en su sociedad; lo tanto que la respetaba y admiraba, su inteligencia y fortaleza, lo tanto que la amaba más que a cualquier otro ser en todo el universo a lo largo de cien vidas.

Pero, no se lo podía decir ahora.

No bajo estas luces tan brillantes donde él podría ver la duda en sus ojos antes de decirle que sólo lo veía como su roto y maldito amigo.

Amigos con beneficios.

Se arrodilló para poder lamer la línea de su estómago. Su lengua rondó su ombligo y él sonrió, mientras sus dedos agarraron su cabeza y forzaron su boca a bajar al enclave de su sexo. Él respiró su excitado aroma y pasó la lengua por su hendidura. Manteniendo sus manos ancladas en su trasero para evitar que se caiga por sus débiles piernas.

Su sensible capullo ya estaba resbaladizo por su excitación y patinaba por su boca como si estuviese bailando alejándose de él. Sus caderas sacudiéndose se mecían bajo su boca, tan seductor y tan frustrante. Su agarre en la parte de atrás de su cabeza empezaba a doler, sus caderas se movían tanto que sentía que la perseguía.

¡Mierda, necesito más manos! pensó él, mientras su clítoris se deslizaba una vez más bajo su lengua.

Una gran masa con plumas se movió en el rabillo de su visión periférica, reflejándose en tres espejos. Una lenta sonrisa que no reconocía llevó su cara a una expresión de sincero asombro.

¿Funcionaría esto?

Sus alas se extendieron detrás de él, sus negras plumas sedosas tan suaves como el pelo de Siobhan. Arqueando sus puntas por sus hombros, él extendió las plumas hasta que formaron una sombrilla sobre su cabeza con las puntas en frente de él.

"No puedo ver tu rostro," se quejó ella.

"Confía en mí, esto debería ser bueno. " *Al menos, eso espero.*

Lentamente, pero con creciente seguridad, Erik movió las suaves plumas por su hendidura.

"¿Es eso lo que creo?--" ella empezó a decir antes de morder sus palabras con un grito. Él introdujo una de las plumas más largas y suaves en su vulva, solamente la punta, masajeando y flexionando para que ella sintiera la superficie texturizada por la parte superior de su apertura. Él podía sentir su vulva contraerse alrededor de la punta y el cañón de la sensible pluma, sentir la humedad cubrir la superficie.

"¿Cómo se siente eso?" preguntó él, su voz sin aliento.

"Nunca pensé...tus alas--" Ella estaba respirando con dificultad, él apenas podía entenderla, pero podía oír el asombro en su voz. "Oh dioses. Empújala más adentro. Quiero saber que se siente."

Él podía sentir como se acercaba su orgasmo aun cuando entraba más profundo, los filamentos de las plumas rozando y tentando su punto G, las otras plumas en sus alas ondeando y vibrando por su clítoris, sus pliegues y por su ano todo a la misma vez. La presión alrededor de su ala se sentía más íntima que alrededor de su verga; él podía sentir el placer incrementar en el mismo tipo de éxtasis segador. *Santo cielo, ¿por qué no he estado haciendo esto desde hace siglos?*

Viendo a Siobhan retorcerse de salvaje placer alrededor de lo que él siempre había pensado como la parte más despreciada de sí mismo, Erik sintió una caliente intensidad creciendo dentro de sí. Ella convulsionó y saltó contra el piso, sus caderas sacudiéndose y moviendo su pelvis, mientras ella levantaba las rodillas para atraer las plumas de sus alas más y más profundo.

La fuerza que se acumulaba era más grande que un orgasmo, más profunda que su amor por ella. Era algo más fuerte y más aterrorizante de lo que él nunca había imaginado.

Era aceptación. De sí mismo.

"¡Erik! ¡Sí!"

Ella se vino con intensidad, arqueando su espalda del suelo y golpeando el piso con suficiente fuerza que él pensó que ella podría dejar una marca en el suelo de caucho. Él la siguió un segundo después, viniéndose en sus senos, mientras sus plumas entraban y salían unas últimas veces con duros tirones.

Se acostaron sobre sus espaldas, lado a lado, los espejos en el techo sobre la araña reflejando su desaliñado, sudoroso estado. Las alas de Erik brillaban con sus jugos y Siobhan frotó sin prisa su semen por sus senos hasta que su piel brillaba bajo la fracturada luz. La vista de ella frotando su leche en su piel hizo que se le empezara a poner dura nuevamente. Sus alas se estiraron y sacudieron, cada pulgada de su piel y su ala lista para darle placer.

Ella miró sus ojos en el espejo.

"Nunca he osado permitir que nadie toque mis cuernos, antes que tú, en la Noria," dijo ella, tan bajo que él apenas pudo oírlo. Sin dejar de mirar sus ojos en el espejo, él se movió para tocar su mano.

"Has tenido novios, hasta esposos. Ellos *seguro* sabían acerca de ellos, ¿Por qué ellos no--?"

"Nunca los dejé," dijo ella, su voz llana. "Los cuernos son monstruosos. ¿Por qué llevaría eso a la cama?"

"No son monstruosos. Ellos son *tú*; son parte de lo que eres."

Ella se rio una vez, pero no era un sonido feliz. Probablemente eran las luces pero Erik pensó que los ojos de Siobhan eran estaban demasiado brillante. En cientos de años, él nunca la había visto llorar.

"Steve dijo algo parecido una vez, que mis cuernos eran yo. Él dijo que me hacían un fenómeno."

Ella dejo salir un gran suspiro. "Él no era el primero en decir eso, ni cerca."

Erik no sabía que decir. Cualquier cosa que dijera sólo serían palabras, y ¿no le había el mentido suficiente? Cada vez él implicaba que sólo quería que fueran amigos, llevar las cosas lentamente, él le mentía. ¿No fueron las palabras las que lo metieron en problemas con la bruja hace todos esos años? Las palabras no significaban nada a menos que fueran respaldadas con acciones.

¿Qué podía hacer él para probarle que tan hermosos y sexys eran sus cuernos para él?

"Siobhan, te quiero dentro de mí."

***

Siobhan estaba segura de que había entendido mal.

No había forma...

¿En serio...?

Su hermoso y fuerte Vikingo quería que ella *que--*

Pero, entonces su boca estaba en la de ella, aunque hace un momento ella habría jurado estar exhausta por la serie de orgasmos desgarradores para siquiera moverse, ella estaba besándolo de vuelta. Sus manos acariciaban sus suaves alas, las cuales ella sabía que el odiaba tanto. Sólo recordando las plumas entrando por completo y doblándose dentro de ella, la empaparon. Ella subió sus piernas sobre su cintura, uniendo sus caderas para que su verga quede empujando contra su apertura.

"S, vas a volverme loco." Su rostro se apretó como si sintiera dolor. Su mano se deslizó por su muslo para bañarse en su humedad y su cara se iluminó. "Tan húmeda," él sonaba sorprendido.

Él se veía tan asombrado que ella se lo encontró sexy, era adorable y desgarrador al mismo tiempo.

"Tú pareces un hombre que necesita que se la metan por el trasero," dijo ella.

Erik sonrió ampliamente, guiñándole el ojo, "No es la primera vez que alguien me dice eso. Aunque tengo que admitirlo, los cuernos van a ser un excitante sustituto de lo usual."

El corazón de Siobhan se aceleró. Ella se alejó de Erik, aterrorizada de qué tan vulnerables se estaban permitiendo ser. *¿En realidad estamos a punto de hacer esto?*

Erik agarró la cara de Siobhan, besándola profundamente. Él se alejó un poco, sus labios rozaban los labios de Siobhan, mientras hablaba.

"Eres jodidamente sexy. Tú por completo. Esto es algo que quiero. Se va a sentir asombroso, para ambos." Él se alejó, pausando mientras sus hermosos ojos azules perforaban a Siobhan. ¿Es algo que quieres?"

Dios, sí. Siobhan asintió, excitación y terror bailando en su estómago.

Ellos, lenta, pero cuidadosamente, se posicionaron en el piso, Siobhan un poco detrás de él, pero, lo suficientemente cerca para que Erik pudiera llegar entre las piernas de Siobhan y toquetear su sensible capullo. Él introdujo sus dedos hondo dentro de su chocha, mientras ella gritaba de placer--se sentía tan bien sentirlo *llenarla*--sus dedos rápidamente cubiertos en su humedad.

Él frotó sus resbaladizos dedos por sus cuernos, de arriba hacia abajo, dejándolos relucientes. Siobhan estaba tan excitada que podía sentir sus cuernos extenderse a su largo completo, mientras su cuerpo hormigueaba al ritmo de las caricias de Erik. Siobhan se movió para que su pecho presionara su espalda, sintiendo sus pechos rozar las sensibles plumas en su espalda. No podía detenerse de flotar sus pezones contra su suavidad y sonrió al oír gemir a Erik.

"Estas matándome mujer. Debemos de empezar antes de que me venga en los calentamientos."

Siobhan se rio y posicionó a Erik en cuatro con Siobhan haciendo mismo detrás de él, sus manos y rodillas presionando contra el piso de goma. Ella se inclinó hacia adelante, suavemente besando alrededor del ano de Erik, sintiéndose animada por sus jadeantes gemidos. Ella lamió su mano y regó su saliva por toda su apertura, sintiéndolo empujar contra su mano.

Era claro que él la deseaba y Siobhan no pudo contenerse más tiempo. Se posicionó detrás de él y lentamente movió su humedecido cuerno a su apertura, casi gritando de placer por la sensación.

Él estaba tan apretado, su cuerpo se resistía a la intrusión al principio, pero su tensión se liberó cuando ella estuvo por completo dentro de él. Se detuvo después de estar totalmente adentro, con miedo de haberlo lastimado o de que hubiese cambiado de opinión.

Sus gritos de, "¡Oh dioses, sí! ¡Siobhan! ¡Sí!" calmaron su mente.

¿Así se sentía ser un hombre? ¿El sentir el cuerpo de otra persona envuelto alrededor de tu parte más sensible? Ella podía ver la eufórica expresión de Erik en los espejos a su alrededor.

Él se presionó contra ella, mientras ella se movía dentro de él, los dos atrapados en un excitante ritmo de sus cuernos penetrando hasta lo último, una y otra vez. Su cálida piel alrededor de sus cuernos de alguna manera la lleno de afirmación y amor que fue más allá de su encuentro sexual anterior.

Se frotaron el uno contra el otro, cuerpos dando y tomando, ya no eran monstruos rotos buscando aceptación, pero Siobhan y Erik, amantes gritando juntos mientras orgasmos destrozaban sus cuerpos en compartida pasión palpitante.

Se desenredaron y quedaron juntos en un abrazo jadeante y sudoroso, enroscados uno alrededor del otro. Luchando contra el sueño, Siobhan se giró hacia Erik que roncaba en sus brazos, finalmente inconsciente y tumbado en el piso. Su rostro radiante era más atractivo cuando estaba durmiendo. Ella alisó un rizo de cabello negro y lo quitó de su cara. Una deprimente melancolía la llenó.

Él dijo que sólo quería que fuéramos amigos. Ella no pensaba que podría mirarlo de la misma manera después de esto. Sería demasiado, muy difícil esconder las emociones revolviéndose detrás de sus ojos. En su cabeza.

Se ha terminado.

***

"¡Esos estúpidos, idiotas sin coraje!" Una taza de café engalanada con las palabras "¡Bésame, soy Irlandesa!" se hizo pedazos contra la pared lejana en la oficina de Siobhan. Siete tazas de café y cuatro horas de magia en Excel habían finalmente desenmarañado la estafa conduciendo a las inconsistencias financieras que ella encontró.

Era más fácil concentrarse en el misterio de contabilidad que contemplar sus problemas románticos. No tenía idea de cómo le iba a decir a Erik que no estaba cómoda con hacer la parte de *con beneficios* en amigos con beneficios. Ella ni siquiera estaba segura de poder con lo de *amigos*. Un cilindro lleno de bolígrafos voló por la habitación acompañando los trozos de la taza en el piso de madera.

Después de la última intensa revisión de todos los documentos de la compañía, recibos, órdenes de trabajo y facturas, ella encontró un agujero financiero que iba por dos millones de dólares en las cuentas del Wondernasium. El parque tenía una hemorragia de dinero y Siobhan estaba segura de que no era accidental. Alguien estaba interceptando a los contratistas y grupos de mantenimiento y--en una ocasión especialmente vil—vendedores de algodón de azúcar; ellos cancelaban las órdenes de trabajo, se embolsillaban el dinero y luego falsificaban recibos por servicios que nunca se realizaron.

Siobhan entró furiosa en la oficina de Mohinder, blandiendo un sobre manila lleno de páginas con pruebas. Era cierto, era un pendejo chantajista, pero como el gerente del lugar -- sin mencionar lo de hijo del dueño--él debería ser el más motivado para llegar al fondo de esta farsa. Ella abrió las puertas dobles de su oficina, de par en par, salvajemente regando el contenido del sobre, mientras lo hacía. Los papeles cayeron sobre ella como una suave lluvia mientras entraba en la oficina gritando.

"¡Mohinder! ¡Deja lo que estás haciendo ahora mismo!"

Mohinder estaba de espaldas. Una flaca rubia asomó la cabeza de atrás del cuerpo sin camisa de Mohinder. "¿Ahora mismo?" preguntó la rubia, sonriendo como una gata. Ella alzó sus manos, y se oyó un clic. La rubia tenía esposas alrededor de cada muñeca atándola a la silla de escritorio.

"Esto es importante." Insistió Siobhan, "No habría entrado así en tu..."

"¿Evaluación de empleado?" ofreció Mohinder sobre su hombro.

"*Sí, evaluación de empleado.* A menos que sea algo importante. Y lo es. Importante." Siobhan le estaba agitando.

"El cielo debe de estar *cayéndose*," Mohinder extrajo una pequeña llave plateada de la gaveta superior de su escritorio y giró hacia Siobhan. "Lizzie aquí presente estaba excediendo mis expectativas." Él abrió las esposas y Lizzie abotonó su camisa, dándole a Mohinder lo que parecía una mala imitación de un puchero seductor.

"Pero, Mohinder, señor, pensé que estábamos acabando de empezar..." ella lamió sus finos labios. Siobhan, a duras penas, se contuvo de caminar hacia allá y sacar a la rubia por sus extensiones de cabello.

"Aparentemente, esto requiere mi completa atención," dijo Mohinder con voz de acero, poniéndose su camisa y chaqueta. "No son todos los días que mi directora financiera favorita hace una entrada tan dramática." Él le señaló la puerta a Lizzie, sus ojos fijos en sus torneadas piernas a la vista debajo de su mini falda con estampado leopardo. "Tienes suerte que Lizzie acababa de empezar, sino te estaría pidiendo que siguieras donde ella estaba, Siobhan." La miró lascivamente.

"Tenemos cosas más importantes que hacer," Siobhan decidió ignorar su comentario. *Asqueroso*. "Esto," ella azotó la primera pila de papeles arrugados en el escritorio de Mohinder, "es prueba contundente de que alguien en esta organización ha estado malversando dinero por más de un año." Ella gateó en el piso, recogiendo en brazadas los archivos regados. "Después de que organice todo esto de nuevo, voy a explicártelo. Necesitamos actuar, ahora mismo. Primero, necesitamos contactar las autoridades."

Mohinder sonrió ampliamente--no era lo que Siobhan esperaba--y caminó alrededor de su escritorio, ayudando a Siobhan a recoger los papeles que quedaban regados por su puerta. Él jugueteó con un gemelo de plata, mientras cerraba suavemente la puerta, asegurándola con una llave que sacó del bolsillo de su chaqueta.

"Me gustaría evitar que otra persona entre de repente en mi oficina si vamos a discutir algo tan serio." Dijo Mohinder en un bajo rugido.

Una sospecha que Siobhan no había considerado borboteó en su estómago. Mohinder era un cretino, pero no tendría sentido que él fuese un ladrón. *Estaría robándose a sí mismo*. Siobhan sacó su teléfono móvil y empezó a marcar 9-1-1 intentando silenciar la voz de pánico en su cabeza.

En realidad me gustaría que él no hubiese cerrado esa puerta.

Mohinder saltó por la habitación, manoteando el móvil de Siobhan antes de que pudiese terminar de marcar.

"¡Perra estúpida!" rugió él.

Siobhan se agachó, mientras el puño de Mohinder se movió en un amplio arco, fallando. Siobhan no era una luchadora, pero al pasar unos cientos de años, había aprendido algunos trucos. Mientras Mohinder giraba, la fuerza de su puñetazo fallido lo sacó de balance enviándolo tropezando hacia la costosa alfombra de al lado de su escritorio. Él atacó, golpeándola en la parte posterior de las rodillas con una rápida patada y ella cayó, gritando de dolor. Ella intentó levantarse, pero el frío tacto del metal tocó su muñeca y ella oyó el clic de las esposas atándola al escritorio.

"O...joder...noooo," ella forcejeó antes de sentir la rigidez antes del deseo, comenzando a apoderarse de todo su cuerpo.

El viento sopló en ráfaga alrededor de la oficina, haciendo los papeles y las carpetas volar por doquier, girando en un torbellino alrededor de la cabeza de Siobhan.

La expresión de terror de Mohinder era hilarante. Siobhan había visto su cara en el modo de conceder deseos, una vez en el espejo; no era bonita. Un brillo emanaba de su piel, mientras sus ojos resplandecían verde brillante. Sus cuernos protuberantes tumbaron el sombrero de su cabeza, liberándose de los rizos rebeldes de Siobhan.

"¡Me has atado, di tu deseo y será concedido!" La profunda voz habló a través de Siobhan, haciendo eco en la oficina.

Mohinder se lanzó hacia atrás alejándose de Siobhan, boquiabierto. "¿Qué? ¿Qué, Qué? ¿Qué? ¿Cómo pudiste...? ¿Por qué estas...? El color empezaba a volver a su cara y con él, la habilidad de casi completar oraciones. "Quiero decir, sabía que eras un fenómeno, pero..." inquietamente caminó por toda la oficina, manteniéndose alejado de Siobhan. De repente se detuvo, caminó hacia Siobhan y golpeteó, a modo de experimento, su frente. Ella ni siquiera se inmutó. "¿Estás jodiéndome?"

Siobhan gimió interiormente. Ella odiaba estar atada, inmóvil e impotente, esperando que algún idiota pidiera un deseo. *Sólo pide tu deseo.* Tan pronto como pidiera su deseo, ella podría hacer lo que los de su raza hacían mejor: retorcer deseos contra cualquier tonto lo suficientemente idiota para intentar aprovecharse de un leprechaun. Una vez el deseo formulado, Siobhan podía concederlo en una forma que sea exactamente lo que se deseó, pero devastador para el que lo pidió. Nunca parecían esperar que *'deseo un millón de dólares' terminara con un millón de dólares en monedas cayendo sobre sus cabezas ensangrentadas.*

Mohinder se sentó detrás de su ordenador, "Voy a averiguar qué demonios está pasando aquí," empezó a teclear furiosamente.

¿Qué? ¿Qué podía ser ambiguo acerca de *"Di tu deseo y será concedido?"* ¡Sólo pide el maldito deseo! Siobhan gritó en su cabeza.

Después de veinte agonizantes minutos de estar sentada paralizada, Mohinder asomó su cabeza desde detrás del monitor de la computadora. "¿Un leprechaun? ¿En serio? El miró fijamente el cuerpo congelado de Siobhan como si esperase una respuesta.

"Está bien, está bien," Mohinder ahora estaba caminando de un lado a otro.

"Entonces…obtengo un deseo," él sonrió ampliamente. "Un deseo, debo hacer que valga la pena." Se sentó en su ordenador y comenzó a teclear furiosamente.

Está buscando deseos en Google. ¿Debes de estar bromeando?

Las próximas dos horas pasaron insoportablemente lentas para Siobhan. Ella nunca había estado atada por tanto tiempo y su cuerpo hacía rato ya había pasado de incomodo como agujas y alfileres a totalmente adormecido. Le picaba sobre el ojo izquierdo y rápidamente la estaba volviendo loca. Siobhan veía impotente como Mohinder hacia su investigación online, ocasionalmente gritando sus nuevos descubrimientos, mientras los encontraba, anotando fragmentos en una libreta. Finalmente, se levantó, aparentemente satisfecho con su trabajo y caminó hacia Siobhan.

"Leprechaun," azotó una de sus grandes manos sobre el escritorio de caoba roja-marrón. "Tengo condiciones para mi deseo. Estas condiciones son todas parte del mismo deseo y" revisó su libreta, "estás obligada a escuchar todas mis condiciones antes de conceder este deseo." Él respiró hondo, sudando un poco. "Deseo que electrónicamente transfieras todo el dinero en las cuentas del Winter Wondernasium a mis cuentas en las Islas Caimán," enumeró una serie de cuentas y números de enrutamiento, "de forma tal que parezca que tú, Siobhan MacManus, hiciste todo esto por medio de fraude y hackeo por computadoras. Las cuentas en las Islas Caimán sólo serán accesibles por mí y no habrá evidencia que me conecte con el movimiento de estos fondos." triunfante azotó una de sus manos sobre la caoba roja-marrón de su escritorio.

¡Mierda! pensó Siobhan, buscando una como evadir el deseo. Mohinder es *más listo* de lo que pensé. Por la forma en la que dijo el deseo, no había manera de cambiarle el deseo y joderlo. Ella podía sentir el deseo siendo concedido, salir de ella con sus especificaciones exactas: El universo doblándose, la realidad reescribiéndose a sí misma, distorsionándose para encajar en las condiciones del deseo. Capas y capas de nuevos recuerdos y experiencias apilándose en su cabeza, recuerdos de hackear el Winter Wondernasium, de cambiar el dinero a las cuentas de Mohinder y borrar cualquier evidencia de su participación. Hasta había un

recuerdo de Erik atrapándola in fraganti... ¡oh dioses no!

Sólo ella y Mohinder sabrían que los nuevos recuerdos eran falsos. *Maldito Mohinder, por supuesto, la única cosa en la que era bueno era mintiendo y robando.*

"¡HIJO de perra! gritó Siobhan, inmediatamente sintiéndose mal. La Sra. Smitheen era una mujer agradable. Siobhan empezaba a volver a sentir sus articulaciones y frenéticamente rascó la comezón que tenía horas atormentándola.

Mohinder cogió su móvil y confirmó el nuevo balance en su cuenta, su perversa mirada lasciva creciendo en su cara. Agarrando sus llaves y su billetera, caminó hacia la puerta. "Fue un absoluto *placer* hacer negocios contigo, Señorita MacManus. Te "*atrapo*" luego," se rio ampliamente ante su terrible juego de palabras. "Buena suerte con esas esposas, por cierto. Son de lo mejor." Le guiñó el ojo y salió de la oficina con un rebote en sus pasos, cerrando con llave la puerta.

Siobhan tomó una horquilla de su cabello. *¿De lo mejor?* El cierre de las esposas hizo clic ruidosamente mientras se abrían unos segundos después. *Te timaron.*

Siobhan luchó contra el aplastante terror creciendo en su pecho. No era el peor deseo que había sido forzada a conceder, pero estaba cerca. Sin fondos, el parque pararía de golpe en cuestión de días. Más de cien personas perderían su trabajo y con los análisis forenses electrónicos de hoy en día, definitivamente iría a prisión. Siobhan tenía siglos sin huir de un país. *Aquí vamos de nuevo.*

***

Erik patinó por una esquina en su disfraz de Percy el Pingüino, deslizándose en el sendero estampado con témpanos de hielo. Stan en la Noria había mencionado que la policía estaba rondando, preguntando por Siobhan. *Esto no puede ser bueno.*

Tenía un horrible presentimiento de que las acciones de Siobhan ya le iban a pasar factura. Sus recuerdos de verla en el ordenador ese día eran un poco confusos--él ni siquiera sabía bien como estaba tan convencido de haberla visto ilegalmente vaciando las cuentas del Winter Wondernasium cuando todo lo que podía ver eran números en una pantalla--pero él sabía que ella lo había hecho.

Una de las ventajas--la *única* ventaja-- de ser mascota de parque era que la gente a menudo se olvidaba de que había una persona dentro del traje. Especialmente una persona con oídos. Los oficiales estaban parados afuera del edifico principal de oficinas, hablando entre ellos acerca de cómo atrapar estafadores era un mejor trabajo que perseguir asesinos en serie. Uno de los policías más jóvenes claramente tenía problemas con su miedo a los muñecos de nieve de plástico y los otros oficiales estaban reacios a ir a la oficina de Siobhan sin antes hacerle pasar un mal rato a su colega.

En eso se gasta el dinero de los impuestos, suspiró Erik. Su mente intentaba encontrar una manera inteligente de salirse de ésta, alguna forma de salvar a Siobhan del peligro. A él no le importaba lo que ella había hecho, ella era *su* Siobhan y no iría a la cárcel. Pensó en posibilidades y contingencias pero no pudo pensar en nada que no fuera simplemente ir a la cárcel en su lugar.

Que así sea.

Usando el tamaño del disfraz, empujó a los oficiales lejos de la puerta doble del edificio de oficinas y corrió adentro, cerrando con llave la puerta detrás de sí. Los oficiales gritaron y tocaron la puerta, pero ésta se mantuvo firmemente en su lugar.

"¡Siobhan!" Erik estaba gritando dentro del traje de pingüino y no le importaba quien se enterara. Se quitó la cabeza del traje e intentó correr a toda velocidad por el pasillo de baldosas hacia su oficina. Sus pies con aletas resbalaron debajo de él y cayó sobre su ala, fuertemente. Después de todo lo que ha experimentado por más de mil años, nada le causaba tanta angustia como un golpe en el ala. Él agarró sus puños fuertemente y gritó de dolor, intentando disipar la agonía que emanaba de cada ala. El dolor podía esperar. Tenía que llegar hasta Siobhan.

Quitándose el resto del disfraz de pingüino, sus alas se liberaron a su máxima envergadura, rozando el techo y despegando papeles de murales informativos mientras corría. Casi choca con Siobhan cuando dobló la esquina. Ella llevaba dos grandes bolsas y una expresión devastada.

Al ver a Erik, Siobhan dejó caer las bolsas y lo abrazó llorosa. "Tengo que decir adiós." Sollozó ella. "Los monstruos como yo no podemos tener finales felices."

"No, no digas eso, todo estará bien. " Erik sólo podía ver una manera de arreglar esto y convocó cada una de las habilidades que había pulido estafando a los ricos por más de mil años para poner en su cara una sonrisa calma y confiada.

"Siobhan, podemos arreglar esto." Le dio su mejor sonrisa, la que irradiaba confianza. "Ve a tu oficina y esconde esas bolsas; no hay nada peor que verse como si uno va a escapar. Inicia sesión en tu computadora y actúa como si es un día de trabajo cualquiera." Suavemente pasó su pulgar por la curvatura de su mejilla, limpiando una lágrima que caía. "Te prometo que me ocuparé de esto por ti. Tengo la historia perfecta para explicarle esto a los policías. Tienes que irte *ahora*. Puedo explicártelo todo después de que se hayan ido."

Siobhan haló la cara de Erik para darle un rápido beso.

"Será mejor que tengas razón," dijo ella, dándole una mirada recelosa, mientras arrastraba sus bolsas, devuelta a la oficina. Erik sólo estaba agradecido de haberle dado un último beso antes de desaparecer de su vida para siempre.

"Te prometo que arreglaré esto."

Él caminó de vuelta por donde vino, riéndose al oír que los oficiales seguían luchando por abrir la puerta. Tomando un último momento para reflexionar sobre su inminente pérdida de libertad, su determinación aumentó. *Le hice una promesa.*

Su gran mano cubrió el cerrojo de la puerta y lo abrió de un tirón, abriendo la puerta, mientras lo hacía. El oficial novato que, aparentemente, intentó cargar contra la puerta, voló a su lado en una confusa mancha de azul y plateado.

"Pon las manos en la..." la voz ronca del oficial más viejo se redujo un poco cuando sus ojos vieron las alas arqueadas lisamente desde la espalda Erik. Sus armas no se movieron de apuntar a su pecho desnudo.

"Oficiales, he sido un hombre muy malo." Erik lanzó su mejor sonrisa a los dos policías, "Yo lo hice. La malversación, las transferencias bancarias, cancelar esos trabajos y quedarme con el dinero. Me le acerqué a Siobhan, la usé para saber las contraseñas. Todo lo relacionado con esta estafa hecho con sus credenciales de acceso fue perpetrado por mí."

"Me basta con eso" dijo el policía más viejo, tomando las esposas de su cinturón. Llevemos a este joven al centro de la ciudad, tenemos una celda con su nombre."

Mientras le leía sus derechos a Erik, el policía más joven no parecía poder quitar sus ojos de las alas. "Bonito disfraz," balbuceó finalmente. Erik suspiró internamente y dejó que el policía creyese lo que le hiciera sentir más cómodo.

Les tomó quince minutos poder entrar a Erik en la patrulla con sus enormes alas--los cinco primeros minutos gastados intentando encontrar el cierre o clip para separar las alas de su cuerpo. Mientras lo hacían, Erik no se atrevió a mirar atrás hacia la feria o a la mujer pelirroja con un fedora golpeando el cristal de la ventana de su oficina, gritándole.

Yo le hice una promesa.

***

"¡Lola! ¡Átame!" Siobhan le gritó, mientras entraba en el Ice Palace, jadeando fuertemente.

Lola estaba detrás de la barra, secando un vaso cervecero, "primero bríndale una bebida a la chica." Ella le guiñó el ojo y bajó el vaso. "¿Qué hay de nuevo, cariño?

"¡Erik ha hecho algo realmente estúpido!"

"Eso es lo que él hace, Siobhan. Mejor te acostumbras."

"Es mucho peor esta vez, va a hacer que metan su dulce trasero en la cárcel. ¿Sabes que les *hacen* a chicos con enormes alas en la cárcel? No. ¿Sabes por qué? Porque nunca ha pasado antes. Lo van a freír, extra-crocante." Siobhan estaba ahora caminando por todo lo largo del bar de hielo, intentando calmarse con cada paso.

"La Dra. Lola receta un vaso largo de 'jugo de calmarse'." Lola puso una botella de sidra en el bar.

"Dime, Lola," Siobhan se quitó el fedora de la cabeza lentamente y miró por el bar con complicidad. "¿Sabes algo acerca de los leprechauns?"

"Mi trabajo regular es *AUDREY'S,* por el amor de Dios. La semana pasada, separé una pelea a puños entre un grupo de korrigans y una quimera realmente molesta." Lola sonrió ante el recuerdo. "Esos korrigans: tan pequeños, *tan ebrios*. Digamos que he escuchado uno que otro cuento."

"¿Entonces sabes sobre la atadura? ¿Y los deseos?" Pensamientos invadían la mente de Siobhan. Ella sólo podía hacer esto si se hacía *muy pero que muy* cuidadosamente, Lola era la única en la que podía confiar con algo tan importante y el hecho de que Lola no se asustara con la rareza de todo esto era un bono importante.

"Si, y...NOP. Nop, nop, nop." Lola sacudía la cabeza tan fuerte que sus trenzas giraron juntas hasta formar un gran nudo sobre su cabeza. "Si, sé sobre los leprechauns, y no, no existe forma de que te ate para pedir un deseo. Esas cosas *nunca* resultan bien para quien pide el deseo. Tú entre toda la gente deberías de saberlo."

"Lo sé, lo siento. No te lo pediría si no fuese un asunto de vida-o-muerte." Siobhan intentaba con todas sus fuerzas contener las lágrimas que amenazaban con bajar por sus mejillas. "¡Van a encerrar a Erik y todo es mi culpa! Le pasó la botella vacía a Lola, habiendo ya drenado su adormecedor contenido. "¿Otro, por favor?"

"¿Vas en serio con esto?" Lola le pasó otra botella abierta. "Apuesto que Erik se las puede arreglar allí dentro. En la jaula, la chirona, mazmorra..." Siobhan tomó otro gran trago de sidra, forzándose a ser paciente. Cuando Lola empezaba a divagar, no había poder que la pudiera detener y ella eventualmente volvía al asunto en cuestión, "...La galera. ¡Presidio! Correccional. La trena." Lola miró hacia arriba, su dedo índice presionado contra su barbilla. "Eeeh...Creo que esos son todos los que tengo." Chasqueó los dedos. "El punto es, Erik es grande y rudo para arreglárselas en prisión. ¡Prisión! ¿Cómo se me olvidó esa?"

Siobhan sabía que Lola tenía razón. Erik había sido un Vikingo que mataba personas para vivir, en los viejos tiempos. Pero, ¿cómo podía ella explicarle a Lola lo que sentía? Cada minuto que Erik resultaba herido por quien Siobhan era--lo *que* Siobhan era—era una agonía. *Tengo que arreglar esto.*

"¡Esta bien todo el mundo!" Siobhan se paró sobre el taburete de bar, doblando su cuello en un ángulo incómodo para evitar las luces colgantes. "Este bar cierra en diez minutos. Si se van en los próximos cinco, Lola aquí presente les dará un trago gratis del licor de calidad que elijan. ¡Tienen que beberlo e irse!"

Siobhan saltó detrás del bar y ayudó a Lola a servir los tragos--todos los clientes en el bar aceptaron la generosa oferta de Siobhan--y les dieron todas las propinas a Lola. Siobhan cerró la puerta del Ice Palace, después de que el último cliente se fue.

"Sé que los deseos son algo complicado. Y mi gente..." Siobhan bajó la mirada, avergonzada. "Hemos hecho cosas malas. Cosas que no inspiran confianza, cosas taimadas." Pasó sus dedos por su cabello, asustada y preocupada por el giro inesperado que había dado su vida. "Pero, no estoy intentando engañarte. Te estoy pidiendo--rogando-- que me ayudes a salvar el hombre que..." ella dudó, "A salvar a Erik." Completó ella, débilmente.

"Oh, el hombre que... ¿qué tú qué? Lola puso una mano en su oreja, sus trenzas saltando.

Siobhan le dio las esposas que había tomado de la oficina de Mohinder junto con la pequeña llave plateada. "Necesito que hagas esto por mí. Te lo juro, nada malo te pasará." Siobhan le entregó a Lola una gran hoja de papel cubierta de letras (garabateadas) al frente y por detrás. "Este es el deseo. Es un deseo hermético, libre de consecuencias. Si me esposas y lo deseas, un buen hombre será salvado, un hombre malo castigado y yo, estaré por siempre agradecida." Ella puso los papeles en las manos de Lola. "Piensa en las *propinas*. Las extravagantes, te amaré por siempre, propinas."

Lola suspiró, cerrando las esposas alrededor de las muñecas de Siobhan. "Cariño, desearía que esto fuera lo más raro que he hecho por propinas."

***

La sala de interrogación manchada de café se veía idéntica a todas las salas de interrogación que Erik había visto en las últimas tres décadas. Añade un olor mohoso, algunas piedras y el sentimiento decrépito de edificios sin ventilación y de antes de la electricidad y tendría el mismo encanto como el de las prisiones que habían intentado encerrarlo intermitentemente por los últimos ocho siglos.

"Entonces, veo aquí que tienes abundante experiencia con las malversaciones y el fraude." La demacrada detective tenía una carpeta frente a ella con sus alias más recientes escritos en una pestaña lateral. Erik extrañaba al hosco viejo policía que lo había arrestado; el viejo canoso tenía sentido del humor y le ofreció un cigarrillo cuando estaban en la patrulla. Esta mujer parece que acababa de terminar un turno doble y sus pantalones estaban cubiertos de pelo de perro. "Que afortunados somos, parece que lo buscan en cinco estados, Sr. Azael." La carpeta era tan grande que sería mejor si usara un encuadernador. "O debería llamarte Sr. *Morningstar.*" Ella pausó por tanto tiempo que él pensó que estaba recreando un momento de su programa policiaco favorito. Morningstar era su nombre hace dos alias y era uno que apenas usó en ese entonces. Se le ocurrió estando borracho y estaba demasiado avergonzado para hacer todo el papeleo para que fuera más real. *Por supuesto*, sería con ése con el que iría a prisión.

"¿Es aquí en esta parte donde se supone que ponga cara de asombro y diga, 'me atraparon?'" Erik sintió que estaba cayendo de vuelta a sus viejas formas, mientras más permanecía sentado en la dura silla de metal. Las esposas irritaban sus muñecas, pero él se contuvo de retorcer sus manos e intentar buscar una posición más cómoda. Sabía por experiencia que no habían posiciones cómodas--ese era el chiste.

"No, esta es la parte donde nos dices cómo y por qué lo hiciste, así dejamos de perder el tiempo," el otro detective, un hombre más joven recostado contra la pared, dijo. "Podemos hacer que tu vida sea más llevadera en prisión. O podemos hacer que sea realmente difícil. Podrían encerrarte por veinte años y un chico bonito como tú, no va a durar ahí dentro."

Él se recostaba con los brazos cruzados como su tuviera otras cosas, cosas más interesantes que quisiera estar haciendo. Era un acto igual que la pausa dramática de su compañera y Erik se estaba poniendo impaciente.

"Mira, puedes dejarte de amenazas vacías," dijo Erik. "Una vez esté en prisión, ustedes dos van a ser la menor de mis preocupaciones." Miró entre ellos, intentando estimar cual sería la forma más rápida de terminar con esto. "Oficialmente renuncio a mi derecho de tener un abogado."

El policía recostado se irguió un poco, un dejo de sonrisa en su cara, "Que te parece. El chico tiene un cerebro después de todo. Pensé que esto llevaría horas, Katie."

La mujer hizo una mueca. "No sé qué estas intentado hacer, Sr. Morningstar, pero te das cuenta--"

"¡Cállate!" el hombre le siseó. Se giró hacia Erik, sacando una libreta de una carpeta. "Sólo escríbelo todo aquí y fírmalo. Queremos todos los detalles."

La policía seguía mirando entre el pesado archivo de Erik y la libreta frente a él como si estuviese esperando el desenlace.

"¿Te haría sentir mejor si te digo que me siento fatal por todas las mentiras que he dicho a través de los años y siento que debo pagar por todos mis pecados?" dijo él. No era *completamente* mentira. Él no se sentía mal por timar playboys ricos y debutantes rebeldes por siglos. Ellos querían sentir que vivían peligrosamente al financiar el estilo de vida de un "ángel caído" y él no quería que los fanáticos religiosos le prendieran fuego. Ganar/ganar.

"Hay una razón por la que 'ten cuidado con lo que deseas' es un cliché, chico." Las palabras de la bruja, de hace tanto tiempo, de repente volvieron a él. *Palabras más ciertas que nunca...*

Aún si no se sentía culpable por todas las estafas a través de los años, había un pecado más viejo que era, finalmente, hora de pagar. Su enfado con la bruja iba y venía, pero cada vez que veía en los ojos de Siobhan y veía una mejor versión de sí mismo, él sabía que les hizo mal a la vieja mujer y a los niños. La maldición de la bruja era una potente venganza, pero él nunca se había permitido sentir culpa por sus egoístas decisiones ese día. Él había hecho un trato de salvarlos y cuando llegó el momento crítico, los abandonó.

Erik escribió en la libreta, detallando como falsificó los registros para el mantenimiento de la Noria, revisiones de seguridad, mejoras eléctricas, nuevas atracciones. Él podía recordar a Siobhan diciéndole las letanías de costosas reparaciones en los últimos años. Finalmente, escribió que limpió las cuentas del parque, llevando el Winter Wondernasium a la bancarrota y jodiendo a todos los que trabajaban ahí. Era fácil escribir todo esto, poniéndolo como sus crímenes. Recordando el sonido de la voz de Siobhan, el bolígrafo se movió en su mano y la letra le tambaleó.

Siobhan...Pensar en ella hacía que le doliera el pecho, como si su corazón estuviese intentando salirse de él.

Él no sabía porque ella lo había hecho. Él no podía culparla por querer sacar beneficio de la vaga, mala gestión de Mohinder. Los dioses sabían que ese pendejo se merecía todo lo que le iba a pasar, lo cual, Erik esperaba que fuese algo terriblemente no placentero. Pero, sin importar lo que haya hecho, Siobhan no merecía ir a prisión.

La confesión acabo demasiado rápido. Él había escrito todo lo que pudo pensar, ahora lo único que tenía que hacer era firmarla.

Su mano sobrevoló sobre la parte final de la página. El mundo se desvanecía hasta que lo único que veía era la línea de firma mirándolo, retadora, desde la página.

Tiene que haber una forma de salir de esto. Era su vieja voz, la que escucho el día que decidió timar a una bruja por sus alas. Esa voz lo sacó de apuros a través de los años más veces de las que podía contar y lo llevo a aun más oportunidades. Era la voz que siempre se preguntaba, *¿Cómo puedo usar esto? ¿Cómo puedo ganar?*

Pero, éste no era momento para esa voz. Tenía que ayudar a Siobhan.

Firmó su nombre y miró hacia arriba.

Erik ya no se encontraba en la estación de policías.

"Hola ángel," dijo Lola, con un guiño.

Erik miró en los alrededores con estupefacta incredulidad. El papel bajo su mano era un recibo de veinte tragos con una propina del cuarenta por ciento. El papel yacía sobre una barra congelada, iluminada desde abajo en luces azules y rojas que parpadeaban en hipnóticos patrones. Lola estaba parada detrás del bar, sus labios rojo rubí con una mueca de satisfacción y su negro cabello rizado en su cabeza como una mascota descansando.

"Queeee--" su boca se movió mientras su cerebro procesaba.

¿Cómo llegué al Ice Palace?

"Oye Lola, enciende la TV. Veamos si funcionó," Siobhan caminó desde detrás de él y se apoyó contra el bar, sus ojos mirando su cara y hombros. Viéndola a ella, las emociones de las últimas horas llegaron a él de repente golpeándolo con toda la fuerza de una tormenta. Él quería inclinarse y besarla hasta quedar sin sentido.

Pero, Siobhan ya no lo estaba mirando, sus ojos fijos en un punto justo por encima de sus hombros, arrugas de fruncir el ceño profundas en su frente. Erik se giró para ver detrás de él y saber qué lo molestaba y se detuvo. El mundo parecía detenerse por completo.

Sus alas ya no estaban.

Él apenas escuchó la TV encenderse desde detrás del bar. Por el rabillo de su ojo, vio la toma temblorosa de la cámara donde se veía a Mohinder siendo escoltado a una prisión federal esposado. El reportero describió como Mohinder escribió una confesión total de sus crímenes de malversación y fraude e iba de camino a una prisión de cuelloblanco en el medio de la nada.

Pero, Erik apenas escuchó las palabras. No podía dejar de mirar fijamente. Movió sus hombros, esperando por el familiar aleteo de sus alas en la corriente de aire. Pero, el peso de las alas verdaderamente había desaparecido. Lo único que quedaba era un ligero dolor en sus hombros en donde una vez brotaron y hasta ese dolor estaba desapareciendo rápidamente.

Siobhan se acercó y apretó sus hombros. "Nosotras no deseamos esto," dijo ella. "Escribí un deseo para Lola que haría que Mohinder admitiera sus propios crímenes y ser procesado con todo el peso de la ley. Nadie más que nosotros recordaría que tú admitiste los crímenes. Pero, no deseé que se fueran tus alas. Lo siento mucho. No estoy segura de cómo paso eso. "

El darse cuenta de que no estaba alucinando, al fin le llegó. Después de más de mil años, estas monstruosas insignias de remordimiento al fin se habían *ido*. Su primer pensamiento fue una pequeña punzada de lamento...*En realidad, espero que Siobhan no esté esperando que se lo vuelva a hacer con las plumas*, seguido inmediatamente por un entendimiento aún mayor que rápidamente reprimió al primero:

Al fin soy libre.

"No creo que hayas sido tú," dijo Lola. Se apoyó en la barra para que su cabeza quedara sostenida en sus manos. Sus ojos violetas miraron a Erik atentamente. "Una vez me contaste acerca de tu maldición. ¿No obtuviste tus alas rotas porque actuaste como un pendejo egoísta?"

"Supongo--"*Es algo más complicado que eso,* él quería decir. Pero, pensó que era momento de callarse y escuchar a la camarera.

"¿Y firmaste ese papel pensando que irías a prisión por un crimen que no cometiste para así proteger a la gente que amas, correcto?"

"Supongo--"

"Entonces, acepta tu victoria. Actuaste desinteresadamente sin esperar recompensa. Ya no tienes la maldición."

¿Habían sido las condiciones de la maldición tan simples?

El terror se apodero de él.

¿En serio, nunca hice un acto desinteresado en mil años?

"¿Erik?" La cara de Siobhan entró en foco, su cara se veía más preocupada que antes. "Erik, te ves raro, ¿estás bien?"

"Probablemente no," dijo él. "Estoy empezando a pensar que soy una persona horrible." El sentido del humor creció. Se giró hacia Lola. "¿Un humano *mortal*?"

Ella asintió, con cara triste. "Probablemente. Así es como, generalmente, funcionan estas cosas. Si fuere una mujer apostadora, diría que envejecerás como un humano normal de ahora en adelante," Miró entre él y Siobhan y chasqueó la lengua. "Lo que significa no más sexo en las máquinas de la sala de juegos. Tan asqueroso. No tienes inmunidad a todos esos gérmenes y te saldrá sarpullido en lugares donde nadie quiere nunca tener sarpullido."

Erik no podía mirar a Siobhan a su amada cara. Los sarpullidos serían la menor de sus preocupaciones si en verdad era humano nuevamente. ¿Qué futuro podría el tener con el leprechuan que amaba? Inmediatamente descartó el pensamiento de que no deberían estar juntos--Erik no era un mártir—pero, él no podía detener la tristeza por todos esos siglos que podrían estar juntos si él se hubiese quedado maldito. Tal vez la cárcel por un par de años habría sido mejor...

"Siobhan..." Él no estaba seguro de como terminaría esa oración. Ellos nunca habían tenido la charla de la relación. Ella nunca dijo que quería más que tener sexo. Sería injusto pedirle que se quede a su lado mientras el envejecía y se marchitaba. No estar maldito sería realmente complicado e incómodo.

Tal vez podría hacer enfadar a otra bruja y esperar lo mejor...

Siobhan estaba sonriendo, su cabeza torcida en un ángulo, como si estuviera imaginándose algo más.

"¿Qué ocurre?" preguntó Lola, mirando de un lado a otro entre Erik y Siobhan.

"Sólo imaginándome como se vería con cuernos," pensaba Siobhan.

***

La Noria resplandecía brillantemente sobre la animada multitud, girando metódicamente sobre su limitada órbita. Siobhan meció la cabina de la Noria, mientras se recostaba sobre el pecho de Erik, respirando en su aroma como una droga. La gorra le quedaba verdaderamente bien. La gorra enfatizaba los fuertes ángulos de su mandíbula y de alguna manera hacía que el hoyuelo de su barbilla fuese más digno de lamer.

Ella nunca se había sentido tan completa, tan contenta, tan *feliz*.

Reemplazar alas por cuernos había sido más sencillo de lo nunca imaginó. Un par de horas para componer un deseo cuidadosamente escrito y libre de repercusiones, un poco de ataduras y su Vikingo favorito estaba transformado en un muy guapo leprechaun.

De cualquier manera, Erik se ve mucho mejor como demonio que como ángel.

Usar sus nuevos cuernos sensibles había sido una experiencia placentera para todos.

Hasta el parque había florecido en los últimos meses. Con los fondos siendo usados donde se debían, las reparaciones y el mantenimiento era una ocurrencia diaria y la apariencia destartalada del parque rápidamente se derritió. El parque estaba a diario repleto con niños felices y padres atentos, una vez más prosperando.

Siobhan sonrió ampliamente ante el pensamiento. *Mi parque. Mi parque está* *prosper*ando. La familia Smitheen no estaba abrumadoramente impactada con las indiscreciones de su hijo (Siobhan se preguntaba qué tanto los preceptos del deseo habían ayudado a calmar sus sentimientos). No les había tomado mucho tiempo para darse cuenta de que Siobhan era la más indicada para manejar el Winter Wondernasium.

Siobhan pasó la mano por la barra de seguridad recién instalada en la cabina y sintió un cálido brillo en el fondo de su estómago. La dulce Sra. Smitheen hasta lagrimeó un poco cuando anunció la promoción, dando un toquecito delicado en sus ojos con un pañuelo.

Erik enderezó la corbata de su nuevo uniforme de guardia de seguridad. Le quedaba mucho mejor que su viejo disfraz de mascota y la gorra de seguridad cubría sus cuernos sin verse fuera de lugar.

"Erik, ¿a veces extrañas tus alas?" preguntó Siobhan.

Él sonrió e inclinó su gorra a una joven pareja caminando por debajo de ellos, luego se giró a ella. "A veces pienso en la sensación del viento en mis alas, pero, no. Nunca las querría devuelta." Él se inclinó para besarla suavemente. "No tener que ocultarme nunca más vale ese precio. Y no puedo discutir con lo de los orgasmos inducidos por deseos." La besó más fuerte y Siobhan sintió el calor hasta los dedos de sus pies.

Ella sonrió dentro de sus labios. "¿Así que, eso es todo lo que soy para ti ahora? ¿La deseadora de orgasmos? ¿Es eso más o menos que Amigos con Beneficios?"

Erik se rio. "Depende de cómo tú definas los beneficios," dijo él, besándola suavemente en la frente. "Si defines beneficios como amor eterno," él besó su mejilla. "y completa y total devoción," él besó la comisura de su boca, "del tipo de yo iría-a-prisión-por ti," él besó la punta de su nariz "Entonces sí, deseadora de orgasmo es parte de un paquete de beneficios mucho más grande."

Siobhan agarró la parte de atrás de su cabeza y lo haló a un beso más profundo, introduciendo su lengua hondo y amando el gemido emanado de su garganta. "Me encanta cuando hablas de tu paquete," sonrió ella. "Me hace *muy* feliz que no hayas ido a prisión."

La vuelta estaba acercándose al final del descenso. Erik hizo contacto visual con Stan en los controles de la Noria y asintió.

"Creo que daremos otra vuelta Stan." Miró diabólicamente a Siobhan y eso hizo que la cálida sangre corriera entre sus piernas.

Ella le guiñó el ojo a Stan antes de girarse para mirar fijamente en los brillantes ojos azules de Erik. "Y esta vez, da la vuelta lentamente."

Su Duro Vikingo
Un Romance Paranormal
por A.J. Tipton

Becca no se percató de estar gritando hasta que se atragantó con un insecto. Escupiendo y ahogándose, se preparó para la intensa ráfaga de aire ondulando a su alrededor, mientras caía en picada hacia la isla.

"Oh Dios, oh Dios, oh Dios", jadeó Becca. *¡No estoy entrenada para esto!*

Lanzarse en paracaídas desde un helicóptero parecía una buena idea en papel. El pánico reforzó su agarre alrededor del cuello, mientras su destino -la pequeña isla escocesa, no más que un punto desde esta altura- zigzagueaba hacia adelante y hacia atrás bajo sus pies colgantes.

El tiempo parecía ralentizarse. Cada segundo se sentía como una eternidad. El rocoso punto verde crecía, mientras ella descendía.

Imágenes de extremidades rotas y espinazos quebrados pasaban frente a sus ojos. Intentó no imaginarse a sí misma reptando entre las olas con las piernas rotas, sin poder buscar el *sanare*. Todo lo que había hecho para llegar hasta aquí sería en vano.

Sólo recuerda, no entres en pánico. Las palabras de Lola, vociferadas desde la cabina justo antes de que Becca se moviera para saltar del helicóptero, hicieron eco como una canción de burla en su mente.

No te preocupes, no soy de las que entran en pánico, había dicho Becca, con las manos en sus caderas, en lo que su libro de liderazgo llamaba una "pose de poder". Se supone que el gesto incrementa la confianza, pero el temblor en las rodillas de Becca mostraba lo poco que estaba funcionando.

Lo que digas, cariño. La ceja alzada de Lola sobre sus brillantes ojos violetas expresaba con elocuencia que tan en serio se tomaba la postura de Becca. Los labios de Lola mostraron una familiar sonrisa omnisciente. *Buen aterrizaje,* fueron las últimas palabras que Becca escuchó antes de forzar sus pies a saltar del helicóptero.

No entres en pánico, no entres en pánico, no entres en pánico. Las palabras se convirtieron en un mantra en la cabeza de Becca. El consejo de Lola no estaba funcionando.

"Oh Dios, oh Dios, oh Dios", *aparentemente soy de las que entran en pánico después de todo,* pensó ella. Una ráfaga de viento especialmente fuerte sacó a Becca de curso y ella contuvo otro grito. Sólo había estado cayendo por algunos segundos, pero se sentían como una eternidad.

El arnés del paracaídas estaba abrochado muy ajustadamente alrededor de sus hombros, las hebillas se hundían en sus axilas. Si no fuera por el aire corriendo por su cara, ella podría haber imaginado que estaba flotando, pero era difícil olvidar la *caída en picada* cuando la pequeña isla a donde se dirigía parecía esquivarla a propósito.

"Sólo recuerda, no entres en pánico". La voz ronca de Lola podría parecía estar viniendo de justo al lado de ella. Becca podría haberlo jurado -aun en medio del viento flagelante- podía *sentir* el calor del aliento de Lola en su oreja.

"Cállate, Lola", dijo Becca hacia el helicóptero que se alejaba.

Ella podía oír a Lola reírse como si estuviese en el aire flotando a su lado. El helicóptero era un pequeño punto naranja esfumándose entre las nubes. "Ten cuidado con la caca de frailecillo", Becca escuchó que la voz de Lola susurraba antes de desvanecerse.

El helicóptero se había ido, junto con la fantasmal presencia de Lola.

Becca no sabía si sentirse o no aliviada. Lola era una buena amiga, una camarera asombrosa y una piloto decente pero también era más que un poco aterradora.

Becca estaba por su cuenta.

¿Cuándo se supone que abra el paracaídas? Becca no podía recordar. *¿Diez segundos? ¿Treinta segundos? ¿Sesenta segundos?* Eran los inconvenientes de hacer una investigación probablemente ilegal, en busca de una planta probablemente mítica -¡Es real!- le dijo a la voz que dudaba en su cabeza por centésima vez. Era que no tenía el lujo de un instructor tándem con ella en su primer salto. Si no lo hacía bien, moriría.

Pero, si no encontraba el *sanare*, alguien mucho más preciado moriría.

La isla se estaba acercando. Su forma parecía como si una enorme mano había halado el costado de una montaña y lo había puesto en medio del océano. Un lado de la isla estaba flanqueado por altos escarpados acantilados de rocas negras y el resto de la isla descendía gradualmente desde los acantilados, cubierta con árboles, y moteada con rocas y pequeños picos. Un destello plateado entre los árboles mostraba un indicio de un río o lago serpenteando por el bosque. En el extremo más lejano de la isla, en la parte baja de la cuesta, la playa hacía una curva alrededor como una gigante sonrisa arenosa.

Becca había pasado horas leyendo acerca de la isla en el viejo diario y en algunos otros materiales que había podido encontrar. Había pasado horas memorizando la historia de la isla y los nombres de todos los puntos de referencia conocidos. Toda su investigación intensa no la había preparado para la impresionante realidad de verla con sus propios ojos.

El resto de su mente no estaba enfocada en el asombro y belleza de ver la isla al fin; en lo único en lo que podía pensar era:

¿Abro el paracaídas ahora? ¿O lo abro ahora? ¿No se supone que tiene un dispositivo de activación automática que abrirá el paracaídas si yo no lo hago?

¿Cuándo debo abrir el paracaídas?

¿Estoy aún demasiado alto? ¿No lo suficientemente alto?

La isla se acercaba. Becca podía ver los nidos de aves y líneas blancas de estiércol diseminadas por las rocas salientes a lo largo de los acantilados. Detalles de árboles muertos y escombros esparcidos por el otro lado de la curvatura de la playa estaban entrando en un foco aterrador.

¿Se supone que estuviese contando? ¿Hace cuánto que salté?

Debería simplemente abrirlo ahora.

¿Qué podría salir mal si lo abro antes de tiempo? ¿Es peor que si lo abro demasiado tarde? ¿Abro el paracaídas ahora? ¿O lo abro ahora?

"¡Ahhhhhhh!" A los sesenta segundos de caída libre, el paracaídas se abrió por sí solo, el enorme dosel naranja y rosa expandiéndose para formar un arco enorme sobre su cabeza. El arnés haló alrededor de su entrepierna, una presión mucho menos dolorosa de lo que había anticipado.

Entonces, ¿cómo es que aterrizo?

Tiró suavemente de los mandos en busca de un lugar seguro para aterrizar. El diario había mencionado praderas amplias llenas de hierba suave, pero parecía que algunos cientos de años habían cambiado la topografía significativamente. No podía ver ninguna pradera y la playa era demasiado angosta -y demasiado cercana al agitado océano- para ser un lugar de aterrizaje práctico.

Sólo árboles y rocas. Muchos árboles y rocas.

El pánico se aferró aún más a su garganta.

Esto no iba a ser bonito.

***

Los gritos aterrorizados de la mujer haciendo eco a través de los árboles llamaron la atención de Carr. Él había estado disfrutando un encuentro muy entretenido entre una bandada de frailecillos y un ratón de campo extraordinariamente tenaz cuando oyó uno de los sonidos más raros en su isla: un humano.

Cambió su atención a la fuente del grito y sintió un cuerpo rozando las copas de los árboles de su isla, agitándose y pateando. Las ramitas rompiéndose se sentían como pinchazos dolorosos a lo largo de su conciencia, mientras el humano descendía a través del follaje.

Por la velocidad y el ángulo del descenso del paracaidista, parecía que un aterrizaje potencialmente mortal iba a ocurrir. Carr podía sentir las ramas quebrarse, mientras se hundían en la piel delicada del humano. Antes de la maldición, él podría haber puesto los ojos en blanco ante la estupidez de esta persona. Una de las *muchas* desventajas de su larga existencia incorpórea era no poder hacer el gesto de sarcasmo apropiado.

¿Por qué saltar de una máquina voladora funcionando perfectamente? Pensó él para sí. *Eso va en contra del propósito fundamental de la invención.*

Carr se movió un poco -en la forma en la que recordaba vagamente mover su cuerpo cuando aún era humano- y los árboles se doblaron antinaturalmente fuera del camino del paracaidista. Con los árboles doblados, tenía una mejor vista del visitante que se aproximaba.

Por los dioses, es una mujer. Sus gritos de alarma llenaron el silencio de su tranquila isla. *Una mujer.* No había habido una mujer en esta isla desde... nunca.

Sacudiéndose para prestar atención nuevamente, hizo crecer musgos suaves desde lo profundo del bosque, borboteando y ondeando a lo largo de la superficie del pasto, mientras se concentraba. Una vez que el musgo fue lo suficientemente grueso, él levantó la masa hacia la mujer que caía. Sosteniendo su cuerpo descendiente con las extensiones llenas de su conciencia, no era lo mismo que haberla atrapado en forma humana, pero -reflexionó él con remordimiento- era de hecho más efectivo.

El pasto musgoso la cubrió, creando una silla acolchada que suavemente la condujo hacia abajo, hacia la línea de los árboles en el suelo. Él se esforzó para frenarse de tomar libertades, mientras la bajaba al suelo. Sentirla retorcerse, presionar su cuerpo por todo su abrazo musgoso era un recordatorio doloroso de cuantos cientos de años habían pasado desde que sostuvo a una mujer en sus brazos.

La mujer había dejado de gritar, sus manos rozaban la superficie del lugar de aterrizaje, con una expresión de confusión y asombro en su cara. Su rostro era perfecto, con labios gruesos y cejas sutilmente alzadas que le daban una hermosa seriedad. Su piel era más oscura que la de las mujeres vikingas de su niñez, una tonalidad de tierra y amaderada más rica que hacía relucir el brillo de sus ojos. Su ser completo irradiaba fuerza, aun en su posición vulnerable. Su suave toque contra el césped lo hicieron temblar con un anhelo que no se había permitido pensar en siglos.

Uf, he sido una isla por demasiado tiempo, murmuró él. Como vikingo, saquear aldeas había sido una de las partes más importantes de su trabajo, seguida de tomar cantidades no recomendadas de aguamiel, y acostarse con todas y cualquiera de las mujeres dispuestas. *Yo era realmente bueno en estar vivo.*

El recuerdo lo hizo tan feliz que un arbusto floreciente brotó en la tierra detrás de la cabeza de la mujer y ella miró en los alrededores, sorprendida por el sonido. Parecía como que seguía procesando; respiraba rápidamente y gotas de sudor corrían por su frente. Sus ojos fijos en el camino de destrucción a través de las copas de los árboles y sus párpados se abrieron más.

De nada, en el último momento se hizo a sí mismo no decir las palabras en voz alta. La mujer parecía como si estuviese a punto de tener un ataque al corazón; escuchar una voz incorpórea era lo último que necesitaba.

Si Carr y sus hermanos no se hubiesen encontrado con la vieja bruja, puede que él tuviera una oportunidad con una mujer como ésta -tener un par de hijos, engordar y envejecer, puede que hasta gobernar una aldea como su padre lo había hecho. Pero, su destino fue sellado cuando su familia eligió saquear la aldea equivocada y enfrentarse a la bruja equivocada.

Ser una isla, por más inconveniente que fuese, tenía sus ventajas. Carr estaba maldito por toda la eternidad, incapaz de envejecer o morir como lo habría hecho su cuerpo humano, pero tenía total control sobre todas las cosas -cada roca, grano de arena y cada brizna de pasto. Era un nivel de conciencia que anteriormente no hubiese podido comprender. La única cosa que no podía controlar era la vida animal, pero aún no se había rendido en ese aspecto. Uno de estos días, los frailecillos se iban a aprender sus pasos de baile.

Lo único que él tenía era tiempo.

Después de contemplar fijamente los árboles por otro minuto, la mujer se desenredó del paracaídas y doblada en la cadera, con sus manos en sus rodillas, recobraba el aliento.

"Santo cielo, lo logré", jadeó ella. Se inclinó para besar el suelo y era todo lo que Carr podía hacer para contener un gemido al sentir sus labios sobre él. Ella se estiró, sus senos empujando por la parte superior de su ajustada camiseta púrpura, mientras entrelazaba sus dedos por encima de su cabeza. Carr miró sus exuberantes orbes subir y bajar; la lujuria abrumó sus sentidos por primera vez en un milenio.

Que los dioses tengan misericordia, suspiró Carr.

Ella se movió en el suelo y él pudo sentir la curvatura de su trasero por todas las partes del musgo sobre el cual ella se sentaba.

Ahora que había una persona en la isla, él le iba a sacar el mayor placer posible a esto. Carr se concentró y los musgos rodeando la mujer subieron y bajaron en lentas olas suaves acariciando sus curvas, deleitándose en su suavidad. Su piel era cálida y delicada. Ella rodó de la plataforma de musgo, claramente desconcertada al encontrar flora dotada de sentidos y él vio su alta y esbelta figura.

Ella es sexy como comete-un-pétalo, reflexionó Carr, disfrutando la rara sensación de contacto humano. *Esto será divertido.*

***

Becca contempló la isla maravillada, mientras el sol quemaba alrededor de su camiseta sin mangas.

"Eso pudo haber salido mejor", murmuró ella.

La plataforma de musgo en la que ella aterrizó era rara; peculiarmente blanda, era como sentarse en una cama de agua. Una cama de agua que la manoseaba.

El claro donde había aterrizado era pequeño, cubierto de un abrasador pasto verde brillante. Altos pinos silvestres la rodeaban, sus troncos largos y sin hojas tan cerca unos de otros que parecían barras de una jaula. La línea de los árboles se rompía por un único sendero angosto serpenteando en el bosque frente a ella. De lo que recuerda de su mapa casero y la posición actual del sol, supuso que el sendero probablemente llevaba a la playa.

La playa era tan buena como cualquier otro lugar para comenzar su búsqueda. Cubrió sus ojos del sol, mientras miraba las copas de los árboles, sus ojos nuevamente miraban el daño causado por su caída.

A lo mejor mi hermana tenía razón acerca de que este viaje era peligroso.

Becca palmoteó la plataforma de musgo esponjoso a su lado.

Debió haber sido una ilusión óptica, se dijo a sí misma, recordando el aterrizaje casi desastroso. Por la forma en la que la tierra está inclinada y el ángulo de su caída, casi parece como que el musgo se alzó desde el suelo para atraparla.

Imposible.

Ella bufó un poco ante lo ridículo de sus pensamientos y miró alos alrededores en busca de sus cosas. La ilusión debe de haber sido por una potente combinación de terror, fatiga y una imaginación hiperactiva.

He estado leyendo demasiadas historias en ese diario.

Pensando en el diario, se apresuró para confirmar que sus suministros habían sobrevivido el viaje, casi desprendiendo la cremallera de su mochila en su prisa por asegurarse de que todo estuviese aún dentro. El diario aún estaba allí, enterrado de forma segura en bolsas herméticas y envuelto en sus camisetas extra. Su bosquejo aproximado de la isla también estaba ahí, aunque ella ahora dudaba de que tan útil le sería.

Hacer su propio mapa basado en pistas, referencias en el diario y manuscritos vikingos traducidos le pareció una tarea muy impresionante en su momento. Ella no se había percatado de cuánto puede cambiar una isla en mil años. Si no hubiese notado la playa en el lado este, bordeada por acantilados rocosos, mientras caía en paracaídas, se podría haber preocupado de haber saltado hacia una isla equivocada. Todo su cuerpo se heló de sólo pensarlo.

Si esta era la isla equivocada, Terence moriría.

Becca recogió los restos harapientos del paracaídas en una bola. Estaba demasiado rasgado para servir en otro salto, pero si ella duraba días en la isla, podría haber otros usos para el tejido, como frazada o algo. *¿No era eso algo que hacían en las películas? ¿Utilizar todo lo que tuviesen como comida y refugio?*

Ella solo tenía que sobrevivir por una semana y luego Lola volvería a buscarla. El paracaídas se sentía inmenso y extraño en sus manos cuando lo abrazó contra su pecho. Intentó bloquear las palabras de Lola de cuando accedió a ser su piloto. Paradas juntas en el bar, Lola la había mirado justo a los ojos y le dijo:

Encuentra el sanare en una semana o será muy tarde, las trenzas negras en la cabeza de Lola moviéndose, aparentemente por voluntad propia. Como regla general, Becca no creía en lo sobrenatural, pero cuando Lola la miraba *de esa* forma, Becca no dudaba de sus palabras. Si Becca no podía encontrar el *sanare* en siete días, Terence no lo lograría. Lola la había mirado de la misma forma hace unos meses cuando empujó el viejo diario por la barra del bar -con una ceja levantada-dijo: *Necesitarás esto*. La forma como lo dijo hizo que las palabras sonaran como un maleficio.

Becca le dio al paracaídas otro pequeño apretón. No estaba segura de que podría guardarlo hasta que notó una roca de tamaño mediano por el borde de la línea de los árboles. La roca era del tamaño perfecto, lo suficientemente pequeña para poder cargarla con un poco de esfuerzo, pero lo bastante grande para detener el paracaídas de ser llevado por el viento. La roca era tan perfecta que parecía que había sido puesta en ese lugar sólo para que ella la usara.

Ella guardó el paracaídas, sin poder quitarse la sensación de que alguien la observaba. Becca giró lentamente y examinó los alrededores en todas las direcciones -sólo árboles. Aun así, los vellos en su nuca se negaban a creer lo que sus ojos veían. A menos que ella quisiera creer algunas de las historias más fantasiosas del diario acerca de un guardián místico del *sanare*, la isla se suponía estar deshabitada, excepto por los frailecillos.

Por supuesto, ella no se iba a quejar si el guardián fornido resultaba ser real. Ella había leído el fragmento describiéndolo más veces de las que podía admitir:

Tengan cuidado con el guerrero de la isla, el fragmento desgastado decía. *Carr puede tener una sonrisa encantadora de príncipe de cuentos de hadas, abdominales tallados de los sueños húmedos de una monja y los labios de un dios travieso; pero él es también el más creativo de sus hermanos. Esconderá el sanare hasta que muera el último grano de su existencia.*

El resto del diario hablaba de sus hermanos malditos, pero la descripción del guerrero de la isla se quedó con Becca más que las demás. Otros textos acerca de la isla lo llamaban el "guardián", aunque otros decían que la traducción era más cercana a "prisionero". Ella era de mente abierta para creer que algo como el *sanare* podía ser real, pero un hermoso vikingo maldito personificando la isla era algo más allá del reino de las posibilidades.

Ella caminó más rápido bajando por el camino hacia la playa. Los rayos del sol pasaban entre los árboles, creando focos en los arbustos de bayas regados por todo el bosque. Ella frunció el ceño. La grosella roja no florece en esta temporada y definitivamente no florecía al mismo tiempo que las flores púrpura brillante del epilobio. Aun si ella se tomada un año sabático como investigadora botánica para encontrar el *sanare* y ayudar a su familia, no podía ignorar años de educación y experiencia.

Algo muy raro estaba pasando en esta isla.

Alzando la mochila sobre sus hombros, bajó por el sendero. No podía quitarse la sensación de que alguien la observaba, pero lo único que podía ver eran árboles, arbustos y más árboles.

Probablemente era sólo una ilusión por la luz, pero pequeños brotes verdes de correhuela púrpura alrededor de los árboles y por el suelo parecían crecer y abrirse justo cuando ella pasaba. Delante los árboles eran marrón y verde, pero cuando ella miró detrás de sí, parecía como si el bosque hubiera despertado de un color floreciente alrededor de ella.

El efecto era hermoso, pero espeluznante. Casi parecía como si estuviesen floreciendo para ella. Por supuesto, eso era imposible; contradecía todo lo que ella había aprendido como botánica. ¿Tal vez ella emitía alguna feromona a la que las plantas reaccionaba? ¿O habían evolucionado para abrirse cuando sentían movimiento cercano? ¿Había otra variable que ella no estaba considerando?

Tal vez es el sexy, incorpóreo Carr, distrayéndome para que se me olvide el sanare. Ella no podía terminar de forzar una carcajada ante el pensamiento. Los vellos en su nuca se negaban a bajar.

Ella intentó ver qué pasaría si dejaba de caminar, si las flores seguirían floreciendo frente a ella.

Las flores se detuvieron tan pronto como ella lo hizo.

Por el bien de los ojos que sentía posados fijamente sobre sí, ella forzó una sonrisa. La expresión se sentía extraña en su rostro. *¿Cuánto tiempo ha pasado desde que sonreí, desde que reí? ¿Fue antes de que Terence se enfermara? ¿O puede que sea aún hace más tiempo?*

Ella empezó a caminar nuevamente, más rápido esta vez. Las flores florecían al mismo ritmo que sus largas zancadas.

Las pequeñas flores púrpuras estaban empezando a verse menos hermosas y mucho más siniestras.

Estás persiguiendo un mito. Sólo deja que los doctores hagan su trabajo, había dicho Alice unos días después de que Becca obtuviera el diario. Oscuros círculos de cansancio grababan crestas bajos los ojos marrones de la hermana de Becca.

Ellas habían estado paradas en lados opuestos de la cama de hospital de Terence, los tubos se veían demasiado grandes para encajar en sus brazos débiles.

No existe la isla, no hay ninguna cura milagrosa, dijo Alice. Ella suspiró profundamente, apoyando una mano delicadamente sobre la sudorosa frente de su hijo. *Sólo esto.* Su otra mano sin fuerzas gesticulaba para abarcar las máquinas monitoreando sus signos vitales y el calendario en la pared mostrando demasiadas filas de Xs negras sobre todos los días que habían estado en el hospital.

Apenas empezamos a arañar la superficie de las aplicaciones médicas de los compuestos de las plantas de todo el mundo, Becca había respondido, sus dedos pasaban por las pequeñas manos de Terence. *No conoces sobre algunos de los milagros que he visto, las historias de botánicos en el bosque pluvial, demasiado bizarras para publicarlas.* Ella esperaba que él despertara para apretar su mano alrededor de su dedo como solía hacer cuando era un bebé. Recordaba haberlo deseado con tantas fuerzas que su garganta se sentía como si estuviese atrapada en un tornillo.

No me importa lo que algún botánico alucinó en el bosque pluvial. La voz de Alice era tan baja que Becca tenía que esforzarse para escucharla. *¿En serio vas a dejarme en este infierno? No me hagas pasar por esto sola. Te lo pido, por favor.*

Becca no podía recordar lo que le había respondido; alguna variación de "confía en mí" el tema que había intentado articular durante todos los largos meses de su investigación sobre la enfermedad de Terence. Literalmente, se hacían nuevos descubrimientos a diario. Aun si Alice no le creía, Becca creía con suficiente fuerzas por ambas; ella había visto resultados increíbles al trabajar con la flora, resultados aún más raros que el *sanare*. *Cuando la medicina convencional no puede ayudar, necesitamos encontrar nuevas medicinas,* argumentaba una y otra vez.

Pero Alice nunca entendía. Nunca confiaba. Y Becca se marchó. Cuando al fin se subió al helicóptero con Lola, no estaba segura de que su hermana le volviera a hablar.

"Pero la isla es real. Es verdaderamente, propiamente, real", Becca no podía detenerse de acariciar la corteza de uno de los árboles, mientras pasaba. "Y si la isla es real..." *el sanare también debe ser real.*

Se sentía como una idea demasiado conmovedora para admitirla, como un susurro a los atentos árboles silentes. Los árboles que ella tocaba se mecían suavemente en la brisa. Mientras caminaba, tocaba todo lo que estaba al alcance de su mano -ramas de los árboles, flores, enredaderas- para convencerse de que estas cosas eran verdaderamente sólidas y estaban presentes. Temía que en cualquier momento se despertaría y se daría cuenta de que todo era un sueño cruel.

El bosque raleó y pronto todo lo que podía ver era el cielo abierto hasta las chocantes olas.

La arena se hundió bajos sus zapatillas; después de las cosas raras que habían sucedido con las flores, parte de ella estaba aliviada de que la arena se comportara como arena normal. El pasto por el borde del peñasco la saludaba como pequeñas manos diciendo: "¡Mírame! ¡Mírame!"

Ella consultó el mapa, sus dedos siguiendo el borde del peñasco hacia donde -si las descripciones del diario iban a ser útiles- debería estar la cueva. Una oscura sombra en el peñasco creció a medida que ella se acercaba y pudo ver la cueva en su totalidad. Las estalactitas colgaban del techo de la boca de la cueva como dientes amenazadores y la brillante luz solar apenas se infiltraba por la entrada.

Sacó el mapa y dibujó una cuadrícula sobre el mismo con la cueva en la parte inferior izquierda de la cuadrícula. Debía asegurarse de recorrer minuciosamente cada centímetro de la isla en busca del *sanare*. Eventualmente lo encontraría.

Pero primero, tendría que explorar esta espeluznante cueva.

Inhalando profundamente, sacó su linterna de la mochila y caminó hacia la enorme boca de la cueva. Su pie estaba a punto de cruzar el umbral cuando un ruido bajo como rocas moliéndose entre sí la hizo saltar hacia atrás.

La boca de la cueva se cerró de golpe en un instante a pulgadas de su cara. Ella tocó la nueva pared en frente de su nariz; estaba tan suave e intacta como cemento vertido.

"¿Qué diablos?" aulló ella. Miró alrededor. Debía ser un truco.

"Discúlpame por eso", dijo una profunda voz masculina que parecía hacer eco alrededor de ella.

Becca dio vueltas buscando la fuente de la voz. No había nadie en la playa. Ella agarró los bordes del pasto para subirse en el peñasco, manteniendo la cueva en el rabillo de su ojo. Nadie se escondía detrás del peñasco.

"No podrás encontrarme", dijo la voz nuevamente. Ella no pudo evitar notar que era una voz placentera, con las notas bajas de un cantante con tesitura de bajo y un ligero acento irlandés que parecía hablarle directamente a sus partes íntimas.

Ella apretó los dientes, intentado ignorar el rápido incremento en su pulso. Buscó en el suelo alrededor del peñasco, segura de que podría encontrar huellas o alguna evidencia de la presencia de su acosador, aun si él se escondía nuevamente en el bosque.

Pero no había ningún bosque. El bosque de pinos que acababa de pasar había desaparecido y había sido reemplazado por una larga y llana pradera de pasto corto.

"¿Qué diablos?" susurró ella. Agarró su cabeza, el mundo se sentía como dando vueltas. Esto está mal, todo está mal. Ella estaba absolutamente segura de que había caminado por ese bosque hacía unos segundos. *¿A dónde se fue todo?*

Ella intentó convencerse de que debía haber caminado más lejos en la playa de lo que había pensado y perdió el rastro del bosque. Justo entonces, su ojo vio un pequeño montículo en el medio del llano claro, más o menos a cincuenta yardas en frente de ella. Ella corrió a toda velocidad sin perder el objeto de vista.

Su corazón se sentía como si fuera a salir de su pecho, mientras se arrodillaba para tocar la esquina de su paracaídas asomándose desde abajo de la escalofriantemente conveniente roca donde ella lo había dejado.

Su cabeza retumbaba como si algo estuviera intentando liberarse desde adentro. Visiones como de nubes pasaron por el rabillo de sus ojos.

"Disculpa, estoy oxidado como anfitrión", dijo la voz masculina nuevamente. Ella miró en el despejado espacio a su alrededor. Hasta la roca con forma de lanza proyectándose hacia el cielo se había ido. Podía ver hasta las olas en cualquier dirección. Exceptuando un grupo de frailecillos jugando en la playa, ella estaba sola.

Al menos el sanare sería fácil de encontrar, pensó ella, mirando la planicie que llegaba de un extremo a otro de la isla.

"¿Debí haberme presentado antes? Soy Carr. Carr Eyjolf, pero *tú* puedes llamarme Carr. Yo soy la isla". Su voz era casi coqueta.

Sólo recuerda, no entres en pánico. Lola le había dicho.

No entres en pánico, no entres en pánico, no entres en pánico.

Becca no sabía si debía reír, llorar o desmayarse.

Todo era real.

La magia de la isla, el no digno de confianza -*pero sexy*, su libido le recordó- guardián vikingo maldito, el *sanare*. Todo era real. Todo lo que ella debía hacer era engañar al guardián milenario el tiempo suficiente para encontrar la planta milagrosa, llamar a Lola para que la recogiera y podría salvar a Terence. Alice tendría que perdonarla entonces.

¿Correcto?

Ella respiró profundamente, sosteniendo sus brazos contra su pecho hasta que sintió su ritmo cardíaco volver a un ritmo saludable.

"En ese caso... Hola Carr, soy Becca Mason. Es un placer conocerte".

***

Carr no podía creer que esta mujer lo aceptó tan rápidamente. En las raras ocasiones cuando marineros a la deriva (piratas, generalmente) terminaban en su isla y Carr les hablaba. Esos encuentros usualmente terminaban con los marineros huyendo, chillando como bebés de frailecillos y arriesgándose a zambullirse en el vasto océano en vez de interactuar con su existencia fantasmal. El hecho de que esta chica "Becca" se ajustara a la realidad de su situación tan fácilmente, debería ser causa de una increíble inteligencia o una completa demencia. A Carr le parecían bien cualquiera de estas opciones.

Ella seguía mirando entre la pradera a su alrededor y el tosco mapa en sus manos.

Su intensa concentración lo fascinó. Ella se mordió el labio y suspiró, causando que sus perfectos senos subieran y bajaran.

Apuesto a que sería asombrosa en la cama.
El tener ese tipo de concentración sobre él; su piel, sus manos, su... él forzó sus pensamientos lejos de

ese hilo inútil. Él era una isla. Ella no podía tener sexo con una isla.

"Hasta aquí llegó esto", murmuró ella. Inclinó el mapa y él pudo ver las líneas dibujadas de caminos llevando al bosque. Él tuvo que entrecerrar los ojos para que su conciencia viera los detalles del dibujo, pero inmediatamente se sintió nostálgico. La isla no se había visto así en *años*, uno de sus primeros diseños.

Siempre me gustó ese diseño, pensó para sí mismo. *Tenía una buena simetría.* Miró nuevamente el mapa de Becca y luego enterró su conciencia en la tierra. Con cuidado de no lastimarla, Carr se alzó y bajó hasta que las formaciones rocosas, ríos y arboles estaban configurados para igualar el diseño en su mapa.

Ella aulló y miró a los alrededores, sus ojos bien abiertos, luego devuelta al mapa, luego en los alrededores nuevamente.

Y mi madre dijo que yo nunca aprendería a ser considerado, rio él.

Parecía como si Becca fuera a decir algo, sacudió la cabeza, y nuevamente suspiró profundamente. *Realmente, es una obra de arte la forma en la que se mueven sus senos cuando suspira.* Visiblemente recomponiéndose, ella sacó un pequeño disco de metal con una flecha roja y lo alineó con el mapa. Exhalando lentamente -*dioses, tengan piedad, esa mujer sí que puede respirar*- Becca comenzó su caminata por el bosque.

"Entonces, ¿eres una isla?" dijo ella. Su tono era tan casual que sonaba como si tuviera conversaciones con voces incorpóreas todo el tiempo. Ella examinó plantas y arbustos, mientras caminaba concentrada con tal intensidad que tropezó con una roca bajo sus pies.

"Así es", dijo Carr. *Tal vez esa intensidad tiene su lado malo,* pensó él mientras acercaba una rama para estabilizarla, suavemente enderezándola. Ella asintió distraídamente dándole las gracias al árbol y continuando su camino.

"Entonces, ¿tus padres también eran islas? ¿O continentes? ¿Naciste como una pequeñita isla y creciste a lo que eres hoy en día?" Ella casi choca de frente con otra rama que Carr quitó del medio en el último segundo.

Carr rio, "Es complicado".

Becca se enojó y se arrodilló a ver una pequeña flor al lado del sendero. Tocó una de las hojas con sus dedos y luego se levantó. Frunciendo el ceño, puso una pequeña 'x' en el mapa.

"Complicado es lo que dices cuando aún compartes el apartamento con tu exnovio y estás teniendo sexo con su hermana", bufó ella. Hubo una pausa, mientras consideraba con quien estaba hablando. "Aunque, lo que sea que pueda hacer que una isla hable inglés moderno también es súper complicado". Ella se apresuró por el sendero, pateando a un lado una de las rocas más pequeñas.

"Puede que ahora sea una asombrosa isla, pero una vez fui un hombre real, cariño", dijo Carr. *¿Sería muy cursi doblar árboles en formas de corazones? ¿No lo suficientemente cursi?*

"Los chicos que dicen ser 'hombres de verdad' rara vez lo son o eso he notado". Sus ojos se fijaron sobre una de las enredaderas florecientes subiendo por uno de los robles. Ella sacó un libro polvoriento de su bolso, pasó las páginas de garabatos ilegibles y lo acercó a la enredadera, mirando entre ambos de ida y vuelta. Suspiró y sacudió la cabeza, guardando el libro nuevamente en su bolso.

"Confía en mí, yo era un hombre *real*. El hombre más real que pudieras encontrar", dijo Carr.

Ella al fin sonrió. La curvatura de sus labios envió escalofríos a través de él, reverberando en su inexistente piel. Él no pensaba que todavía se podía excitar así. Era una isla, por el amor de Dios, como podía querer ver esos labios alrededor de su verga con tanta intensidad. Él ni siquiera había tenido una verga en más de mil años. La maldición de la bruja era aún más cruel de lo que había imaginado.

"...dime, entonces," Becca había estado hablando por varios segundos y él había estado tan cautivado por el movimiento de sus labios que no la había escuchado.

"Ummm", él hizo un manojo de flores blancas brotar de la tierra a ambos lados del sendero para distraerla. *¿A las mujeres les gustan las flores, no?* Becca obviamente amaba las plantas. Ella había estado examinando cuidadosamente casi todas las plantas florecientes que pasaba.

"¡Ahh!" gritó ella saltando hacia atrás un poco por el repentino surgir de pétalos alrededor de ella. "¡Deja de hacer eso!" gritó ella.

"Lo siento, supongo que no estoy acostumbrado a tener compañía", dijo él. *Estúpido, estúpido, estúpido.*

"Dime, ¿cómo es posible tu existencia?" dijo ella. "¿Qué te *pasó*?"

Como decirle... "Hace más de mil años yo era parte de una familia de violentos guerreros vikingos", comenzó él, intentando utilizar su voz para contar historias. "Proveíamos para nuestra aldea, *satisfacíamos* a las doncellas y protegíamos a los niños. En una expedición rutinaria en busca de provisiones, nosotros los vikingos nos topamos con una bruja malvada, encogida y arrugada por la edad". Una de las mejores cosas de tener más de mil años era que no había nadie para contradecir sus historias. La bruja se veía bien para su edad, pero una bruja fea era una mejor antagonista.

Becca trepó sobre un terreno rocoso y dirigió una mirada escéptica al suelo, "¿Por 'expedición de rutina' quieres decir saqueos y asesinatos? He visto el History Channel y tú..."

"COMO estaba diciendo", continuó Carr, "Bruja malvada. Concéntrate. La bruja malvada lanzó una maldición terrible a los hermanos vikingos. El primero en morir fue el menor de los hermanos, Bram. Vi como la bruja lo congeló; él estaba indefenso para pelear cuando su armadura se hizo jirones y su piel cambio de bronceada a azul claro. Sus entrañas a la vista de todos, sus órganos moviéndose, mientras cumplían su función -su corazón latiendo, su sangre fluyendo. Fue algo monstruoso. Él se derritió en la tierra, un simple charco". Carr hizo a un lado el creciente dolor por su hermano favorito. La muerte de Bram había sido tan repentina, tan sangrienta, que todavía le revolvía el estómago. Se obligó a no pensar en eso e hizo su voz sonar alegre una vez más. "Entonces, un vikingo particularmente atractivo, encantador y *musculoso* llegó cargando para proteger a su familia".

Becca sonrió ante esto, pero luego frunció el ceño.

"¿Esto te pasó porque estabas intentando proteger a tu familia?" Su cara tenía una triste expresión pensativa que hizo el corazón de Carr saltar un poco en su pecho incorpóreo.

"Calla, te estás adelantando. El encantador vikingo saltó frente a la bruja con su enorme espada, fallando su garganta por unos centímetros. La vieja bruja se rio ante el hombre fornido con buena cabellera". Él hizo su mejor imitación de la voz temblorosa de una mujer vieja, "'has visto mi poder. ¡Cómo te atreves a desafiarme!'"

Becca se rio. Carr pensó que nunca había escuchado un sonido tan perfecto. "¿El vikingo la derrotó con su hermosura?" se burló Becca.

Carr se enojó y los árboles se mecieron alrededor de su cabeza. "El atractivo y maravilloso vikingo valientemente se enfrentó a la bruja que acababa de asesinar a sus hermanos, '¡Nunca saldrás de esta isla! declaró él'. 'No', respondió la bruja malvada, riéndose, '*tú* nunca saldrás de esta isla'".

La bruja en realidad no se había reído, pero no tenía sentido dejar que la verdad se interpusiera en medio de una buena historia. Tampoco valía la pena mencionar que la bruja había intentado huir después de confrontar a Bram o que su otro hermano, Mikkel, había venido por detrás del peñasco como apoyo, básicamente atrapando a la bruja entre los hermanos guerreros. Él no mencionó a todos los niños asustados rodeándola o su pánico desesperado, mientras los sonidos de batalla se acercaban a la playa. *Cuando ella hable con sus amigas brujas, puede contarlo de la manera que le plazca.*

"Cuando la bruja terminó de hablar, el extraordinariamente sexy vikingo ya había sido tragado por la tierra bajo sus pies, fundiéndose en ella. Él fue maldito a ser la misma isla que había invadido", Carr se detuvo antes de terminar, "Quiero decir explorado". Se detuvo a ver si había alguna reacción ante su historia, pero su rostro estaba tan concentrado en la flora alrededor del sendero que era imposible saber ni siquiera si estaba prestando atención. Él hizo un sonido como de alguien aclarándose la garganta.

"Y así es como me convertí en lo que estás pisando en este momento. Parte de la maldición es poder comunicarse con los habitantes de la isla en su lengua natal". No hubo reacción de parte de Becca. "Hablo el idioma de quien sea que pise sobre mí". Él esperó que ella procesara eso. *Vamos, los poderes de traducción mágicos son geniales*. Aun no hubo ninguna respuesta. "Yo hablo el idioma de los frailecillos". Él pensó que al menos *eso* causaría una reacción, pero ella no dijo nada. *La mujer de seguro se puede concentrar en plantas*. "Así que, básicamente, soy un chico súper genial que intentó defender a su familia y fue injustamente castigado por un nefasto villano".

Becca no respondió, sólo continuó tomando notas.

Carr movió algunos árboles para formar una pared directamente frente a Becca, haciéndola detenerse.

"¿Buscabas algo?" *¡Préstame atención!* Carr no podía imaginar qué podría alguien como Becca querer de su remota isla. *¿Hay una escasez de frailecillos?*

Por su interés en la flora, ella debía de estar buscando algún tipo de planta. Pero, la isla tenía la misma flora común y corriente que se encontraba en todas las tierras de la región, nada particularmente excitante. La única planta interesante era el *sanare* y no había forma de que ella estuviese buscando eso, ya que no tenía uso para los humanos.

"Oh, nada en *particular*", Becca puso la palma de su mano sobre uno de los árboles y se inclinó sobre él. Ella intentaba mantener una pose casual y estaba fallando espectacularmente. "Déjame pasar".

"No hasta que me digas más".

"Bueno, soy botánica y…" ella seguía hablando, pero su voz parecía desvanecerse mientras toda su atención se enfocaba en la sensación de su mano acariciando la corteza del árbol. Él podía sentir la suave presión de sus dedos como si ella acariciara su piel desnuda.

Las cosas que le haría a esa mujer si tuviera un cuerpo.

Carr se lo imaginaba fácilmente: Becca cruzando sus tonificados brazos sobre su estómago, lentamente levantando su camiseta purpura sobre su cabeza para exponer su piel suave. Becca bajando tímidamente sus pantalones, tal vez sonrojándose un poco al estar tan expuesta. Ella probablemente se mordería el labio inferior y lo miraría a través de sus pestañas. Esa sexy mirada de deseo en el ojo de una mujer lo atrapaba cada vez.

Carr estaría parado frente a ella, su cuerpo vikingo completamente restablecido: desnudo, poderoso y fuerte. Él la llevaría cerca de sí y capturaría su boca con la suya, enredando sus dedos en su cabello y deslizando su mano por su espalda.

Ella se quejaría y gemiría contra su boca, presionando en su piel musculosa. Sus manos se enredarían en su salvaje pelo rubio, halándolo juguetonamente y ella sonreiría mientras el gruñía de placer.

Carr tomaría represalias, rasgando su ropa interior para torturar sus pezones con sus manos, su lengua, sus dientes. Ella gemiría y se retorcería, empujando sus caderas hacia las de él, ansiando la dulce llenura de su verga enterrada en lo profundo de su ser. Él esperaría a que ella le rogara antes de complacerla, hundiéndose hasta el tronco, lentamente entrando y saliendo.

"...entonces en realidad esto es una investigación científica. Para ciencia..." terminó ella sosamente.

Mierda, me perdí todo el asunto. Si le digo que lo repita, ella sabrá que no estaba prestando atención. Mierda, mierda, mierda.

Sin saber qué más hacer, Carr respondió vagamente y movió los árboles para que Becca pudiese continuar su investigación.

***

Mantener su cara sin mostrar expresión alguna, mientras el guardián de la isla cambiaba su historia fue probablemente la actuación más difícil de su vida. Él ciertamente le había puesto su propio giro a la historia descrita en el viejo diario. Ella había asumido que el guardián se había ofrecido como voluntario para proteger el *sanare* o al menos había venido de un antiguo linaje de guardianes. En la forma en la que Carr lo describió, él pudo haber sido derretido y haber dejado de existir con igual facilidad si hubiese insultado a la bruja usando una frase un poco diferente.

Por un segundo, ella imaginó a Carr -el hermoso vikingo viril del diario- como un charco en la playa y casi tropieza con otra roca antes de que Carr la alisara.

Él estaba haciendo eso todo el tiempo: levantando ramas, haciendo brotar flores para ella, nivelando su camino. Era casi como cortejaban a las damas en las películas de antaño.

Él es una isla, se recordó a sí misma. *No puedes seriamente estar pensando en tener un romance con una isla.*

"¿Vienen muchos visitantes?" Ella quería preguntar acerca de las otras mujeres que venían a la isla y sintió un pinchazo momentáneo de celos. *¿Le habría él también hecho flores a ellas?*

"Sólo un par de piratas y marineros a través de los años. Parece que hubo una gran guerra hace algunas décadas. Muchos soldados y submarinos llegaron a la costa. Esperaba que se quedaran, pero ambos lados simplemente se aniquilaron los unos a los otros".

"Eso es horrible, Carr".

Los árboles a su alrededor se doblaron y luego se enderezaron en un extraño gesto como de encogerse de hombros.

"Tengo a los frailecillos". Él pausó por tanto tiempo que ella pensó que se había ido. "Y ahora te tengo a ti".

Por unos días, ella no lo dijo. *¿Qué hará él cuando yo me marche? ¿Volver a mirar frailecillos todo el día? ¿Cuánto tiempo más antes de que pierda la razón?*

El bosque gradualmente se convirtió en una pradera igualando la de su mapa. Ella recordaba claramente que esa pradera no estaba allí cuando descendió en el paracaídas -ella había tenido que chocar con los árboles y casi murir- y aun así, ahí estaba, tan clara como el día.

¡Maldición, Carr! Él movió la isla nuevamente. Al menos ahora vagamente se asemeja al mapa.

Caminando atrás y adelante por la pradera en una cuadrícula, ella revisó los pétalos de todas las plantas que podía encontrar. Lo que le faltaba era que solo quedara un puñado de *sanare* en la isla y estuviese mezclado con todas esas plantas inútiles.

Si él sigue cambiando la isla, todo esto será imposible. "Umm... ¿Carr?"

Becca aún se estaba acostumbrando a hablar con alguien sin un rostro o lugar donde enfocar su mirar. "Veo que esta isla más o menos es igual a mi mapa y *odiaría* perderme, ¿te importaría, tal vez...?"

"¿No mover las malditas cosas de su lugar?" Carr completó la oración.

Becca se rio. "Sí, eso".

"¿Por ti, mi dama? Cualquier cosa".

Ella sonrió y continuó marcando su mapa con seguridad. El sol horneaba su cabeza, sudor goteando por su cuello y hacía que mechones de su pelo se pegaran a su frente y alrededor de sus orejas.

Ella intentó no tener muchas esperanzas cuando llegó a la próxima pradera. Una vez más marcando su cuadrícula, caminó de atrás hacia adelante encorvándose y mirando de cerca los pétalos de cada flor que pasó. Su espalda la estaba matando y apenas era su primer día.

Mientras pasaba la tarde, Carr se aburrió de hacer el bosque a prueba de torpes o ella simplemente estaba demasiado exhausta para pisar con cuidado. Rasguños y moretones cubrían sus brazos y espinillas por demasiadas caídas a causa de deslizamientos de rocas. Las exclamaciones de "¡Cuidado!" de Carr no eran tan útiles como él pensaba que eran cuando ella ya se estaba zafando el tobillo o rodando por una colina. Sus piernas se tambaleaban y sus manos estaban adoloridas por tantas caídas duras.

Para cuando se ocultaba el sol, ella apenas había cubierto un cuarto de la isla. Nunca pensó que tendría que cubrir tanto terreno y no había señales del *sanare*. Tanto como quería confiar en Carr y decirle lo que buscaba con tanta desesperación, ella, también, dudaba de que él abandonase su deber sagrado como guardián sólo porque ella lo pedía.

Becca secó el sudor de su frente y se sentó en una roca musgosa. Después de caminar todo el día, sentarse se sentía tan bien que casi podía oír sus músculos exhaustos cantar en gratitud.

Al otro lado del océano, Alice estaba sentada al lado de la cama de Terence. Ella estaría leyéndole "Buenas Noches, Luna" y buscando algo relajante en la radio que no hiciera que las enfermeras los evitaran. Sin Becca allí para recordárselo, ¿llevaría Alice las galletas favoritas del personal del hospital? Mantenerse en buenos términos con las enfermeras era esencial para la recuperación. ¿Lo recordaría Alice?

Becca puso ambas palmas de sus manos sobre su horrorizada cara. *¿En serio volé por medio mundo en busca de una planta? ¿Hubiese hecho más por mi familia quedándome?*

"No", dijo ella. Luego más alto, "¡No! ¡Voy a encontrarlo!" gritó por un lado de la colina.

"Sí, lo harás", la voz de Carr chilló alentadora. Él hizo una pausa. "¿Qué estás intentando encontrar?"

"Nada. No puedes ayudarme", ella no podía pedirle que traicionara su deber y le mostrara el *sanare*.

Él probablemente lo escondería una vez que supiera que lo estaba buscando.

"Claro que puedo", dijo él. Mientras hablaba, el musgo detrás de ella se extendió y se hizo más grueso para formar un cojín muy suave. Las rocas detrás de ella se levantaron y solidificaron en un espaldar detrás con musgo cubriéndolo para formar un sillón muy cómodo. "Soy un chico útil".

Una flor creció del musgo a su lado, sus pétalos suaves con una pincelada de vello a lo largo de la parte superior de cada flor rosa claro. Tan pronto como estuvo a la altura de su pierna, se dobló y frotó contra la parte superior de su mano. Se sentía como la caricia suave de un dedo.

"¿Quieres ayudarme?" Ella no sabía cuándo su voz se puso tan susurrante. Su ritmo cardíaco se aceleró y sintió un hormigueo por la palma que subió por su brazo. *¿Qué está mal conmigo? Mi sobrino está muriéndose allá afuera...*

"Amor, quiero *ayudarte tanto*".

Ella podía oír el anhelo en su voz; un anhelo que su cuerpo estaba empezando a igualar con una ferocidad aterradora.

"Pero cómo..." su voz se apagó. Él era una isla.

¿Cómo podía él... Cómo podríamos nosotros...? Por un segundo, ella perdió la capacidad de pensar. Enredaderas saltaron del suelo alrededor de ella y se enrollaron como suaves sogas por toda su piel expuesta. La piel suave de las enredaderas se sentía como seda por los lados de sus muslos. Ella cerró los ojos y se inclinó sobre el abrazo de las rocas cubiertas de musgo.

"¿Quieres esto?" susurro él. Su voz parecía venir del suelo y del aire y de los árboles rodeándola. La brisa refrescó su cara, un recordatorio de que estaba en el exterior, bajo la luz del sol, sintiéndose más y más excitada por la sensación de enredaderas y musgo contra sus muslos.

¿Quiero yo esto?

A miles de millas de distancia, Terence estaba muriendo en un hospital a causa de una enfermedad que sólo un milagro podría curar. Hace miles de años, un vikingo súper hermoso enojó a la bruja equivocada y lo convirtieron en una isla. Y ahora ese vikingo-convertido-en-isla quería ayudarla a olvidar sus problemas por un rato.

Un roce sedoso por su nuca la hizo respirar en seco.

¿Y no estoy yo ayudándolo a él también? Ella razonó para sí misma. Él también necesitaba olvidar sus problemas. *Eso era lo que esto era. Simplemente dos almas perdidas encontrando consuelo en un amorío súper raro.*

"Sí, yo quiero esto", dijo ella, sorprendida de que su voz sonara tan firme.

"¿Trajiste un cambio de ropa?" preguntó él.

"Sí, por supuesto..." dijo ella. Antes de terminar la oración, enredaderas entraron por las aperturas de sus pantalones y camiseta, deslizándose por el borde de la costura de la tela y empujaron hacia afuera con tal fuerza que las ropas explotaron en su cuerpo.

Una mordaz presión explotó y, luego, ella sintió la brisa por su piel. Ella estaba desnuda, excepto por su sujetador deportivo y su práctica ropa interior de algodón.

Ella no tuvo tiempo para lamentarse por no empacar para los momentos sexis de desnudez porque algunos de los pétalos cubiertos de vellos emergieron de la tierra a su alrededor y rozaron el lado de su rostro, por su cuello, sus hombros y por sus costados.

"Te sientes tan bien", murmuró él.

¿Él puede sentirme? Ella suponía eso, pero oír el asombro y la felicidad en su voz hicieron que su cuerpo se llenara de vida. Cada roce suave de los pétalos de las flores envió chispas de excitación por su piel. Ya no eran simples flores, eran extensiones de *él*. Eran su cuerpo tocándola y probándola.

Era un poco extraño, tal vez, pero si esta era la forma de tocar del amable hombre sensible que había alisado su camino todo el día -la *única* forma de tocar del vikingo sexy y fuerte del diario que había embrujado sus sueños- entonces que así sea. Ella se inclinó con el contacto, deleitándose en la arremetida de sensaciones de las enredaderas, los pétalos y las suaves rocas alrededor de ella.

Uno de los pétalos de las flores rozó por su mejilla y cepilló contra su boca. Ella tentativamente sacó la lengua, mientras pasaba lentamente sobre sus labios, probando su superficie. Inexplicablemente sabía a canela. La científica en ella empezó a pensar en las posibles ramificaciones químicas de cómo y por qué una isla en este clima había imitado el sabor de la canela, pero entonces una enredadera ambiciosa culebreó por el interior de su muslo y su mente no pudo pensar en nada más, excepto el creciente calor entre sus piernas.

La enredadera la acarició y la masajeó, los bordes suaves del tallo cepillaron los bordes de la ropa interior con una presión que ella pudo sentir a lo largo de su clítoris.

El musgo y las rocas abajo ella se movieron enterrándose y levantándose hasta moldearse alrededor de su cuerpo. Mientras la enredadera aventurera masajeó el interior de su muslo, las rocas bajo ella *zumbaron*, sus suaves superficies cálidas, como estar abrazada por sillas de masajes con calefacción en el salón de uñas. Sus adoloridos músculos relajados en la sensación cuando la tensión crecía en la parte inferior de su barriga.

"¿Qué estás haciendo?" ella tragó en seco, mientras la vibración directamente abajo de ella y alrededor de su trasero aumentó en intensidad.

"Estoy ayudando", dijo él, con voz baja. La enredadera se retorció y ensanchó hasta que era ancha como una banana. Vibraba y pulsaba sobre la tela fina de sus bragas por su clítoris.

Un vibrador creado naturalmente. Santo cielo, ¿está esto en realidad pasando?

La sensación era a la vez demasiado y no lo suficiente.

"Sí... ayudando... eso", jadeó ella.

Ella podía sentir el calor de un orgasmo inminente encendiéndose entre sus piernas. Flores suaves por sus senos y estómago; el firme masaje pulsante en su espalda baja y su trasero; la enredadera vibrante contra su clítoris. Todo apuntaba a un final inevitable.

"Necesito sentirte venir, Becca. Te necesito", su voz se entrecortó.

Un estallido más de intensidad de las enredaderas excitando su sensible protuberancia y ella vio las estrellas. El orgasmo floreció y onduló hacia afuera, disparando fuegos artificiales por sus piernas y haciendo encoger los dedos de sus pies en el suave loam bajo sus pies.

"Carr..." ella empezó a decir algo, pero no pudo encontrar las palabras. *¿Qué estoy haciendo?* El calor zumbando dentro de ella la arrulló y la calmó. Justo antes de cerrar los ojos ella vio las rocas alrededor de ella alzarse y arquearse sobre su cabeza para formar una cueva protegiéndola del aire de la noche.

"Gracias, Carr", dijo ella. Quería decir más, pero se quedó dormida antes de poder terminar la frase.

***

Carr no podía creer que tan diferente se había vuelto su vida en un período de tiempo tan breve. Hace tres cortos días, él había estado aburrido a más no poder y consideraba la visión de frailecillos caminando la máxima expresión de entretenimiento. Ahora cada segundo era acerca de *ella*. Esta bella, loca mujer que se lanzó en paracaídas a su vida y ahora su existencia era algo para ser disfrutado en vez de soportado.

Mientras pasaban los días, su conversación se hizo más profunda, más significativa. La rareza de su situación fue reemplazada rápidamente con la familiar y cómoda interacción entre enamorados. Cuando él le contó sobre su vida antes de estar maldito, acerca de perder parientes en el campo de batalla, ella acarició la corteza de un árbol o pasó sus dedos por la pedregosa arena de su playa para calmarlo. Sus gestos se sentían tan naturales que era como si se conociesen hacía años.

Ella se mantenía apropiadamente escéptica cuando sus historias de valentía se volvían demasiado grandiosas, pero siempre parecía entender lo central de sus relatos, el dolor detrás de la saga. Ella también tenía su propio dolor. Carr lo podía ver detrás de la ferocidad de sus ojos, oírlo en las ocurrencias cómicas de sus respuestas. Ella blandía su ingenio como un escudo, aplastando cualquier sentimiento que se acercara lo suficiente como para dejar huella. *Mira quien habla.*

Carr admiraba su tenacidad. Desde el momento en el que el sol salía en el horizonte hasta el último rayo del ocaso, Becca peinaba la superficie de la isla, cubriendo terreno en la cuadrícula que había esbozado en su mapa. Claramente, estaba buscando algo muy importante, pero se rehusaba a decirle a Carr cualquier cosa en específico.

Como regla general, a Carr no le gustaban los secretos -especialmente acerca de su isla. Él quería insistir en una respuesta real de Becca, pero su búsqueda se sentía tan jodidamente *bien*. La sensación de su toque explorador empujando ramas de árboles o pasando sus dedos por un fresco arroyo cercano volvían a Carr loco de deseo.

Cuando se hacía demasiado oscuro para que pudiera continuar buscando su misterioso premio, ella se veía forzada a detener su búsqueda. Las noches de Becca pertenecían a Carr. Y Carr -el cortés anfitrión- se aseguraba de que su invitada estuviese bien satisfecha antes de que se fuera a dormir.

Cada noche aprendía un poco más acerca de que hacía a su cuerpo tener ganas: la parte de abajo de sus rodillas, los bordes de sus tobillos, el lugar cosquilloso en la planta de su pie derecho. Cada descubrimiento lo llenaba del mismo gozo que desenterrar un tesoro perdido por mucho tiempo.

A Carr le encantaba ver la cara de Becca tornarse rosa de la excitación. Amaba verla moverse rítmicamente, manteniendo la velocidad de las enredaderas o las suaves rocas que él usaba para darle placer. Él se deleitaba en como ella inclinaba la cabeza completamente hacia atrás y separaba sus perfectos labios justo antes de sucumbir por completo a la explosión orgásmica que crecía en su interior.

Sus jadeantes quejidos de "más, *más*" rompían a través de Carr, mientras él la ataba y se aprovechaba de ella.

Él quería darle mucho más. El pensamiento de tomarla en sus brazos -*sus brazos verdaderos*- sentir su piel en la suya; sus labios en su cuello, en su pecho, en su verga. El pensamiento de deslizarse entre sus húmedos pliegues, de estar con ella en toda forma posible, lo hacía estremecerse hasta el alma. La isla se mecía mínimamente cada vez que Carr dejaba su imaginación vagar demasiado lejos dentro de la fantasía. Él intentaba apartar el pensamiento. *El precio era demasiado alto.* Pero, el insidioso pensamiento no se marchaba. *Puedo hacer que esto ocurra.*

Al comienzo de la maldición, Carr había estado desesperado por una cura. Rompía la isla intentando encontrar una salida o solución que calmara su situación. En un momento, había consumido sistemáticamente cada trozo de flora en la isla y luego lo encontró.

El *sanare*.

Por cada pétalo de la flor blanca y púrpura que el consumiera, estaría libre de la maldición por exactamente una hora. Durante esa hora, la isla sería simplemente un pedazo de roca inanimada y Carr sería Carr: una persona caminante y parlante que podría respirar, correr, saltar y atesorar las pequeñas dichas de ser él mismo. Pero, los pétalos del *sanare* no volvían a crecer luego de ser consumidos y Carr había malgastado su regalo en los primeros años de la maldición.

Sólo dos pétalos quedaban, en un lugar secreto y escondido de los picos de los frailecillos u otras criaturas.

Desde ahora hasta los finales de los tiempos, Carr sólo podría ser humano por dos horas más. *¿Vale ella la pena? ¿Lo sería cualquier otra persona?*

***

Becca estaba temblando. Lágrimas rodaban por sus mejillas, dejando líneas sobre el polvo en su cara.

El *sanare* no está aquí.

Su mapa estaba completo. "X"s negras marcaban cada centímetro de la isla. No había ninguna otra región que explorar.

¿Puede que no la haya visto? Había tantos arbustos y matorrales, tal vez el *sanare* estaba camuflado tan bien que ella lo pasó por alto. Becca no se atrevía a pensar que la planta nunca existió; ella nunca se perdonaría a sí misma si había dejado a su hermana sola en un momento de crisis para perseguir una fantasía.

No. Ella sólo tendría que explorar la isla nuevamente, pero se le estaba acabando el tiempo. Quedaban menos de 24 horas hasta que Lola regresara con el helicóptero. La omnisciente Lola había sido firme acerca del cronograma; Becca sabía hasta los huesos que a Terence se le acabaría el tiempo si ella llegaba tarde.

Las rocas se movían debajo de sus pies, los bordes de la cara del acantilado alisándose y volviéndose peldaños fáciles de escalar hacia la cima del próximo pico. Becca contuvo un sollozo, intentado hacer el menor ruido posible, pero contenerlo sólo hacía que sus hombros temblaran sin control.

"¿Becca?" La voz de Carr florecía alrededor de ella como un abrazo reconfortante. Ella podía oír la preocupación en su voz y sentía el peso de su simpatía como una roca en su pecho.

Alguien más a quien ella decepcionaría.

Carr era el guardián del *sanare*. Y ella necesitaba tomarlo. No le podía echar la culpa a Carr por su rol -él estaba maldito contra su voluntad. En todo el tiempo que habían estado juntos, él nunca había mencionado su deber sagrado.

Ella deseaba poder odiarlo. Deseaba que fuera menos arrebatadoramente gracioso y encantador. Su voz la atrapó y más de una vez tuvo que pellizcarse para concentrarse en su búsqueda en vez de la sexy resonancia de sus palabras.

¿Es así como se asegura de que nadie encuentre el sanare? ¿Se hace amigo y los distrae para que no lo encuentren?

Ella intentó no pensar en las noches que pasaban en los cómodos campamentos que él construía para ella. Su cuerpo isla la protegía y le daba placer en formas que nunca había considerado posible. Los campamentos que Carr construía se hacían más elaborados cada noche. Mejorando sobre el primer campamento -un simple arco de piedra protectora sobre su cabeza- Carr buscaba sorprenderla con las construcciones cada vez más intrincadas de tierra moldeada y rocas. *Ciertamente, el hermano más creativo.*

Una noche entretejió enredaderas para construir una gran canasta para que ella durmiese, cubierta de minúsculas flores blancas. Ella se emocionó ante el recuerdo de la casita en el árbol de la tercera noche. Él hizo que los árboles crecieran tan cerca uno de los otros en un ángulo tan innatural que crearon una estable plataforma a veinte pies de altura con paredes de corta corteza en los bordes para evitar que ella rodara hacia el precipicio en el calor de la pasión.

Su favorita fue cuando él le solicitó dibujar en la tierra lo que ella quería como refugio y él recreó su diseño usando los troncos vivos de los árboles, enredaderas, piedras y suelo endurecido. Ella casi se desmaya en un orgasmo esa noche dentro de una hermosa cabaña de piedra con una cama de piedra en forma de trineo cubierta de musgo y plumas limpias de frailecillos y una linterna de enredaderas entramadas repleta de luciérnagas colgando del techo.

Cuando sus amigos en casa la intentaban convencer de intentar citas en línea, Becca se rehusó, de seguro no se enamoraría de un chico al que no había visto cara-a-cara. Y ahora ella temía, no sólo estar enamorándose del guardián maldito que le impedía encontrar el *sanare,* sino que se estaba enamorando de un chico que ni siquiera tenía un cuerpo.

No exactamente el tipo de escenario por el cual ella escribiría a la revista "Cosmo" en busca de consejo. *Al menos él proveía...*

"¿Becca?" Carr dijo nuevamente, ahora sonaba aún más preocupado. Ella se dio cuenta de que no le había respondido y se limpió las lágrimas. Su mano estaba embarrada con todo el polvo del día de caminata.

"No te preocupes por eso, estoy bien", mintió ella. *Que maldito desastre*, pensó ella. *No puedo encontrar el sanare que hará que mi sobrino se cure. Mi hermana nunca me perdonará y yo no puedo dejar de preguntarme que tan difícil sería buscar una máquina del tiempo para ir al pasado y tener sexo con la isla cuando aún era un hombre.*

"Obviamente no estás bien. ¿Qué puedo hacer?" Él sonaba tan sincero que ella casi empieza a llorar nuevamente.

Obvía tu deber sagrado y muéstrame el *sanare*.

"Sólo estoy exhausta. He caminado cada centímetro de esta isla y hasta ahora no hay un lugar para quitarme toda esta suciedad de la piel". No era exactamente una mentira.

Su risa la rodeaba como mariposas. "¿Por qué no lo dijiste?"

Las rocas y los árboles alrededor de ella se movieron y doblaron, colapsándose como recortes de cartón de una obra escolar y desapareció del musgo. Las rocas sobre las que ella estaba parada se alzaron para que ella tuviera una mejor visión del resto de la isla. El lecho del río se alzó con ella, ahora tan alto que el río que pasaba por los árboles se volvió una catarata de diez pies cayendo suavemente en un ancho charco azul.

"Es hermoso", suspiró ella, mientras pensaba. Era tan fácil para él reorganizar completamente el panorama. *¿No habrá estado él cambiando el sanare de lugar, todo este tiempo, o* *sí?* Sería demasiado fácil simplemente moverlo lejos de su alcance cuando ella se acercara.

Ella deseó simplemente poder *preguntarle*, pero aun después de todo el tiempo que ellos habían pasado juntos en los últimos días, ella no sabía si podía confiar en él. Quería confiar con tal desesperación que le causaba miedo. *¿Cómo es que él se había metido bajo mi piel tan rápido?*

El pánico era como una migraña empezando a crecer entre sus cejas. Ella necesitaba dejar de pensar y consultar a la persona más inteligente que conocía.

Ella llamó a Carr, "¿podrías ir a ver cómo están los frailecillos? No quisiera escandalizarte al ver mi cuerpo desnudo".

"Oh, nosotros de seguro no queremos eso", rio él. Cuando ella sintió que él no se iba a marchar, ella agarró una de las pequeñas rocas a su lado y la lanzó contra uno de los árboles. Rebotó y él se rio, "Entonces, te dejo".

Ella esperaba que el movimiento de los árboles cada vez más lejos de ella significara que su conciencia se estaba marchando. Becca buscó el teléfono satelital de su mochila. Con dedos temblorosos, marcó los números. Lola respondió antes de terminar el primer timbrazo.

"¿Por qué me estás llamando? Aún no has encontrado el *sanare*". Becca podía prácticamente *ver* a Lola en su puesto parada detrás del bar, sus trenzas negras enredadas y agitadas sobre su cabeza. Las uñas rojas de Lola estarían tamborileando sobre la barra de madera del bar o lentamente trazando líneas de antiguos aros de agua sobrepuestas.

"¿Cómo sabías que era yo?" preguntó Becca. "Espera, ¿cómo sabes que no he encontrado el *sanare*?" Becca caminó de atrás hacia adelante por el borde del charco, mientras lentamente se quitaba la ropa. Ella no quería estar ahí parada totalmente vestida cuando volviese la conciencia de Carr.

"Cariño, esta conversación fluirá con mayor rapidez si asumes que lo sé todo".

"Entonces, ¿sabes por qué estoy llamando?" Becca introdujo un dedo en el agua. Estaba deliciosamente cálida y Becca contuvo un suspiro antes de que Lola la escuchase. *Claro que Carr encontraría la manera de hacerle una ducha con calefacción y una tina de baño.* Él era bastante fácil de amar.

"¿Por qué piensas que el hecho de que yo lo sepa todo significa que te diré lo que tienes que hace a continuación?" rio Lola.

"Sí, ¿por favor?"

"Respira". Lola podía haber estado leyendo un panegírico, sonaba tan seria.

¡No tengo tiempo para respirar! "¿Qué?" Becca casi tropieza y deja caer el teléfono en el agua, pero se compuso a tiempo.

"Te conozco, cariño. Probablemente has pasado todo el tiempo minuciosamente revisando cada centímetro de la isla. Y no has encontrado absolutamente nada porque ninguna persona puede revisar cada pétalo de cada planta en una isla completa en una semana. Y ahora te estás volviendo loca. No vas a saber que tienes que hacer a continuación a menos que te tomes un segundo para relajarte, tómate una ducha y déjate llevar por medio segundo".

"¡Casi se me está acabando el tiempo!"

"Te quedan dos días, cariño. Tienes tiempo para respirar".

"Pero..."

"Respira", dijo Lola. Y luego colgó el teléfono.

Becca lanzó el teléfono de vuelta en la mochila. "¿Por qué no respiras *tú*, Lola?"

Sin ideas, se lanzó de cabezas en el tranquilo charco, sintiendo el calor del agua acariciar su piel desnuda. Pequeños remolinos en el agua jugaron con los vellos en la parte superior de su muslo y por su estómago.

Su cabeza salió a la superficie del charco y ella sacudió su cabello, rociando agua por todo su cuerpo.

Ella se rio, sintiéndose limpia por primera vez en días.

Lola tenía razón.

Respirar era justo lo que ella necesitaba para relajarse y orientarse. Nadando hasta las cataratas, se posicionó de forma tal que el agua de las cataratas caía directamente sobre su cabeza. La presión no era tan pesada para ser dolorosa, pero era lo suficiente para exfoliar días de tierra y sudor. Sus pezones se endurecieron, mientras el agua caía sobre su pecho, los pequeños arroyos haciéndole cosquillas y masajeando por sus areolas y arriba, y fluyendo por los lados de sus deseosos senos.

Ella apoyó una mano contra las rocas detrás de las cataratas, recobrando el balance. Suspiró y se movió para que el agua corriera por su espalda y trasero, sonriendo como tonta, mientras el agua corría por su cuerpo.

Un calor familiar se desplazó a través de su estómago y más abajo. Respiró hondo y bajó su mano a su sensible protuberancia. Respiró en seco, mientras su húmedo dedo tocaba su clítoris y ella frotaba con más fuerza, enviando palpitantes sensaciones por su estómago que llegaron hasta los dedos de sus pies.

El agua aumentó la presión en su cabeza, el suave golpeteo convirtiéndose en un tipo de retumbante tonada de masaje.

Sus dedos se movieron con más rapidez, encontrando un ritmo, y luego entrando y saliendo de su húmeda concha. Ella saboreó la sensación de moverse dentro de sí misma antes de entrar otro dedo. Ella recordó cómo Carr le daba placer, vibrando y masajeando su clítoris, sus senos, su piel, encontrando todos los lugares sensibles escondidos que ningún otro amante se había tomado el tiempo de encontrar.

Pero ellos nunca habían tomado ese último paso. Hubo veces en las que ella casi le ruega que entrara en ella, penetrando su cuerpo para poder sentir alguna extensión de él dentro de ella. Pero aun en la cima de la pasión, ella nunca se lo pidió, nunca le dijo que tanto lo quería dentro de ella.

No estaba segura de por qué nunca se lo pidió. Movió sus dedos para expandirse dentro de su pasaje, moviéndose lentamente hasta que encontró su oh-tan-importante punto. Se inclinó sobre la pared de piedra detrás de las cataratas, empujando sus dedos más y más profundo, incrementando la fricción.

"Carr..." su nombre salió como un susurro a principio.

Tal vez sin la penetración ella podía seguir diciéndose a sí misma que estar en su compañía no le importaba, que era sólo una rara aventura entre dos almas perdidas.

¿Qué pasaría si él fuera un hombre? Un hombre que ella pudiera tocar y saborear y darle placer en la forma en la que él le daba placer a ella. Carr le daba orgasmo tras orgasmo desgarrador cada noche, pero ella no conocía la forma de su cara, no conocía el olor de su sudor.

Podía verlo en su mente, su alto vikingo descrito con tan exquisito detalle en el diario. Él se estaría riendo mientras la tocaba, ella sabía eso. Carr encontraba formas de hacer todo divertido, hasta su búsqueda sin fin de una flor que tal vez ni siquiera exista.

Su dedo se deslizó dentro y afuera con duro abandono, doblándolo para arrastrarlo con mayor fricción por su punto-G.

"Oh, Carr..."

Su gran cuerpo se doblaría sobre ella, sus labios suaves y lengua explorando entre sus piernas y, luego, arqueándose encima ella como su pared de piedra protectora cubriéndola cada noche. Quería su cálida dureza presionando contra la parte interior de su muslo, hasta que su verga se deslizara dentro de ella, mientras se mecían juntos.

Su imaginación cambiaba entre posiciones. Ella se veía a sí misma arriba, luego abajo él, de lado, contra la pared, sobre un tronco, atada dentro de una canasta de flores blancas mientras él se lo metía en cuatro, mientras él agarraba fuertemente sus caderas. Y en todas las posiciones en las que ella pudiese sentir su piel cálida dentro de su pasaje, duro y llenándola. Ella no podía imaginar los rasgos de su cara, pero imaginaba como sería justo antes de venirse, su grave sexy voz gritándole que se sentía tan bien que no podría contenerse un segundo más...

Y ella se vino, gritando su nombre y sujetándose fuerte contra la pared detrás de ella. Se deslizó en el piso de la catarata. El agua golpeaba su cabeza y espalda, llevándose el sudor y los jugos cubriendo su mano.

"Mierda. ¿Qué voy a hacer?" Le susurró ella a las cataratas.

***

Tan pronto como la sintió en el agua, Carr supo que algo nuevo estaba ocurriendo en su pequeña isla adormecida. Él había estado esforzándose en no enfocarse en Becca, como ella se lo pidió; ella una vez le dijo que pensaba que era raro que él la viera todo el tiempo y él respetaba eso.

Carr podía, por supuesto, sentir todo lo que Becca tocaba -sus pies en la arena, su mano por la pared detrás de las cataratas. Si él no se concentraba específicamente en ella, él podía perder su distintiva sensación entre las miles de otras cosas pasando a cada segundo de cada día -la pata palmeada de un frailecillo por las rocas en la playa, una ardilla frenéticamente escurriéndose entre las ramas, el peso de un murciélago durmiendo de cabezas en la rama de un árbol. Pero, esta nueva sensación desde las cataratas era diferente a cualquier cosa que él hubiese sentido.

Oh dioses, ¿se está ahogando?

Él sólo le había construido un pequeño charco con marea baja y una pequeñita catarata. *¿En cuántos problemas puede ya haberse metido?*

En un instante, Carr se enfocó en Becca, aterrado de que se hubiese lastimado. Él la podía sentir retorciéndose y moviéndose fuera de control, pero su cabeza estaba afuera del agua así que, claramente no estaba en peligro de ahogarse.

Verla lo embelesaba. Su cabeza estaba echada hacia atrás, el cabello mojado colgando por su espalda, ojos cerrados en éxtasis. Sus dedos entraban y salían de su apretada concha, mientras el agua de la catarata bailaba sobre su clítoris. Él la podía oír gemir algo suavemente, una palabra que se repetía más y más alto hasta que ella se vino, gritando la palabra -su nombre.

Que se joda esto, que se joda todo. No había forma en la que Carr se pudiera resistir por otra noche. Ella lo deseaba. Él la deseaba. Él no tenía que hacer esto tan jodidamente complicado.

Era hora de usar el *sanare*.

Carr esperó hasta que los últimos rayos del sol se hubieran extinguido completamente para buscar la planta mística. El *sanare* estaba profundamente enterrado dentro de una sección descuidada del bosque, en este momento una simple mota ahogada entre cardos y arbustos rebosantes de grosellas rojas. Carr lo consideró por última vez. Sólo quedaban dos pétalos, dos últimas horas de humanidad. ¿Qué tal si viene otra persona a la isla dentro de unos años? ¿Se lamentaría de haber usado uno de los pétalos preciados ahora? ¿Qué tal si viene otra bruja que pueda romper la maldición usando los pétalos?

Ella había gritado su nombre de placer en las cataratas, deseándolo, necesitándolo. Él sabía que no tenía elección.

El penúltimo pétalo del *sanare* se desprendió de la planta y suavemente flotó hacia abajo, meciéndose ligeramente con la brisa. En el instante en el que tocó el suelo, un área de pasto cercana fue envuelta por vientos poderosos. La tierra en el suelo giró en un pequeño remolino, juntándose con hojas y ramas sueltas, mientras circulaba hacia arriba en un cono rodeando una forma invisible. Vientos aullantes pasaron por la isla como ondas de choque, quebrando ramas y haciendo que los frailecillos se gruñeran los unos a otros en señal de alarma.

Tan repentinamente como empezó, el viento se detuvo, dejando a un Carr totalmente desnudo a su paso. Él tomó un segundo para reflexionar, pasando la mano por su rostro. Dos ojos (azules, si la memoria no le fallaba), una fuerte nariz arqueada, pómulos pronunciados y un pequeño hoyuelo en la barbilla. Su ondulado cabello rubio llegaba inexplicablemente hasta la barbilla, pero él no tenía tiempo para pensar en eso.

Aquí vamos.

Carr se dio una nalgada y corrió, sabiendo que su tiempo era limitado. Hacía gestos de dolor cuando las rocas y raíces se enterraban en sus pies recién formados, suaves por la falta de uso.

"¡Maldición!" Él gritó después de que una roca particularmente afilada se enterró en su talón. Saltó en un pie, intentando inspeccionar sus heridas, mientras seguía avanzando.

"¿Hola?" preguntó una voz dudosa.

Maravilloso. La primera palabra que oye de mi boca es "maldición". Esto va espectacular.

Carr soltó su pie hacia el suelo y cojeó hacia el origen de la voz en un claro cercano. Era raro no saber dónde estaba ella. Finalmente de vuelta en su cuerpo, él había perdido su conexión con la isla. Dobló una esquina en el sendero y allí estaba.

Becca entrecerró los ojos en la luz tenue del fuego ardiendo frente a la construcción más reciente de esta noche. Él construyó el refugio de esa noche antes de transformarse, formándolo como una distracción, mientras ella terminaba su baño.

Él se había superado a sí mismo esta vez, si lo podía decir él mismo. Había visto el castillo durante uno de sus asaltos vikingos e intentó recrearlo para esa noche. Puntiagudas torretas estilizadas se alzaban hacia las estrellas cubiertas de absurdas gárgolas de figuras eróticas y sonrisas dientudas haciendo el amor en posiciones acrobáticas. Era el escenario perfecto para la sexy mágica noche que él había planeado.

Caminó en el claro frente al castillo, un ojo en el piso, buscando más piedras afiladas y el otro viendo las luces de las luciérnagas moverse sobre su cara. Una vez más quedó impactado por la belleza y la fuerza que irradiaba de ella como la luz de una cerilla.

"¿Quién diablos eres?" Becca puso una pose defensiva, blandiendo una rama que estaba cerca como una espada. "Soy yo", rio Carr. "En..." él miró su cuerpo desnudo, "...bueno, supongo, en carne y hueso".

Él esperaba que ella clamara contra esta nueva realidad, lo llamara mentiroso y tal vez lo atacara con la rama. Esperaba un poco que ella llamara a la isla, a Carr, para protegerla de este demente.

Ella saltó hacia él, lanzando la rama a un lado y envolviéndose en su cuerpo como una pitón, rodeando sus labios con los de ella. Sus labios trabados sobre los de él y sus largas piernas envueltas en su torso. Ella cruzó los brazos detrás su espalda, sus dedos se enterraron en sus hombros, mientras presionaba cada centímetro de su ser contra él y gemía contra su boca.

Carr gimió en respuesta y rasgó las ropas del cuerpo de Becca. A él no le importaba nada más que su piel contra la de él. Ella estuvo completamente desnuda en segundos, pasando sus manos sobre sus brazos y abdominales descubiertos, luego agarrando su trasero. Aún enredados, Carr caminó hacia adelante, cargando el cuerpo de Becca con grandes manos agarrando sus caderas. Tan suavemente como le fue posible, él la presionó contra una pared de roca lisa que había creado con este propósito horas antes.

Sus ojos se abrieron ampliamente cuando su espalda chocó contra la piedra fría y ella se recostó sobre el muro, frotando su húmeda raja contra la hinchada punta de su palpitante erección. Ella se rio pícaramente, mientras un gemido escapaba de los labios de Carr y tiró de su labio inferior con sus dientes.

Ella susurró, "te necesito dentro de mí, ahora".

Carr casi se viene en el acto. Él tampoco podía esperar y arqueó su espalda, mientras metía su miembro duro como una piedra dentro de la húmeda apertura.

Ella tragó en seco, afincando sus manos contra sus hombros. Sus dedos se clavaron más profundo en su piel, mientras ella gemía entre jadeos. "Oh joder sí, Carr. Métemela".

Carr se movió dentro de ella, a veces lento, luego rápido un corto momento, luego de vuelta a un ritmo lento. En todas esas noches dándole placer, él había aprendido que le encantaba ser sorprendida en vez de que se movieran en un ritmo constante.

Ella arqueó su cuello hacia atrás y él hundió su cabeza hacia adelante, mordisqueando la piel sensible en su cuello y hombros antes de envolver uno de sus pezones con su boca. Él jugueteó con el rígido pico, pasándole la lengua, mientras la penetraba. Lento, luego rápido. Presionó contra ella, pegándola contra la pared de piedra con su verga, mientras quitaba una mano de sustentar su cadera. Él levantó su pulgar hacia su boca y ella lo tomó entre sus labios, mordiéndolo y chupándolo.

Carr sabía que no se podría contener por mucho más tiempo y sabía por los gemidos de Becca y la forma en la que lanzaba su cabeza hacia atrás, ojos cerrados, que ella estaba cerca. Él bajó su mano, el pulgar aun húmedo por su lengua, lentamente por su cuerpo -siguiendo la delicada curva de su cuello, trazando una línea entre sus hermosos senos y circulando su ombligo antes de finalmente llegar a su clítoris. Él presionó con fuerza. Luego empezó a frotarlo, mientras incrementaba el ritmo de su movimiento pélvico, cada vez llegando más profundo dentro de ella.

Carr jadeó, "se siente demasiado bien. Necesito que te vengas conmigo, ahora mismo".

Ante sus palabras, sus paredes se apretaron y vibraron contra él. Ella gritó su nombre, mientras su orgasmo caía sobre ella, alarmando a un grupo de frailecillos, haciendo eco por el bosque.

Carr se la entró una vez más y se perdió en la sensación de ella, regándose dentro de su aterciopelada suavidad.

Ellos se quedaron parados allí, aferrados uno al otro, mientras recobraban el aliento, frentes sudorosas pegadas una contra la otra.

La respiración de Becca lentamente regresó a la normalidad. Ella bajó los pies a la tierra, descansando sus piernas temblorosas al apoyarse contra los duros y cálidos músculos del pecho de Carr. Besó todos sus pectorales, sin prestar atención pasando la mano de arriba hacia abajo por el bloque sólido que eran los abdominales de Carr. "¿Cómo eres tú… *tú*?"

Carr luchó para mantener un pensamiento coherente en su cabeza, mientras las manos y los labios de Becca se movían sobre él. "Hablamos luego". Gruñó él, mientras pasaba su lengua sobre su pezón. "Sólo soy yo por una hora".

Ella se detuvo de repente, alejándose de Carr con una furiosa mirada en el rostro. "¿Una hora? ¿Eso es todo lo que tenemos?"

¡No tenemos tiempo para esto! "Puedes estar enfadada por la situación después, o, si tú quieres, sigue gritando". Carr alzó a Becca en sus brazos y la llevó a la cama de hierba dulce entretejida en el castillo. "Pero, mientras haces eso", él la acostó y se subió encima de ella. Empezó a besar su cuello y bajar por su cuerpo lentamente, cada palabra acentuada por un beso, una lamida, una mordida. "Yo voy a hacer esto…"

Él mordió suavemente el interior de ambos muslos, moviéndose lentamente hacia su núcleo. No podía esperar para saborearla. Mirando su expresión de sorpresa, Carr le guiñó el ojo y la cubrió con su boca. Su lengua encontró su núcleo y él la lamió con salvaje abandono. No podía tener suficiente de ella, estaba tan cálida, húmeda y suave. Generosamente, lamió cada uno de sus pliegues y llegó a su clítoris. Carr podía sentir como nuevamente se le ponía cada vez más dura la verga, mientras ella se retorcía ante su atención, enredando sus dedos en su cabello y guiándolo a donde ella lo necesitaba más.

Carr se movió a su entrada, empapada de excitación. Él lamió cada gota que pudo, deleitándose en la sensación de su sabor. *Esto* era lo que le faltaba todas esas noches. Introdujo un dedo dentro de ella, luego dos. La respiración de Becca se aceleró, mientras él la penetraba y Carr podía sentir su pulso acelerarse. Él chupó su clítoris, mientras sus dedos se movían dentro de ella, más rápido y más profundo. A Carr le encantaba verla venirse. Lamió y tarareó en su clítoris, impaciente por oír la hermosa voz gritar con placer.

"Oh dios, justo ahí, sí". Becca ahora estaba jadeando.

Carr usó su mano libre para agarrar y masajear los senos agitados de Becca. Introdujo sus dedos con mayor fricción y retorció un duro pezón entre su pulgar y su índice. Ella se desarmó alrededor de él, aferrándose y convulsionando, gritando su nombre.

Carr la liberó de su agarre, dándole un beso breve en el muslo antes de erguirse, sus pies plantados entre las piernas abiertas de Becca. Él tomó un momento para admirar la vista, Becca acostada desnuda frente a él, jadeando y sudando de pasión. Becca descansó su cabeza contra la cama de pasto, mientras su respiración lentamente volvía a la normalidad. Ella miró a Carr pícaramente.

"¿Sólo una hora?" preguntó ella.

"Eso es todo lo que tenemos. Probablemente no queda mucho tiempo, ¿Qué quieres?"

Las palabras de Carr fueron interrumpidas cuando Becca se levantó, arrodillándose y pasando sus uñas suavemente por la parte de atrás de las piernas de Carr. Ella estaba frente a su hinchada erección y lo miró, con ojos bien abiertos. "En ese caso, mejor lo pruebo cuando aún puedo".

Esta mujer es increíble.

Ella se acercó a su cuerpo, tomándose un momento para chupar rápidamente cada uno de sus testículos. Tomó la verga con su mano esbelta y lo alzó a su boca, lamiendo tortuosamente lento por toda la extensión, provocándolo con su aliento cálido y lengua ágil. Sus rodillas amenazaron con rendirse y él se sentó pesadamente en la cama, y Becca moviéndose con él. Nunca dejando sus atenciones provocantes.

Justo cuando Carr pensó que se volvería loco de lujuria, ella lo tomó por completo en su boca. Sus manos moviéndose desde afuera, halándole el tronco de arriba hacia abajo, mientras su lengua trabajaba desde adentro, lamiendo y rozando su punta hinchada. Sus mejillas se ahuecaban, mientras se la mamaba y una mano furtivamente se movió hacia sus bolas, masajeándolas mientras ella seguía mamándosela.

Era la serie de sensaciones más increíbles que Carr había jamás sentido. Él se concentró en la sensación de ella en él, piel sobre piel. Incapaz de resistir, sus manos fueron a sus senos y comenzaron a masajearlos, deleitándose en que tan duros sus pezones se pusieron en sus manos. Se le acababa el tiempo y necesitaba más.

Echándose hacia atrás, lejos del alcance de Becca, Carr estuvo impactado al ver una expresión de dolor en la cara de su amada. "Estás haciendo un estupendo trabajo, pero no tenemos mucho tiempo". Carr sintió que su hora estaba llegando a su fin y anhelaba estar dentro de esta asombrosa mujer una vez más. Él se acostó en la cama improvisada, guiando a Becca sobre él. La puso para que esté sobre su hombría, pero aún no estaba dentro de ella. Ella se inclinó a besarlo, explorando su boca con la suya. Él podía ver que ella estaba conteniendo las lágrimas acumulándose en sus ojos.

"Nada de eso, amor", una mano limpió una lágrima a punto de caer, mientras la otra pasaba por su cuerpo para agarrar su monte.

Becca respiró en seco ante su toque y tomó la dura verga de Carr en su mano y la guio dentro de sí, gimiendo ante la sensación. "Sí, sólo esto. Dios, se siente tan bien".

Ella echó sus manos hacia atrás, apoyándolas en los muslos de Carr, mientras empezó a moverse de arriba hacia abajo sobre su tronco anhelante. Sus senos magníficos rebotando rítmicamente, mientras ella lo cabalgaba, hipnotizando a Carr con sus movimientos.

Él podía sentir que no pasaría mucho tiempo hasta llegar al clímax. La vista, la sensación de esta asombrosa mujer cabalgándolo, dándose placer con su cuerpo, era una de las cosas más electrizantes que había experimentado en su vida. Él deslizó ambas manos hacia donde sus cuerpos se tocaban y empezó a frotar el clítoris de Becca. Él gritó, derramándose dentro de ella, justo cuando ella se retorció en su propio orgasmo, contrayéndose alrededor de él.

Becca se desmontó temblorosa, bajándose para descansar en el amplio pecho de Carr. Ella sonrió y envolvió sus dedos en su escaso vello pectoral, "Bueno, eso fue…"

La cabeza de Becca golpeó la cama suave con un ruido sordo. Carr se había ido.

"¡No!" Ella golpeó el suelo donde una vez yacía su amante. "¡No puedes simplemente irte!" Las lágrimas caían libremente ahora, empapando su rostro y bajando por su cuello. Ella golpeó el suelo nuevamente, más duro, "¡Explícate, Carr!"

Maldición, maldición, maldición. Él había querido darle lo que necesitaba y sólo terminó causando más dolor, más lágrimas. Esta maldición no sólo arruinó su vida, ahora también estaba destruyendo la vida de otra gente. Era demasiado para soportar.

"Existe una planta mágica, el *sanare*". Carr se atragantó. El ingenio y humor que normalmente usaba como armadura había sido descartado; estaba expuesto como la criatura rota y maltratada que había sido por cientos de años. "Sus pétalos me dan una hora de existencia como hombre. Los pétalos no vuelven a crecer". Él tuvo que serenarse para tener el valor de darle las noticias. "Este… bueno este pétalo… era el penúltimo".

"¿*Sanare?*" Becca estaba riendo y llorando a la vez, ahora caminando de atrás hacia adelante frente a la fogata. Ella aún estaba gloriosamente desnuda, su belleza tentándolo como una herida que nunca se cura. "¡Eso es lo que he estado buscando todo este tiempo!" Otra risita escapó sus labios, seguida de un sollozo.

"*¿Por qué no me dijiste?*" gritó él. *¿Ella había venido por el sanare?*

"¿Por qué no me lo dijiste *tú?*" gritó ella.

***

"No puedo creer que esto esté pasando". Tenía algo de sentido que el *sanare* tuviese propiedades místicas más allá de las aplicaciones médicas científicamente deducibles. *La única cosa que puede salvar a Terence es la única cosa que puede salvar a Carr.* Era una decisión imposible. *Y no es una decisión que yo pueda tomar.*

Ella limpió las lágrimas de su cara con una mano temblorosa y usó la otra mano para acariciar suavemente el césped bajo ella. "Vine aquí para salvar a mi sobrino, Terence. Él está enfermo..." Becca se detuvo, sacudiendo su cabeza, "No. Él no está enfermo. Él está muriendo. Está en el hospital ahora mismo, debilitándose a cada minuto que pasa, por algo que los doctores nunca antes habían visto". Ella pasó su mano por su cabello, tirando de las raíces en frustración. "Dejé a mi hermana llorando al lado de su cama completamente sola. Están a tres *mil* millas de distancia. Ella me rogó que no me fuera".

Enredaderas crecieron alrededor de Becca, serpenteando por su espalda y hombros, apretándola cómodamente. Becca giró su cabeza, besando por un momento una de las enredaderas sobre su hombro derecho.

"¿En realidad piensas que el *sanare* puede curar a Terence?" La voz de Carr era suave y gentil, llena de compasión. "Lo creo. No aparecí aquí por un capricho. Investigué sobre esto por meses". Ella bajó su cabeza en señal de derrota. "Ésta es su única oportunidad". Ella se hundió de vuelta en la cama, encogiéndose y deseando que Carr estuviese ahí para abrazarla. *No puedo creer que le esté haciendo sentir culpa para que me entregue su último preciado momento de humanidad. Soy una pendeja.*

La pausa antes de que él hablara fue tan corta que apenas estuvo ahí. "¡Entonces, un *sanare*, viene en seguida!" La voz de Carr alegremente resonó alrededor de ella.

"¿Así como así?" Becca no podía creer lo rápido que Carr estaba dispuesto a entregar algo tan preciado. "Pensé que tal vez quisieras algo de tiempo para pensártelo". *Aunque, puede que no tanto tiempo porque se supone que Lola venga a recogerme mañana en la mañana.* Ella no estaba segura de cómo decirle que se iba tan pronto. Ellos acababan de hacer el amor -el mejor sexo de toda su vida- y ella lo iba a dejar unas horas después.

"No hay nada que pensar, Becca. Salvemos al niño. No tengo la hora de diversión", su voz se puso extremadamente lasciva, "sin importar que tan genial es esa hora no vale la *vida* de un niño". Las enredaderas suavemente empujaron a Becca, parándola, ayudándola temblorosamente a estar sobre sus pies.

Cada parte de su ser estaba temblorosa y adolorida. Ella no quería nada más que enrollarse en una bola y dormir por una cantidad de tiempo no recomendada. Pero, el *sanare* estaba prácticamente en sus manos. Temía que en cualquier segundo Carr entrará en razón y se dierá cuenta de que estaba entregando la oportunidad de recobrar su cuerpo.

"Entonces, vámonos". Ella buscó su mochila y sacó el último par de ropa semi-limpia antes de entregarse a sus deseos y rogarle a Carr que le volviera a hacer el amor.

El sol era un rayo luminiscente justo debajo del horizonte, dándole a la isla un brillo fuera de este mundo. "Guía el camino".

Los rasgos de la isla se nivelaron frente a ella, aplanándose como una moneda cubierta de pasto suave. Ella sintió un pinchazo cuando el castillo se disolvió detrás, la hermosa estructura desapareció como si nunca hubiese existido.

Las únicas características que permanecían en toda la isla era un área de flores y arbustos solitaria como a treinta pies de distancia asomándose en el área plana con pasto. Ella recordaba este enorme seto, cubierto con un arcoíris de plantas florecientes y arbustos todos concentrados en un denso cuadro. Ella había durado horas examinando los pétalos de cada planta presente, embelesada por las variadas fragancias dulces.

Lentamente las otras flores y arbustos entrelazados se doblaron desenredándose los unos de los otros hasta que el denso follaje se había desenredado a sí mismo, dejando un solitario tallo verde con sólo un pétalo. Era más corto que el resto y se veía tan triste con un pétalo violeta solitario marcado con una pequeña estrella blanca. Ella se arrodilló en el suelo, sus dedos acariciando el suelo y sintiendo una onda a través del piso en respuesta. Ella extrañaría tocarlo.

"Gracias, gracias por todo", le susurró a la pradera vacía. "El sacrificar algo que significaba tanto..." ella no pudo continuar.

Flores brotaron del suelo creciendo sobre su mano, acariciándola, protegiéndola. Ella sabía que él entendía. Becca miró para ver el sol emerger totalmente desde el horizonte, reflejando la luz en vibrantes prismas sobre las olas. El tiempo se estaba acabando. Girando su mochila en el suelo frente a ella, Becca sacó las herramientas que necesitaría para extraer y empacar propiamente la planta para el viaje.

"Te conté la historia de cuando Bram estaba aprendiendo a nadar y casi se lo come una morsa..."

Becca medio escuchaba, mientras sacaba la planta, Carr seguía contando historia tras historia. Su tono era alegre, pero ella sabía mejor que nadie las señales de alguien hablando para distraerse del dolor.

¿Tal vez pueda volver y salvar a Carr? Quería que fuese verdad. Mientras cuidadosamente extraía la planta del suelo, imaginaba volver a la isla en el helicóptero que Lola había tomado prestado, vertiendo sobre la isla un elixir sintetizado del *sanare* y teniendo a Carr-el-hombre de vuelta para siempre.

Pero, un aspecto irritablemente realista de Becca sabía que la vida se interpondría en el camino. Había cosas prácticas como ayudar a Terence en su recuperación, trabajar con Alice para pagar las devastadoras cuentas médicas y las muchas cosas desconocidas sobre la maldición de Carr. La maldición era mágica; ella sabía de ciencia. Si ella lo dejaba ahora, no sabía si podría volver a la isla.

Terminó de preparar la planta para ser transportada y empacó sus herramientas cuidadosamente en la mochila. El sol golpeaba sus hombros como un hierro de marcar recordándole el paso del tiempo. Con cada paso, caía más profundo en una caída en picada emocional.

Un paso hacia la playa. Ella se dirigía triunfante a casa a salvar a Terence.

Otro paso. Ella condenaba el alma perdida de Carr a estar sola.

Otro paso. Su hermana finalmente sonreiría otra vez.

Otro paso. Ella estaba dejando al hombre que amaba, posiblemente para siempre.

Justo cuando los dedos de sus pies conectaron con la suave franja de arena, Becca vio un punto naranja familiar contra el cielo azul. Lola estaba llegando a tiempo, como siempre.

Becca se sentó en el borde de la playa y miró el helicóptero acercarse desde lejos, arrastrando ambas manos lentamente por la arena de atrás hacia adelante. Le quería dar a Carr tanto contacto humano como pudiese antes de dejarlo solo.

"¿Carr?" llamó ella.

"Estoy aquí" ella oyó la voz de Carr hacer eco alrededor de sí.

Becca recordó preguntarse cómo se podría estar enamorando de una voz incorpórea en el bosque. Ella ya no tenía que preguntárselo.

"Siento tener que hacer esto. Siento tener que tomar tu planta y dejarte solo. Lo siento..." Ella no podía contener las lágrimas por más tiempo y cayeron por sus mejillas. "Siento no poder elegirte a ti".

Musgos como los de su cama la otra noche surgieron alrededor de ella, acariciando su piel y limpiando las lágrimas. "Esta es la única elección. La mujer que he llegado a amar no podría tomar ninguna otra decisión". La arena y las plantas se apiñaron, cubriendo a Becca, "eres brillante y amable y nunca te olvidaré. Ahora vete". La voz de Carr se quebró en las últimas dos palabras, las plantas se alejaron y la arena cayó flácida.

Becca escuchó un sonido zumbando sobre su cabeza y miró para ver una escalera de sogas caer por el lado del helicóptero naranja de Lola. Lágrimas caían silenciosamente, mientras ella procesaba las palabras de Carr. Ella sabía que su corazón era de él, un hecho inmutable que el tiempo o la distancia no podían cambiar.

Volveré pronto, pensó ella, la determinación creciendo en su pecho. Pero no lo podía decir, no podía retar al destino a no hacerlo verdad.

Ella abrochó su mochila y el preciado *sanare* a la escalera, mientras ponía el pie en el escalón más bajo. "¡Adiós Carr!" susurró, con hipo entre sus lágrimas.

La escalera empezó lentamente a contraerse, halándola hacia el helicóptero y alejándola de la isla. Ella podía ver las trenzas negras de Lola subiendo y bajando a través de la ventana de la cabina como si la estuviesen saludando para acercarse. Escaló un peldaño y arriesgó una última mirada a la isla. Se agarró fuertemente a la escalera para contenerse de gritar.

La isla había desaparecido.

Centímetros bajo sus pies colgantes chocaban olas del océano, tan lejos como llegaba la vista.

"¿Qué he hecho?" gritó ella. ¿Había ella accidentalmente asesinado a Carr al sacar su *sanare* de la isla?

Sus miembros se movieron sin consultar su cerebro. Revisando que su mochila con el preciado *sanare* estuviese asegurada en la escalera se lanzó de cabeza al mar.

"¡Carr!" Becca gritó tan pronto como salió a la superficie, tratando de no hundirse. "¡No! ¡Carr!" las olas invadieron su nariz y su boca. La parte racional de su mente quería saber si ella tenía un plan, si ella sabía cómo podría ayudar a Carr en este momento. Pero, la lógica no tenía nada que ver con esto. Tenía que ayudarlo.

Ella lo amaba.

"¿Becca?" Una voz confusa resonó entre las olas.

Oh, gracias Dios, está vivo. Becca nadó en círculos, buscando por la reaparición de la isla. No estaba a la vista. La esperanza empezó a desvanecerse. *¿Me lo imaginé?*

"Oye tú", una voz sin aliento retumbó detrás de Becca. Carr estaba ahí en su forma humana, nadando y sonriendo como un maniático. Su húmedo pelo rubio estaba aplastado contra su cara y sus brillantes ojos azules se veían gloriosos en la luz de la mañana. "¿Me das un aventón?"

Becca chilló de gusto y saltó a los brazos de Carr, casi ahogándolos a ambos. Sintió algo duro golpear su espalda y giró para ver la escalera del helicóptero esperando detrás de su cabeza.

"Lola, chica, eres la mejor", gritó al helicóptero. Becca agarró la escalera y la puso frente a ella para que quedara entre los pechos de ella y Carr. Carr la besó entre los peldaños de la escalera, mientras el helicóptero los sacaba del agitado océano.

Desde adentro del helicóptero, la voz de Lola cantó, "Hola chicos, soy Lola y seré su piloto por hoy. Por favor, disfruten los refrigerios".

La mochila de Becca y el *sanare* ya estaban guardados en compartimentos protectores. Los ojos de Becca se abrieron ampliamente. Dentro del helicóptero descansaban dos esponjosas toallas blancas, un set de ropa de la talla de Carr y una botella de champán con dos copas.

Lola giró sobre su asiento, bajó sus lentes aviadores debajo de la línea de sus ojos y les guiñó el ojo.

"Disfruten el viaje".

***

El invernadero lleno de hileras sobre hileras de flores con pétalos blanco y violeta era el mejor espectáculo que Becca había visto.

Tomó unas semanas identificar el compuesto en el pétalo del *sanare* que podía salvar a Terence. Luego de Becca saber que tenía la solución, Carr ayudó con su encanto a alejar a la enfermera, mientras Becca y Alice administraban la cura. Dos horas y veinte minutos sin aliento más tarde, Terence comenzó a mostrar signos de mejoría. En una semana, estaba completamente bien y molestando a su mamá. En un año, Becca obtuvo los fondos para reproducir y sintetizar el *sanare* a gran escala para ayudar a curar una plétora de enfermedades antes incurables.

Supongo que pasan cosas buenas, después de todo, pensó Becca, mientras acariciaba el tallo de una pequeña planta de *sanare*. *Y hablando de cosas buenas*, ella suspiró con alegría cuando un par de brazos musculosos la abrazaron desde atrás y la apretaron contra su pecho. Carr besó su cabeza y cubrió sus manos sobre la pequeña planta.

"Sabes lo que me hace el verte acariciando plantas", susurró él en su oreja con esa voz ronca que nunca fallaba en hacer sus rodillas gelatina.

Sus dedos rozaban la parte superior de la pequeña planta. Él gruñó en su oreja.

"¿Te gusta esto?" ella le sonrió, pasando sus dedos entre los tallos y suavemente acariciándolos desde la raíz de la planta.

"Me gusta todo de ti", él acarició la parte posterior de su mano hasta que ella soltó las plantas para entrelazar sus dedos con los de él.

"¿Te ha gustado que te sacara de tu estado como de dios en una isla privada y te trajera a este mundo incierto de financiación de investigaciones y el competitivo mundo académico?" ella se giró para poder verlo a la cara.

Ella nunca se cansaría de ver la expresión de sus ojos, la forma en la que él nunca aprendería a cubrir sus expresiones o esconder sus reacciones. La pequeña cresta sobre sus cejas fruncida en concentración como se ponía cada vez que intentaba encontrar las palabras correctas.

"Estar como de dios en una isla privada no significa nada cuando estás solo. Esto..." él movió sus manos para abarcar a Becca, el invernadero y su hogar juntos, "esto es lo que importa". Becca presionó una mano contra su pecho y su corazón palpitante, luego lo besó. Él profundizó el beso, su lengua barriendo en su boca, mientras su mano agarraba su trasero. Ella gimió dentro de su boca. "Y todo esto importa. Importa más que nada en la tierra", concluyo él.

Ella miró a sus ojos, esperando que él dijera un chiste y se alejara de la intensidad de sus palabras. Pero, su cara solo la miró con seria calma.

"Rompiste tu maldición porque estuviste dispuesto a perder el *sanare* por mí", dijo Becca, acariciando su pecho y deleitándose en la sensación de sus músculos baso su camiseta. "Actuaste bajo impulsos de verdadera abnegación. ¿Me estás diciendo que de hecho no perdiste nada?"

"Shhhhh", dijo él, besándola para callar sus palabras. Se rio y puso un dedo sobre sus labios y le hizo seña hacia las plantas que los rodeaban. "Nunca sabes qué puede estar escuchando".

Su Navideño Vikingo Magia de las Festividades

Por AJ Tipton

Hace más de mil años, una familia de hermanos Vikingos dirigidos por su tiránico padre, invadió una pequeña isla. La isla estaba bajo la protección de una poderosa bruja. Los Vikingos invasores fueron castigados por sus crímenes con maldiciones conectadas a los elementos. Por más de mil años, los Vikingos sufrieron por sus fechorías hasta que probaron ser merecedores de redención. Cada uno de ellos creía que el resto de su familia había desaparecido.

Hasta un año después de romper sus maldiciones. En Navidad.

Audrey puso una mano consoladora sobre el hombro de Bram. —Tengo algo que decirte, amor. Tus hermanos están vivos. Todos ellos.

— ¿Ellos están *qué*? —La voz de Bram hizo eco desde las paredes decoradas con oropel del bar AUDREY'S. Él apenas podía creerlo—. Pero, la bruja, ella...

—Tú no fuiste al único al que ella maldijo — Audrey acarició los tensos músculos en el hombro de Bram—. Y tú maldición no fue la única que se rompió.

El corazón de Bram se aceleró con alegría. *¡Esto es perfecto!*, él pensó. Bram había sido maldecido para vivir como un charco incorpóreo en un lago escocés por mil años hasta que Audrey lo liberó. *Por supuesto* que él no había sido el único maldecido por la bruja. Ahora que sus hermanos eran libres, podrían estar todos juntos otra vez.

La sonrisa de Bram se extendió más de lo que él pensó su rostro permitiría. La Navidad no había sido una festividad en aquél entonces cuando él saqueaba villas con su partida de ataque de Vikingos, pero hasta ahora estaba probando ser una época para milagros.

—Ellos están libres de maldiciones, vivos y bien otra vez —Audrey sonrió—. Lola lo dijo.

— ¡Eso es increíble! —Bram levantó a Audrey por la cintura y la meció alrededor en un círculo, sonriéndole—. ¿Cómo es que ella sabe? —él preguntó mientras volvía a poner a Audrey sobre el piso de madera manchada de su bar.

—Porque es Lola —dijeron juntos con una carcajada.

La última vez que Bram vio a Lola, el barman más infame del bar, ella había estado haciendo pesas con un minotauro. La mirada malhumorada y sorprendida en el rostro del minotauro cuando la pequeña morena con ojos morados lo levantó una y otra vez había sido absolutamente graciosa.

— ¿Cómo están ellos? Quiero decir, en aquéllos días, mis hermanos eran un poco... —él trató de encontrar la palabra correcta— Matoncitos.

—Lola dice que tus hermanos se han vuelto mucho mejores personas desde entonces. Como a ti, sus maldiciones los cambiaron —Audrey chasqueó sus dedos y unos tarros flotaron fuera de las profundidades jabonosas del fregadero y comenzaron a sacudirse como si fueran perros mojados—. Lola me dijo: 'Son tan normales como ese novio raro tuyo' —ella le dio un empujón en su codo, el brillo en sus ojos color esmeralda bailando con tanto amor que él no pudo evitar sonreírle en respuesta.

—Un gran elogio viniendo de Lola —él dijo.

Audrey estiró a Bram hacia ella para un rápido beso, y Bram no la quería dejar ir. Después de tantos años solo en el lago como expiación por sus errores, tener a Audrey como la luz de su vida se sentía maravillosamente. Con ella, él podría comenzar una nueva vida libre de su pasado atormentado. Corrió sus dedos a través del cabello de ella, asombrado con su suavidad. El primer paso hacia su nueva vida era casarse con la mujer que lo había rescatado. Él solo tenía que pedírselo de la manera adecuada, y el saber que sus hermanos estaban vivos le dio una idea.

—Audrey, creo que se nos están terminando las cerezas —él hizo un ademán a los contenedores de plástico de los aderezos sobre la barra.

Las cejas de Audrey se alzaron con su abrupto cambio de tema, pero vio la ranura para las cerezas vacía y asintió. —Tienes razón. Iré a tomar algunas del sótano —Audrey giró una botella de whiskey en la pared y el mostrador completo del estante superior de licores giró para abrirse y revelar una escalera bajando hasta el sótano.

— ¿Por qué no simplemente usas tu magia para ir abajo como lo haces en casa? —Bram preguntó. Él se había acostumbrado tanto a verla desaparecer por aquí y por allá que de hecho verla caminar para bajar las escaleras era como ver a un pájaro saltar en vez de volar.

—Este lugar tiene mente propia —ella dijo—. La última vez que me dio flojera y traté de aparecerme arriba en el ático, terminé en el cuarto de calderas y casi rostizada.

Bram miró a su alrededor, sintiéndose ligeramente preocupado.

— ¿Me estás diciendo que este lugar está vivo?

Audrey rio. —En cierta forma. ¿Piensas que yo decoré éste lugar? —Audrey hizo un ademán alrededor del bar señalando las luces, guirnaldas y una agresiva cantidad de muérdago. AUDREY'S simplemente se adorna a sí mismo cada Nochebuena —ella ondeó su mano y un montón de limas comenzaron a cortarse a sí mismas en rebanadas tamaño-coctel sobre el mostrador—. Todavía estoy encontrando habitaciones escondidas y pasajes secretos, y prácticamente yo crecí aquí —comenzó a descender por la escalera, su voz haciéndose más suave mientras bajaba—. Algunas veces pienso que este lugar tiene el sentido del humor de mi abuela. Son la clase de pendejadas con las que a ella le encantaba salir.

Bram mantuvo su expresión inocente hasta que pudo oír las pisadas de Audrey acalladas.

Corrió hasta el clóset de suministros de Audrey en el piso de arriba. *Si voy a preparar la Navidad perfecta, necesito hacerlo ahora*, él pensó. La pequeña habitación estaba forrada con estantes de libros de hechizos y componentes exóticos para hechicería compleja. Los ingredientes en su mayoría eran plumas o pelo removido, sin hacer daño, a criaturas exóticas, pero algunos de ellos giraban y temblaban en sus frascos de vidrio transparente con movimientos inquietantes como si tuvieran vida. Aun viviendo con una bruja, los frascos asustaban un poco a Bram.

En aquel entonces, cuando él estuvo leyendo todo en lo que él podía poner sus manos para ponerse al corriente de todo el conocimiento que él se había perdido en los últimos mil años, Bram leyó acerca de un hechizo que podría "juntar a una familia" que era especialmente potente cerca del solsticio de invierno. Él escaneó los estantes, encontrando el libro de hechizos de acebo-verde que necesitaba, al lado de una planta con pétalos blancos y morados en una maceta.

— ¿Qué tan difícil puede ser? —él masculló para sí mismo mientras sacaba el libro del estante.

Pensó que podía oír los sonidos de Audrey caminando por el sótano bajo él. Ella estaba cantando algo desafinadamente y una sonrisa se abrazó de sus labios al escucharla.

Bram sacó el anillo de diamante de su bolsillo, permitiendo que la gema atrapara y reflejara la luz. Para Navidad, él iba a pedirle a Audrey que se casara con él, y todo en el matrimonio es acerca de la familia. Para pedírselo apropiadamente, él iba a necesitar a toda su familia reunida.

Abrió el libro de hechizos y un viento frío se apresuró dentro de la habitación, en todas direcciones, mientras él daba vuelta a las páginas para encontrar la página correcta.

Arrastrando un pequeño caldero al centro de la habitación, él aventó dentro los componentes, olfateando sospechosamente las "piedras caídas de troll" antes de añadirlas. Cada ingrediente siseaba y se arremolinaba cuando golpeaba el hierro del caldero, licuándose con el impacto. El caldero zumbaba mientras la mezcla se revolvía, cambiando de color dorado a verde y luego a rojo sangre. Con un fuerte 'pop', el caldero y sus contenidos desaparecieron.

—Muuuy bien —Bram tragó saliva, un nudo formándose en su garganta. *¿Qué es lo que acabo de hacer?* Ahora que el hechizo fue lanzado, todas las historias que Audrey le había dicho acerca de las devastadoras consecuencias de la magia saliendo mal se arremolinaron en su cabeza.

Una vez ella le dijo acerca de un hombre que trató de usar el hechizo del "dardo de cupido" para hacer que una chica se enamorara de él. Accidentalmente asesinó al objeto de su amor creando una flecha verdadera que atravesó el corazón de la chica.

El pánico floreció en el pecho de Bram. *¿Y si lastimé a Audrey?*

La mano de Bram temblaba mientras corría bajando las escaleras, aventando la puerta del salón principal del bar para abrirla.

—Siempre tarde, hermanito —una voz profunda y familiar resonó—. Aún después de todo este tiempo —Mikkel, el hermano mayor de Bram, estaba recargado contra la barra con su brazo balanceando alrededor de una pelirroja de cabello corto y picudo.

La habitación explotó en un coro de "Feliz Navidad", y Bram sintió caer su quijada mientras miraba a su alrededor al bar repentinamente-lleno. Vestidos con sus modernas ropas y cortes de cabello, a Bram le tomó un segundo reconocer a sus hermanos.

Todos ellos todavía tenían la misma mezcla de características físicas, fuertes y atractivas, que ellos habían heredado de sus padres, pero de alguna forma, sus expresiones eran diferentes. Mikkel siempre había sido enojón y amargado, llevado a un nivel-frenético de violencia por el luto por su esposa e hijos muertos. La pelirroja junto a Mikkel murmuró algo en su oído que Bram no pudo oír y la sonrisa de respuesta de Mikkel lo transformaba en una persona más calmada a la que Bram casi no reconocía.

Además de Mikkel, estaba Erik, sonriendo maliciosamente como de costumbre, *aparentemente algunas cosas nunca cambian*, descansando su barbilla en la parte superior del cabello rojo rizado de una mujer bajita, sus brazos envueltos alrededor de la cintura de ella. Mientras tanto, Carr estaba sobre la barra sirviendo jarras de cerveza, con todo y la vergüenza de la mujer embarazada de piel-más-oscura, de pie junto a él.

— ¡No puedo creer que todos ustedes están aquí! —Bram gritó. Él se estiró para sujetar el antebrazo de Mikkel para saludarlo justo cuando el suelo comenzó a temblar.

Bram casi se cayó mientras la cristalería y botellas de licor caían al suelo y se destrozaban. Un grave tronido sonó desde los tablones del piso, haciéndose más fuerte mientras el temblor se intensificaba.

Audrey salió corriendo desde el almacén en el sótano, todavía con un bote de cerezas en su mano, y saltó sobre la mesa de la barra en un solo brinco volador. Ella aterrizó a un lado de Bram.

— ¿Qué fue lo que hiciste? —ella gritó por encima del estruendo del temblor.

—Solo un hechizo pequeño —Bram apenas pudo escuchar sus propias palabras—. Quería a toda la familia reunida para Navidad.

Mikkel gritó: — ¿Es en serio? ¿Por qué carajos te meterías con la magia después de lo que nos sucedió? ¿Por qué no simplemente usaste un maldito teléfono?

— ¡Quería que fuera una sorpresa! —Bram gritó por encima del sonido de los retratos de la pared estrellándose en el piso—. No entiendo por qué el hechizo haría esto. ¡Toda la familia ya está aquí!

Los ojos de Audrey se abrieron más. —¿Dirigiste un hechizo a *toda* tu familia?

El ruido y el temblor se detuvieron repentinamente. Un hombre de mediana-edad vestido en placas de armadura cubiertas-en-sangre apareció en el centro de la habitación. Él bien sobrepasaba el metro ochenta centímetros de estatura, con mechones de cabello canoso y una profunda cicatriz corriendo hacia abajo por un lado de su rostro.

Bram reconoció a este hombre inmediatamente.

— ¿Padre? —Carr dio un paso hacia el hombre, pero la mujer embarazada junto a él sujetó su brazo para detenerlo—. ¿Es ése…? ¿Cómo…?

—¿Cómo pudiste hacer esto? —Mikkel sujetó a Bram por el brazo. Su expresión furiosa le era demasiado conocida y Bram se forzó a si mismo para no acobardarse—. Esto es lo que sucede cuando te metes con fuerzas que no entiendes.

Havarr abrió sus brazos a lo ancho. —Hijos míos, he escapado de las garras de una maldición diabólica después de mil años. ¡Es adecuado que todos debemos estar juntos en el momento de mi triunfo! Juntos deberemos recuperar nuestra gloria.

—Mierda —Bram susurró.

Bram se interpuso entre Havarr y Audrey. Él no tenía ningún arma, pero sería maldecido si permitía que su padre lastimara a la mujer que él amaba. Erik captó su mirada y meneó su cabeza.

—Este es Papá, ¿te acuerdas? —Erik dijo—. Te pateará el trasero.

—Hijos míos, yo sé lo que debemos hacer —Havarr caminó alrededor de la habitación con un brillo de posesividad en sus ojos. Bram conocía esa mirada, y nunca presagiaba algo bueno—. Deberé llevarnos a todos de regreso a casa a nuestra propia época. Nos regresaré a los días cuando fuimos respetados como verdaderos guerreros quienes comandaban sobre todo lo que teníamos la fuerza para tomar —Havarr miró lascivamente a las mujeres. La mujer del cabello picudo junto a Mikkel le gruñó, sus manos apretadas alrededor del respaldo de la silla de bar.

—¿Viajar en el tiempo? Eso es imposible —Carr dijo.

—Yo he estado en esta tierra por mucho más tiempo que tú, hijo mío —Havarr rezongó—. Cuando esa bruja sacó mi espíritu de este recipiente terrenal, floté en el aire como un fantasma, incapaz de tocar o ser oído —se miró atormentado por un segundo, entonces meneó su cabeza—. Usé mi tiempo sabiamente, que es más de lo que puedo decir por cualquiera de ustedes. Estoy decepcionado, hijos, por el desperdicio que han hecho de sus vidas sin mi guía. Erik, tu casi desperdiciaste un milenio engañando mortales, mientras que Carr y Bram permanecieron atrapados en formas terrenales y líquidas sin hacer nada por escapar —él apuntó a Mikkel. Los puños de Mikkel estaban tan apretados que sus nudillos estaban blancos—. Tú, Mikkel, fuiste mi mejor guerrero, pero te has entregado a la debilidad —Havarr lanzó una mirada de odio a la mujer al lado de Mikkel—. Tu poderosa furia se ha erosionado —Havarr se giró lentamente sobre sus talones para así poder fruncir el ceño mirando a todos ellos, uno por uno—. Yo usé mi maldición para ganar el conocimiento que necesitaré para apoderarme de este globo insignificante. He encontrado el hechizo, así como un aquelarre que lo ejecutará para nosotros. Todo está preparado para que nosotros regresemos a nuestra época.

—Nosotros no queremos regresar —los ojos de Mikkel ardían ferozmente—. Todo lo que tú hiciste fue usarnos para obtener lo que *tú* querías —él se volteó hacia la puerta—. Ven Jo, nos vamos.

—Detente —Havarr ordenó—. ¿No lo entiendes? Si regresamos, todos ustedes podrán ser capaces de cumplir las ambiciones de sus vidas.

La mente de Bram divagaba. *Todo esto es culpa mía.* Él miró alrededor de la habitación, tratando de medir las reacciones de sus hermanos. *¿Ciertamente que ellos no pueden estar considerándolo?* Mientras él se recargaba contra la barra, su codo tumbó una jarra de vidrio y el tintineo del cristal al estrellarse contra el piso, hizo eco en el silencio.

Audrey le dio un apretón consolador en su brazo, luego chasqueó sus dedos. La jarra de vidrio se re-materializó sobre la barra, completa y sin marcas.

—No pasó nada —ella murmuró.

—¡Bruja! —Havarr gritó.

Havarr sacó su espada y la lanzó a Audrey, sus ojos salvajes con odio. Bram se adelantó frente a Audrey para interceptar el golpe, pero no lo derribó.

La habitación brilló y se desvaneció, y Bram se tambaleó mientras una nueva habitación se materializaba alrededor de ellos. Ellos estaban en el cuarto de almacenaje nuevamente, los estantes cubiertos con frascos de pelos de unicornio y plumas de grifo.

—¿Cómo llegamos aquí? —Bram volteó hacia Audrey—. ¿Estás bien? ¿Qué les pasó a los demás?

Audrey se miró las manos, la cuales brillaban ligeramente con diminutas chispas todavía volando desde las puntas de sus dedos.

—Mierda. Odio cuando eso sucede.

***

Erik estaba cayendo en picada. Rápidamente. Todo lo que él podía ver eran ladrillos oscuros rodeándolo por todos lados. Él arañaba a las paredes, desesperado por alcanzar alguna clase de agarradera.

— ¡Mierda! —La voz de Siobhan sobre él lo hizo levantar la vista para ver a su esposa cayendo unos pocos metros por encima de él. Parecía como si ellos hubieran terminado dentro de un tiro de ladrillo imposiblemente-alto de casi dos metros de ancho.

Al menos estamos juntos, él pensó mientras sus extremidades se arremolinaban con el viento, tratando de detener su caída. El resto de la familia no se veía por ningún lado. La adrenalina invadía todo su cuerpo cuando el pánico se comenzó a apoderar de él, y era incapaz de detener su caída.

Los ladrillos eran resbaladizos y cubrieron sus manos con hollín negro cuando arañaba su superficie. El terror creció en su pecho.

No podía detenerse.

Y ahora Siobhan iba a morir con él.

Hubo una vez, en que Erik engañó a una bruja para que le diera alas, como las Valkirias que él idealizaba, pero él traicionó a la bruja cuando le fue conveniente. Su castigo tomó la forma de unas alas enormes y rotas, que hicieron su vida miserable por más de mil años. Hace menos de un año,

Siobhan le ayudó a romper la maldición y en cambio se convirtió en un duende como ella, pero él nunca extrañó tanto sus alas como las extrañaba ahora. Aún rotas, ellas podían haber ralentizado su caída. El humo soplando hacia arriba hasta él, se sentía espeso con la ironía.

— ¡Ahí hay una saliente! —Siobhan gritó.

Un pequeño punto de luz de sol en la parte superior del tiro apenas iluminaba a su alrededor. Casi era imposible de ver, pero Siobhan tenía razón. Dos ladrillos rectangulares, ligeramente más oscuros que la negrura alrededor de ellos, sobresalían de lados opuestos de la pared a casi tres metros debajo de ellos.

Dos metros.

Uno.

Erik se sujetó del borde de la saliente más cercana y se levantó sobre ella. Era tan angosta, que tuvo que sentarse muy derecho para mantener su equilibrio. Estiró un brazo para tratar de equilibrar a Siobhan, pero ella ya se había sujetado del borde en el lado opuesto del tiro y se acomodó para sentarse. Ella estaba respirando pesadamente y su piel pálida estaba un poco verde.

— ¿Estás bien? —Ella preguntó, mirándolo desde las puntas de sus pequeños cuernos asomándose desde la línea de crecimiento de su cabello hasta sus zapatos tenis.

Su corazón se sentía como si tratara de salirse corriendo de su pecho, pero Erik asintió: —Sí. ¿Tú?

Ella asintió, mirando a su alrededor a los ladrillos sucios. —Esta cosa es enorme. Audrey debió habernos enviado por accidente a la chimenea del bar.

—Espero que la tele-transportación fuera accidental, sino, no le agradamos mucho a mi cuñada —la última cosa que Erik recordaba antes de estar cayendo era en la habitación principal del bar, observando a su padre atacar a Audrey. Como ex-Vikingo, siempre abalanzándose a lo pendejo. Audrey levantó sus brazos y Erik hubo sentido el choque de su magia corriendo a través de todo su cuerpo—. Cuando Havarr la atacó, sus instintos defensivos debieron haber entrado en acción y ella nos envió a todos a un lugar seguro —él entrecerró sus ojos levantando la vista a la parte superior de la chimenea.

—Probablemente esto es menos seguro de lo que ella intentaba —Siobhan dijo.

—¿Qué crees que les sucedió a los otros? —Erik preguntó. AUDREY'S era un edificio enorme con mente propia. Si ellos habían terminado en la chimenea, el resto podría estar en cualquier lugar—. Arrgh, odio la magia. Tan malditamente impredecible.

—No puedes culparla por protegerse a sí misma —Siobhan dijo—. Culpa a los Vikingos que no pueden mantener sus espadas para sí mismos —ella golpeó la pared de ladrillos detrás de ella, con su cabeza inclinada como si tratara de escuchar un eco. El sonido era descorazonadamente sólido.

Erik alzó una ceja mirándola. —Nunca me dijiste que querías que conservara mi espada para mí mismo. ¿Voy a dormir solo esta noche? —él dijo lo último como si fuera una broma, pero por la expresión furiosa en el rostro de ella, se preguntó si la respuesta pudiera ser que sí—. ¿Siobhan? Dijiste que estás bien pero no te ves bien.

Ella no dijo nada, solo miraba a todos lados excepto a él.

—Hemos sido amigos por más de cien años —él le recordó—. Confía en mí, yo sé cuándo algo te está molestando.

—Estás considerando la oferta de tu papá, ¿verdad? —ella dijo.

Él se movió incómodo en su perchero. — ¿De qué estás hablando? Él está loco. Obviamente yo ni siquiera pensaría acerca de ello.

El dedo de ella apuntó hacia él cruzando la distancia entre ellos. Él podía sentir la acusación como si ella apuntara un láser a sus entrañas.

—Erik, he sido tu mejor amiga por tanto tiempo como lo has sido mío. Yo conozco esa mirada calculadora. Es tu cara de estafador. Tú quieres regresar en el tiempo.

Erik se encogió de hombros. —Mira, yo fui un estafador para *sobrevivir*. Hice lo que tenía que hacer para evitar que los aldeanos y pueblerinos enfurecidos corrieran detrás de mí con horcas de granjero por causa de mis alas rotas. Pasé todos esos siglos tratando de encontrarle un ángulo, pensando en formas de manipular a la gente para no terminar encerrado en una celda o atrapado en una demostración de un espectáculo de fenómenos. Esa clase de manera de pensar es difícil de dejar ahora que me he vuelto honrado. Tienes razón, no puedo evitar ver unos pocos beneficios en el plan de Havarr.

—Yo también recuerdo los últimos siglos. Quizás era divertido para los Vikingos aduladores, pero para las mujeres *y* duendes era una mamada de mierda. Yo no voy a regresar a eso —Siobhan cruzó sus brazos sobre su pecho.

—Lo sé. Fue horrible —Erik retrocedió rápidamente—. Eso es simplemente porque nosotros siempre vivimos huyendo: tú de la gente que sabía que los duendes podían conceder deseos cuando eran capturados, y yo de la gente que pensaba que mis alas me convertían en alguna clase de demonio. Esta vez podríamos hacer todo de forma diferente. Sabríamos en quien confiar, a quién evitar —el pulso de Erik se aceleró mientras consideraba las posibilidades—. Seríamos capaces de ganar dinero en el mercado de valores antes de que siquiera *exista* un mercado de valores. Sabríamos quién sería rey o presidente y nos haríamos amigos de ellos antes de que se volvieran famosos. ¿Puedes imaginarte que tan ricos podríamos ser y que tan bien-conectados podríamos estar? Y sabríamos el resultado de cada guerra...

— ¿Mercantilismo de guerra? ¿Ese es tu plan? —ella frunció el ceño enojada con él.

— ¡No! Eso fue solo un ejemplo —Erik se dejó caer un poco sobre su saliente. Él había estado en este mundo lo suficiente para reconocer cuando un plan beneficioso podía ser muy equivocado moralmente como para ser empleado. Aunque eso no hacía que la opción fuera menos interesante—. Sabríamos en dónde podemos estar seguros, y esta vez podríamos hacer todo mejor. No puedes decirme que no hay una pequeña parte de ti que está tentada con la idea de una segunda oportunidad.

—Te daré cinco razones —ella alzó su mano y contó cada una con cada dedo—. No había penicilina. La esclavitud era legal. El sistema de justicia era básicamente turbas linchando gente o gentes en el poder haciendo desaparecer aquéllos que ellos encontraban inconvenientes. En ese entonces todos sabían acerca de los duendes, así que nosotros seríamos capturados y forzados a conceder deseos a diestra y siniestra...

— ¡Bien! Entiendo el panorama. La vida en ése entonces era realmente horrible. No regresaremos en el tiempo.

Siobhan le sonrió. —Sabía que te darías cuenta eventualmente —su sonrisa se desvaneció—. Honestamente, en este momento estoy menos preocupada por los malévolos planes de tu padre y más preocupada por cómo vamos a salir de esta chimenea.

—Podríamos bajar...

—Cariño, esta es una chimenea. ¿Qué es lo que normalmente hay en el fondo de una chimenea? —Siobhan alzó sus cejas—. ¿Hueles ese humo? Ahí abajo hay fuego. Solo porque los duendes no envejecemos eso no significa que no moriremos por ser flameados como cualquier otra persona —ella miró hacia arriba, y Erik siguió su mirada. El punto de luz en la parte superior de la chimenea era pequeño y tenue.

—No puedo suponer que Santa Claus está allá arriba y nos puede lanzar una cuerda —la sonrisa de Erik se sintió forzada.

Siobhan rio, pero sin muchas ganas. —Este es el bar AUDREY'S. Si Santa estuviera aquí, él estaría en la barra ordenando un alcoholizado rompope de Lola, no desperdiciando su tiempo deslizándose por una chimenea. Deberíamos tratar de trepar —temblorosamente, Siobhan trató de ponerse de pie.

Erik se estiró para ayudarla a equilibrarse y por un segundo aterrador, pensó que ella iba a caerse. Ella apartó la mano de él y se balanceó contra la pared.

—Lo tengo. Lo haré mejor yo sola —sus dedos se clavaron profundamente en los ladrillos—. Sobreviví bastante bien por varios cientos de años antes de conocernos.

Con dificultad, Erik se puso de pie. —Yo lo sé. Y sé que estás estresada, pero aquí yo no soy el enemigo.

Siobhan hizo una mueca. —Discúlpame por eso. No era mi intención explotar contigo. Es solo que... —ella enterró sus dedos un poco más arriba en la pared y comenzó a jalarse hacia arriba—. Audrey es una buena amiga y yo sé que no era su intención enviarnos aquí, pero esto...

Sus dedos se resbalaron y su grito hizo que el corazón de Erik trastabillara dentro de su pecho. Él la alcanzó tan rápidamente tratando de ayudarla que casi se cae. Ella se sujetó de su saliente pero por un segundo intenso, Erik sintió la profundidad de la caída bajo él jalándolo al abismo. Se sujetó con fuerza a la saliente y recuperó el equilibrio. Por varios largos segundos, ellos recuperaron su aliento antes de que Erik se sintiera suficientemente calmado para hablar.

— ¿Y qué acerca de los deseos? —él quiso darse un golpe en la frente por no pensar en eso antes. La magia de los duendes podía ser intrincada, pero la única regla infalible era que ellos estaban obligados a conceder el deseo de cualquiera que los atrapara. Él había visto deseos tan poderosos que doblegaban el tiempo y el espacio—. Si uno de nosotros puede contener al otro, simplemente podemos desear sacarnos de aquí.

Siobhan meneó su cabeza. —Yo ya había pensado en eso. Estamos demasiado separados como para contener uno al otro de forma convincente, y no hay suficiente espacio en estas salientes para ambos.

—Así que, trepar es nuestra única oportunidad —Erik dijo.

—*No podemos* trepar. Las paredes son demasiado resbalosas.

—Así que nos vamos a quedar atorados en la chimenea de AUDREY'S hasta que nos deshidratemos o muramos de hambre —él dijo.

Siobhan se encogió de hombros. —Lo más seguro es que nos pongamos tan débiles que no podremos conservar el equilibrio y caeremos hacia nuestras muertes.

Erik rio tristemente. —Bueno ¿no somos una pareja muy alegre?

Siobhan le sonrió en respuesta. —Por lo que vale, si tengo que estar en una trampa-mortal, estoy contenta de que tú estás aquí acompañándome.

Erik se encontró a sí mismo sonriéndole a ella. —No hay nada en este mundo que no preferiría hacer contigo.

— ¿Sabes cuál iba a ser la quinta razón en contra del plan de Havarr? —Siobhan preguntó.

— ¿Qué el chocolate todavía no fue inventado? —él se esforzó para bromear, sintiendo el apretado agarre del miedo en su pecho relajándose ligeramente mientras bromeaban.

—No —ella rio.

— ¿Qué la música era simplemente *terrible* hasta los años 1900's?

—No. Estaba pensando en cómo, en aquél entonces, las mujeres eran tratadas como propiedad en el mejor de los casos y como inconvenientes desechables en el peor escenario. Yo no querría criar a una hija, o hijo, para el caso, en una sociedad como esa —su sonrisa era ligeramente tentativa mientras esperaba por su reacción.

Erik sintió cómo todo el aire se le salía, reemplazado por una sensación de vértigo. Cuando él conoció a Siobhan hace tantos siglos, aun cuando ellos eran mejores amigos y todavía no eran amantes, él había sabido que quería formar una familia con ella. El sueño era tan antiguo y profundo que no se había permitido a sí mismo el siquiera pensar en ello por años. Una amplia sonrisa se dibujó en los bordes de su rostro y sintió como si su cuerpo entero pudiera explotar de felicidad.

— ¿Una hija? —Él preguntó, mirando a su estómago.

Ella le sonrió en respuesta, con alegría brillando en sus ojos—. Todavía no. Si salimos de aquí, podemos comenzar a intentarlo.

Erik se estiró para alcanzarla cruzando el espacio entre ellos y ella sujetó sus manos, apretando con fuerza los dedos de él.

—Tenemos que salir de aquí para poder besarte locamente —él dijo—. Serás la mejor madre que ha habido.

—No le digas eso a Becca, la esposa de Carr. Ella ya nos lleva unos meses de delantera —Siobhan rio.

Los dedos de él se entrelazaron en los de ella y se inclinó hacia delante. —Se me permite estar predispuesto.

Ella se inclinó hacia delante igual que él, la presión simétrica contra sus manos los mantenía balanceados a través del espacio entre las salientes. Erik acomodó sus pies contra el lado de la pared para así poder inclinarse aún más cerca de ella y sus labios se rozaron.

Ella sonrió viéndolo a los ojos, y entonces, se quedó sin aliento.

— ¡Eso es! —ella gritó.

— ¿Qué es? —Erik preguntó.

— ¡Podemos salir de aquí! ¡Si presionamos nuestras espaldas, una contra otra, con nuestros pies en los ladrillos, sencillamente debemos ser capaces de caminar hacia arriba!

Él la miró, y luego levantó la vista hacia el tiro. Él solamente había visto hacerlo a personas en caricaturas y no tenía idea de qué tan fácil sería en la práctica, pero era su única oportunidad.

—Ambos somos *excelentes* para presionarnos el uno al otro —Erik dijo.

—Solo que esta vez, no me presiones demasiado duro —Siobhan le advirtió.

Acomodarse entre sí espalda-con-espalda con el oscuro abismo bajo ellos era peligroso e incómodo. Con demasiada frecuencia uno o el otro casi perdían su equilibrio y tenían que comenzar desde el principio otra vez.

El sudor empapaba la parte posterior de la camisa de Erik, en donde Siobhan presionaba contra él.

—¿Estás bien ahí? —él preguntó, impresionado porque su voz no temblaba—. La madre de mi futuro hijo no puede morir en una chimenea como alguna bruja de una fábula.

Siobhan hizo un sonido gruñidor y él sintió como ella empujó con más fuerza contra su espalda. —Cállate y trepa. Ve despacio.

—Sí, jefa —él dijo—. Bueno y fácil. Igual que yo.

—Muy gracioso —dijo inexpresivamente—. Ambos sabemos que eres fácil, bueno no.

—Punto válido —era más fácil bromear que considerar que sucedería si cualquiera de los dos perdían su balance siquiera por un instante.

Ellos avanzaban lentamente hacia arriba, un pie moviéndose después del otro. La parte más desconcertante era que él no podía ver a Siobhan, solo escuchar su pesada respiración. Él no podía ver qué tanto ella avanzaba hacia arriba por la pared, simplemente tenía que confiar en que estaba manteniendo un paso equilibrado y que no se detendría sin advertírselo.

Todos los músculos de sus piernas gritaban pidiendo alivio. Sus pies empujando contra la pared desde una posición de sentado, esencialmente, era algo para lo que sus ejercicios normales definitivamente no lo habían preparado.

Muy lentamente, dejaron la seguridad de las salientes detrás de ellos, gradualmente la luz desde la parte superior de la chimenea abrillantaba el aire alrededor de ellos mientras se acercaban. A través de la abertura en la parte superior de la chimenea, las nubes se movían majestuosamente atravesando el cielo tan brillante que lastimaba sus ojos. Todavía se sentía demasiado lejano.

Erik se esforzaba para poner un pie delante del otro. *Piernas, no se engarroten. Piernas, no se engarroten*, pensaba, ordenándole a sus extremidades.

Él no podía imaginar lo difícil que esto era para Siobhan. Probablemente él pesaba un tercio más que ella y ella tenía que empujar con más fuerza para compensar su peso. La respiración de ella era pesada y entrecortada y él podía sentir que la fuerza de empuje contra su espalda se debilitaba. Miró hacia arriba. *Solo unos pocos metros más y seremos libres.*

—Así que. Niños —él dijo, tratando de distraerla— ¿En cuántos estás pensando? ¿Quieres empezar con cinco y luego ver como nos va?

—Diez... al... menos —ella jadeó—. Pero... después de los primeros dos... tú tienes que ser... el embarazado.

—Si puedes mantener ese sentido del humor aún durante la labor de parto, creo que lo vamos a hacer muy bien —Erik podía sentir la calidez del sol en su rostro. *Tan cerca.*

La parte superior de la chimenea estaba ya casi a su alcance. Él alzó sus brazos para agarrarse del saliente de los ladrillos superiores y alistarse para saltar hacia ellos. Sus dedos rozaron el borde y no pudo evitar dar un pequeño grito de alegría.

— ¡Lo logramos!

Él sintió los omóplatos de ella moverse y empujar contra su espalda cuando Siobhan levantó sus brazos para agarrar la pared.

—A la cuenta de tres, saltamos hacia el borde superior —Siobhan gritó—. Uno... Dos...

Se empujaron uno contra el otro con fuerza, usando el impulso para llevarlos hacia arriba por los últimos centímetros cruciales para así poder agarrarse de la parte superior de la chimenea, cada uno colgando de lados opuestos. Erik se jaló hacia arriba primero, y se balanceó por encima de la parte superior de la chimenea sobre el techo inclinado del bar.

Él se apuró hasta el otro lado del tiro de la chimenea para sujetar el brazo de Siobhan y la sacó para ponerla en terreno seguro. La sostuvo cerca de sí, sintiendo la calidez de su cuerpo pegado contra el suyo. Ella masculló algo pegada a su pecho y él se obligó a soltarla lo suficiente para así poder mirar a su rostro cubierto-de-hollín.

—Te amo. Tú lo sabes, ¿verdad? —ella dijo.

—Bueno, tú siempre has tenido muy buen juicio, así que eso tiene sentido —él sonrió.

Ella le dio un ligero codazo en el estómago. —No lo sé. Sospecho que cualquier cosa que te involucre va a ser un poco mala.

Ella le sonrió y él no pudo resistir agacharse para besarla. Aún con el hollín cubriendo su rostro, ella sabía divinamente. Su lengua de deslizó dentro de su boca y ella gimió, presionándose más apretada contra él. Finalmente él la soltó y Siobhan sonrió ampliamente.

—No te tomaría de ninguna otra forma —ella dijo.

Erik la abrazó con fuerza y miró a su alrededor, al techo alrededor de ambos. La nieve se extendía en todo el techo del edificio, pequeñas huellas de animales cubriendo la superficie plana. Por un segundo, Erik pensó que uno de los juegos de huellas era de un reno, pero desechó el pensamiento. Aún en AUDREY'S, algunas cosas simplemente eran demasiado improbables.

Se tomaron de las manos mientras caminaban hasta las escaleras de incendio llevándolos abajo al nivel del suelo. Justo cuando llegaron, Siobhan se detuvo y volteó a mirarlo.

—Si nosotros terminamos en la chimenea, ¿a dónde envió el hechizo de Audrey a todos los demás?

***

—¿Mikkel? —Una nube de vaho escapó de los labios de Jo cuando ella lo llamó—. ¿Dónde estás? —Su voz casi se perdía en los vientos arremolinados de la nieve. No podía ver a su novio en ningún lugar. Ella sacó el teléfono celular de su bolsillo, pero no pudo conseguir señal. *Maldita sea.*

En el momento en que Jo sintió la explosión de la magia de Audrey, el bar se desvaneció y ella despertó boca abajo en un montón de nieve en lo que parecía un almacén congelado. Al menos todavía estaba usando su abrigo el cual no se había molestado en quitarse cuando primeramente llegaron. Ella lo ajustó a su alrededor, sus mejillas ya entumidas con el frío.

Hileras de estantes cubiertos-de-hielo llenos con bloques de escorpiones congelados, hongos que brillaban, y otros ingredientes que Jo no quiso identificar se extendían detrás de ella. Estalactitas gigantes de hielo colgaban del techo como lanzas a varios pisos de altura apuntando hacia ella. Cubrían un gran anuncio de AUDREY'S pintado a lo largo del techo en grandes letras color rosa.

Al menos Audrey no me desapareció mandándome afuera del edificio, pensó.

Se abrió camino a través de los anaqueles hacia lo que parecía como una rotura en la estantería frente a ella.

Este debe ser el congelador. AUDREY'S jamás hace algo a medias.

Tuvo una sensación de alivio cuando pasó los anaqueles y entró en una amplia área abierta llena con árboles de Navidad completamente decorados. Docenas de ellos, fila tras fila hasta el fondo del almacén, con guirnaldas, oropel, y esferas de colores-brillantes cubriendo cada rama.

— ¿Qué demonios? —dijo, su voz haciendo un ligero eco en la gran habitación.

— ¿Jo? —la voz de Mikkel casi hizo que se le saliera el alma del susto. Unos brazos tibios y familiares la envolvieron por detrás y el caliente aliento de Mikkel le hizo cosquillas en el cuello cuando habló—. Estoy tan contento de encontrarte.

Jo miró a su rostro y vio su hoyuelo arremolinado de alegría. Ella se recargó en la amorosa comodidad del musculoso cuerpo de

Mikkel. Siempre había adorado la sensación de su cuerpo. Cuando le preguntaban, siempre había dicho que la primera cosa que le había llamado la atención de Mikkel, era su confianza, pero si fuera honesta, eran sus hoyuelos. Las maravillosas depresiones en cada lado de su boca siempre eran la indicación de lo que realmente estaba sucediendo en el corazón de Mikkel. Y justo ahora, esos hoyuelos estaban emocionados por verla.

—Hola cielo —su voz estaba ahogada contra el pecho de Mikkel.

Suavemente, él corrió una mano a través de su cabello. —Estoy tan contento de que estás aquí. Tenía miedo de que hubiéramos sido separados. ¿Ya has visto a los otros?

—Tú eres el primero —ella se retiró de él para ver alrededor. Era difícil ver más allá del siguiente conjunto de estantes. El único sonido que ella podía oír era la respiración de Mikkel y el ligero roce de las ramas de los árboles de Navidad meciéndose en la brisa.

—Al menos Havarr no está aquí con nosotros —Mikkel dijo—. Él solo desperdicia su aliento tratando de convencernos para regresar a los viejos tiempos —sus puños se apretaron por un segundo.

Por mil años, Mikkel había sido maldecido para convertirse en una mortal bola de fuego cuando fuera que perdiera el control de su ira. Jo lo había ayudado a romper la maldición hace más de un año, pero tener que suprimir su rabia por mil años le había cobrado factura.

Ella puso una mano en el brazo de él, sintiendo la tensión en sus músculos aún a través de su abrigo. —Acerca de tu papá...

—Yo no voy a regresar —la voz de Mikkel era casi demasiado suave para oírla—. *Nunca* regresaré para ser el asesino sediento-de-sangre en el que mi padre me convirtió—tomó un profundo respiro y bajó su vista para mirarla—. Ahora, señora mía, necesitamos concentrarnos en salir de aquí.

Ella le sonrió en respuesta. —Cierto. Lo primero es descifrar en dónde estamos. Yo pienso que...

—Estamos en un congelador. Lo sé —él la interrumpió.

Jo reprimió una punzada de enojo. La auto-confianza de Mikkel era una de las razones por las que lo amaba. Pero algunas veces... —Sí. Esa también es mi suposición. Probablemente debemos...

—Apuesto que el camino para salir es por aquí —Mikkel entrelazó sus dedos en los de Jo, jalándola hacia los árboles de Navidad.

— ¿Por qué no sería de regreso atravesando los estantes? —Jo le retiró su mano, apuntando de regreso por donde ella vino—. Probablemente la entrada está más cerca de las cosas que ellos vienen a tomar de aquí.

Mikkel rio. —Bueno, tú *pensarías* eso, pero este es un congelador *mágico* —él extendió sus dedos en un ademán teatral—. He aprendido algunas cosas en los mil años pasados, y una de ellas es que la magia casi nunca es lógica.

— ¿Por qué haces eso? —Jo podía sentir su pulso golpeando en sus oídos. Ahora que él ya nunca estaba enojado, ella liberó un poco del apretado nudo de rabia que siempre estaba asentado en su barriga—. Solo porque eres tan viejo como el infierno no quiere decir que puedas desechar mis ideas.

Mikkel extendió sus brazos y se adelantó hacia ella. —Ay, cariño, no estoy diciendo que eres estúpida. Simplemente estoy diciendo que yo soy extremadamente listo —él palideció cuando su cerebro pareció registrar la mierda que acababa de salir de su boca—. Eso que dije estuvo mal, yo...

—Para alguien con mil años de edad, pensarías que habrías aprendido algunas pocas cosas acerca de las mujeres.

Él sonrió con su sonrisa más apaciguadora, pero su hoyuelo tembló un poco con pánico. —Bueno, conozco algunas cosas que sé que tú aprecias. Está la cosa con la lengua...

—No, ahora no estamos hablando acerca de la cosa con la lengua —Jo lo interrumpió. Él no podría escaparse de su discusión tan fácilmente. En el pasado ella se lo había dejado pasar muchas veces, permitiéndole escabullirse de las discusiones haciéndole el amor, ya fuera un caliente rapidín en el coche, o duro y sucio en un closet, o esa vez en el trabajo cuando él se puso de rodillas frente a ella y...

La habitación congelada repentinamente se sintió mucho más tibia. Su hoyuelo tembló un poco y ella supo que él todavía estaba pensando en la cosa con la lengua. Él se acercó a ella, corriendo sus manos hacia arriba por sus brazos hasta que uno acunó la parte posterior de su cuello y el otro trazó suavemente una línea con su dedo en su barbilla.

—Puedo pensar en un modo de mantenerte tibia —su sonrisa maliciosa apareció con la promesa de todas las cosas maravillosas que él podía hacer por su cuerpo. Inconscientemente ella se inclinó hacia él, entonces se contuvo.

—No, esta vez no. Necesitamos encontrar la salida.

El suelo se movió bajo sus pies cuando la habitación entera tembló. El sonido ensordecedor de una campana timbró por toda la habitación. Jo miró a su alrededor buscando la fuente del ruido y se quedó sin aliento.

Los adornos navideños colgando de los árboles estaban explotando, mandando a volar fragmentos y agujas de pino en todas direcciones.

—¡Tenemos que salir de aquí! —Mikkel agarró la mano de Jo y corrieron juntos hacia la cubierta protectora de los estantes.

—¡Mierda! —Jo gritó cuando alcanzaron la pared posterior. Se extendía en ambas direcciones sin ninguna salida a la vista.

—Esprintemos a través de los árboles —Mikkel gritó por sobre el sonido de la explosión de otro ornamento—. Apuesto que si corremos lo suficientemente rápido, podemos lograrlo.

—Espera. Necesitamos descifrar esto —Jo le gritó a Mikkel, quien ya se estaba moviendo hacia la línea de árboles. Un adorno cercano a su cabeza explotó y Jo sintió su pecho apretarse como una prensa antes de que él se agachara fuera del camino de la explosión.

— ¡Regresa! —Jo lo llamó, de pie junto a un estante de vejigas de cerdo congeladas la cual proveía refugio contra los fragmentos—. ¡No es seguro!

—Estaremos bien. Mira, lo probaré —él se apuró insensatamente entre los árboles, justo cuando Jo gritó: — ¡No!

Por un momento cardíaco, Jo no oyó nada excepto el sonido de las explosiones de los ornamentos, siempre en dos conjuntos de tres seguidos por un conjunto de cinco. Cada grupo de árboles sonaba con una nota distintiva, casi musical.

Una mirada maravillada se deslizó en el rostro de Jo cuando ella se dio cuenta porqué el patrón le era tan familiar. Entonces se le congeló la sangre.

— ¡Mikkel! ¡Detente! —Ella gritó.

Un segundo después, él surgió de entre los árboles sobre sus pies tambaleantes. Cayó al suelo sujetando su hombro.

— ¡Maldita sea! —él gimió.

Jo corrió hacia la línea de árboles, y lo ayudó a soportar su peso hasta que estuvieron a salvo detrás del estante. Se resistió al impulso de darle una cachetada por ser tan descuidado; tuvo que admitir que parecía que él había tenido el castigo suficiente.

Un fragmento metálico retorcido brillaba rojo mientras salía desde los músculos del hombro de Mikkel. La sangre corría en un flujo carmesí por su brazo.

—No está tan mal como se ve —Mikkel refunfuño, con su rostro pálido.

Jo sonrió forzadamente. —Estoy segura que solo es una simple astilla para un Vikingo grandote y rudo —sus manos recorrieron la carne afectada, revisándola con cuidado. Se sentía como si el fragmento no se hubiera enterrado demasiado profundo—. Debemos estar bien si lo dejas ahí por ahora. El fragmento está manteniendo la herida cerrada —Jo buscó a su alrededor alguna otra cosa que ella pudiera usar para frenar el flujo de sangre.

Mikkel dejó escapar un rugido cuando él sacó el fragmento de su hombro. Su rostro se relajó cuando el metal salió de su brazo. —Nada de lo que haya que preocuparse.

—¿Qué estás haciendo? —ella gritó. Su brazo se pintó de rojo cuando su herida sangró a chorros. Él se tambaleó y se dejó caer aún más contra la estantería. Jo agarró un trapo helado de un estante cercano—. ¡Idiota! —Jo lo amarró apretadamente alrededor de su brazo, y acomodó alrededor de sus hombros el brazo bueno de Mikkel—. Con su magia, Audrey puede ponerte en buena forma si tan solo podemos llegar al piso principal.

—La puerta —la mano de Mikkel tembló cuando apuntó hacia el congelador. Mientras más ornamentos explotaban y las agujas de pino se esparcían en todas direcciones, menos ramas bloqueaban la vista a través de la habitación. Jo pudo ver el tenue contorno de una puerta del otro lado de los árboles de Navidad explosivos.

—Corre, Jo. Yo solo te retrasaría...

—Shh...Shh... Cállate por un segundo —Jo se esforzaba por oír—. Escucha. Es una melodía.

— ¿De qué estás hablando? —Mikkel meneó su cabeza y trató de ponerse de pie—. Tienes que irte *ahora*.

— ¡Escúchame! —Ahora, ella estaba temblando, el miedo, la frustración y la ira sobrecogiendo sus sentidos—. Ahí hay un patrón. Podemos salir de aquí si tan solo *confías en mí*.

El rostro de Mikkel quedó inexpresivo. —Nunca fue mi intención el hacerte sentir que no confío en ti —él dejó de tratar ponerse de pie y estiró su mano para envolver las manos de ella. Acarició con sus dedos el dorso de su mano—. Tú eres brillante, y no hay nadie en quién yo confíe más. Ambos lo sabemos —cuando ella no retiró su mano de la de él, la jaló suavemente para que se sentara junto a él.

Jo se acurrucó en el pecho de Mikkel, ignorando las explosiones y la locura del otro lado del estante. —Entonces deja de ser un tarado —ella bromeó, sus palabras ahogadas por la camisa de Mikkel.

—Trato hecho —Mikkel sonrió—. ¿Recuerdas cuando nos conocimos?

Ella asintió, sonriendo con el recuerdo. —En el sitio de construcción. Les dijiste a los muchachos que dejaran de silbarme —ella le dio un suave codazo en el estómago—. Mi gran héroe.

Él rio. —Sólo quería llamar tu atención. No necesitabas mi ayuda. Estuviste magnífica.

Jo lo miró a los ojos. — ¿Cuál es tu punto?

—Prometo recordar lo increíble que eres y no ser un tarado.

Jo alzó un ceja mirándolo.

—Qué tal, te prometo *hacer un gran esfuerzo* —él dijo.

Ella se carcajeó. —Eso bastará.

—Ahora, ¿te importaría dirigirnos fuera de este mortal congelador navideño?

—Con gusto —Jo dijo.

Jo estudió los árboles un momento más antes de estar segura que conocía el patrón. Enderezó a Mikkel levantándolo con todas sus fuerzas y se dirigieron hacia los árboles, esquivándolos en forma zigzagueante.

Ring ring ring, los ornamentos explotaban desde el lado izquierdo de la habitación moviéndose hacia la derecha, todas las notas iguales.

—Na-vi-dad —ella murmuro con el ritmo. Mikkel la miró asombrado, luego miró a los árboles.

—No puedes hablar en serio —él susurró.

—Escucha.

Ring ring ring, los adornos continuaban explotando hacia el centro de la habitación, de nuevo con las mismas notas.

—Eso puede ser sencillamente... —los ojos de Mikkel se abrieron en asombro cuando las explosiones sonaron con la conocida melodía—. Tienes razón. Tú guías.

El coro comenzó de nuevo en estallidos repetidos de explosiones de vidrio y timbres de campanas. Jo espero hasta que la melodía pasó por un lado de ellos y luego sujetó a Mikkel corriendo más adentro entre los árboles. Ella cantaba mientras corrían, jadeando. —Hoy es Na-vi-dad... ¡corre más rápido! ¡JUSTO AHORA!

Como una unidad, Jo y Mikkel salieron del camino de un ornamento explosivo y cayeron justo frente a una puerta con una señal escrita a mano que decía: "Sala de Bebidas"

—Esta tiene que ser —Jo dijo con un estremecimiento, empujando la puerta para abrirla y revelando unas escaleras hacia un piso superior. Ellos trastabillaron juntos a través de la puerta y ella la pateó para cerrar el congelador.

—Eres maravillosa —Mikkel dijo.

Jo sonrió.

***

La primera cosa que Carr percibió fue el color rojo. La habitación entera, todas las cuatro paredes, el piso, y el techo, eran rojos: el color rojo brillante casi con el destello-metálico del pico de un frailecillo. El piso era tan liso que sus zapatos se deslizaban como si estuviera pisando en piedra mojada.

— ¿Carr? —Becca gimió su nombre, pero no de la forma apasionada que a él le encantaba oír. La encontró enroscada en el piso, con su mano protectora cubriendo su barriga. El ver su bulto siempre lo hacía sentir igualmente aterrorizado y sobrecogido con alegría, pero el temor en el rostro de ella llenó su pecho de angustia.

Él corrió hasta su lado, ayudándola a sentarse mientras miraban a su alrededor.

— ¿Qué crees que sucedió? —Ella dijo mientras se puso de pie, su mano todavía envolviendo su estómago—. ¿Es esto más magia? Porque, como una científica, tengo que decir que lo desapruebo.

Carr trató de sonreír. —No sé si tu desaprobación va a importar mucho en este momento, cariño. Cuando fuimos convocados aquí, te advertí que esta noche probablemente iba a estar infestada de magia.

—No me advertiste acerca de tu padre —ella dijo.

—Si hubiera sabido que él aparecería de la nada como lo hizo, yo tampoco habría querido venir. El hombre debió haber muerto hace siglos —Carr envolvió con su brazo a Becca, acercándola a él—. Aparentemente, es imposible escapar de él.

—Ni siquiera escapar de tu isla fue imposible. Saldremos de esto —Becca dijo.

Él se inclinó hacia ella para besarla ligeramente en los labios. —Esa es una de las razones por las que te amo: tu esperanza es la fuerza más grande que yo alguna vez he encontrado.

—Eso es algo bueno, o todavía serías parte de Escocia.

Carr asintió y la volvió a besar, permaneciendo pegado a sus labios. Por mil años, Carr fue maldecido para ser una isla mágica afuera de las costas del Reino Unido. Él tenía control total sobre las plantas, las rocas y el agua de la isla, pero aún con las payasadas de los numerosos frailecillos de la isla, eso no había sido suficiente para compensar la aplastante soledad de perder su humanidad. Carr frotó sus manos en los brazos de ella, encantándole la sensación de su piel, y ella se recargó en él.

—Así que, ¿dónde estamos? —Becca dijo, presionando la palma de su mano contra la pared carmesí—. Estas paredes se sienten como papel. De hecho... —ella deslizó su mano a lo largo de la superficie resbaladiza—. Se siente como papel para envolver, pero eso es imposible. ¿Verdad?

—Con la magia, nada es imposible —Carr dijo—. Pienso que hasta sé dentro de cuál regalo estamos.

Él caminó hasta el gran pilar anidado contra la pared. Era blanco en su mayoría, pero él podía ver la impresión de una etiqueta familiar a lo largo del borde de cara opuesta a ellos. Él empujó el pilar hasta que comenzó a girar, lentamente, la etiqueta apareciendo a la vista: manteca para estrías.

—¡Feliz Navidad! —él gritó—. ¿Te gusta?

Los ojos de Becca comenzaron a llenarse de lágrimas. —Estamos atrapados en tu regalo de Navidad. ¿Y tú regalo de Navidad para mí es manteca para las estrías? Honestamente no sé qué es peor —la voz de ella era queda y temblorosa.

Mierda, él pensó.

La próxima vez, él escucharía el consejo de Audrey y compraría para Becca un día en el spa, lo que sea que eso fuera. El internet había sido muy *claro* en que la manteca para las estrías era una de las cosas que las mujeres embarazadas necesitaban.

Los labios de Becca se rizaron en una sonrisa, pero por los bordes cansados en sus ojos, él supo que la sonrisa no era genuina.

—*Arréglalo. Arréglalo.* Él relajó sus puños y los volvió a apretar apoyados sobre sus caderas.

— ¿Recuerdas cómo solía hacer brotar flores alrededor de tus pies cuando llegaste a la isla? —él preguntó.

Esta vez, la sonrisa de Becca se veía más real. —Por supuesto, fue cuando primeramente me di cuenta de que la isla en la que caminaba era sensible además de hermosa.

Carr alzó una ceja, mirándola. — ¿Hermosa?

— ¿Qué? —ella dijo—. Tú hiciste una isla hermosa. Y haces un hombre aún más atractivo.

Él la envolvió en un abrazo. Se sentía tan bien tenerla en sus brazos que hizo que su pecho doliera.

—Hiciste que crecieran flores para mí cuando necesitaba una señal de esperanza —ella continuó—. Cuando hiciste eso, supe que no solo eras una isla sensible... eras una isla sabia —Becca se estiró para besarlo.

El beso comenzó suavemente, pero mientras sus labios permanecían en los de él, su boca aumentó su insistencia hasta que sintió su lengua deslizarse dentro de la boca de ella. Su piel volvió a la vida bajo las manos de Becca y cada parte de él, una en particular, ansió extraviarse a sí mismo en la sensación de su toque. Ellos no habían hecho el amor desde que ella le dijo que estaba embarazada, y las exigencias de su cuerpo para explorar sus curvas se hacían cada vez más apasionadas.

—Carr, por favor —ella gimió dentro de su boca, sus manos moviéndose en la espalda de él—. Vamos a estar atrapados aquí por quién sabe cuánto tiempo. Anda... han sido meses —las manos de ella vagaron hacia abajo para apretar su trasero. La erección dura como piedra de Carr le rogaba ceder ante ella.

Él se forzó a detenerse. Carr no podía convencerse del todo para ceder por completo, y mantuvo sus manos descansando sobre los hombros de ella. Cada una de sus células estaba furiosa con él por detenerse.

—No podemos. No quiero lastimar al bebé —lo mataba el decir las palabras, pero estaba seguro de que hacía lo correcto.

Puede que casi todo había cambiado desde sus época, algunas de las innovaciones e inventos, francamente lo asustaban a lo tonto, pero el cuerpo humano era el mismo. Él recordaba a su madre diciéndole a su padre que si él la cogía mientras estaba embarazada, eso dañaría a su futuro hijo.

La madre de Carr había sido una mujer muy inteligente, y Carr preferiría perder todo en vez de dañar a su hijo. No importaba lo mucho que él quería sentir a Becca venirse bajo su lengua que pensaba que iba a explotar; el bebé era más importante.

Becca lo miró enojada. —Esas son pendejadas. Apenas tengo cuatro meses de embarazo. Podemos coger como conejos y el bebé va a estar *bien*. Soy una científica, con una jodida mierda. En este momento estoy tan cachonda que apenas me puedo aguantar. Tú eres mi esposo, Carr. Por favor confía en mí, yo sé de lo que estoy hablando.

Carr meneó su cabeza. —Confío en ti. Eres la mujer más inteligente y más sorprendente que alguna vez he conocido. Pero el bebé...

Ella se soltó de las manos de él y caminó hacia la pared. Permaneció de pie mirando a la brillante superficie roja por un largo momento antes de comenzar a rasgarla con sus uñas. Carr corrió hacia ella y jaló sus manos alejándolas del papel carmesí.

— ¡Ten cuidado! —Él gritó.

La mirada furiosa de ella casi lo tumba.

—Puedo rasgar papel para envolver muy bien sin lastimarme. Soy una mujer hecha y derecha y sé exactamente de lo que soy capaz. Y si tú *no* vas a hacerme el amor, entonces necesito algo de espacio. Y la única forma en que voy a conseguir ese espacio es si salimos de este regalo del asco. Así que ayúdame, o no te metas en mi camino.

El papel estaba resbaloso contra las puntas de sus dedos, pero Carr encontró una costura en el papel doblado y comenzó a jalar los bordes. No se movía. Él jaló contra el borde, rasgando en la pared hasta que sus dedos le dolieron. El papel bien podía ser de piedra.

—Becca, no creo que podamos salir de ese modo. Pienso que ha sido hechizado —él volteó para mirarla. Ella todavía estaba arañando al papel, golpeando y pateando la pared como si estuviera tratando de romperla. Su rostro y pecho estaban chorreando con sudor, y sus mejillas estaban ruborizadas casi tan rojas como las paredes—. ¡Becca! ¡Becca, detente! Estás exhausta —él corrió hacia ella, pero su mirada enfurecida lo detuvo en seco.

—Yo...te...diré...cuando...esté...exhausta —ella jadeó, agachándose hacia adelante con sus manos apoyadas en sus rodillas.

Él dio un paso hacia atrás.

—Lo siento tanto —él dijo—. Parece que no puedo hacer nada bien últimamente. Dime que es lo que necesitas.

Ella tomó un profundo respiro y cuidadosamente se sentó en el piso, recargándose contra la pared. Distraídamente levantaba con su mano el papel cubriendo el piso.

—Parte de nuestros votos matrimoniales fue el siempre ser honestos el uno con el otro, aunque la verdad doliera —ella dijo suavemente—. La razón por la que no quieres hacerme el amor ¿es porque el bebé me está poniendo gorda? Porque me voy a poner peor. Y si tú estás tan obsesionado con mi barriga que me estás comprando manteca para las estrías como mi maldito regalo de Navidad, entonces... —su voz se apagó y miró hacia otro lado.

—El horror palideció el rostro de Carr. ¿Eso era lo que ella pensó que estaba sucediendo? ¿Qué él se retiraba de ella por cómo se *veía*? Ella estaba preciosa. Podría tener ochenta años y ciento cincuenta kilos y él comoquiera pensaría que ella era preciosa. Y ahora que llevaba a su hijo, estaba verdaderamente radiante.

Él tocó la barbilla de Becca, solo lo suficiente para traer su mirada a la de él. Tenía los ojos llenos de lágrimas, pero ella no los secó. Desde que se había embarazado, se había puesto más llorona de lo que él la había visto alguna vez, pero esta vez el ver sus lágrimas fue como un atizador ardiente atravesando su pecho.

—Yo amo absolutamente todo acerca de ti. Eres la criatura más hermosa en el planeta. Deseo hacerte el amor cada segundo del día, y la única razón por la que no lo hago es porque no quiero lastimar a nuestro hijo. Tú me conoces; no soy un tipo complicado. Digo lo que realmente quiero decir.

Ella limpió sus ojos y rio. —Tú *no eres* complicado, eso es muy cierto —ella lo besó. El beso fue tentativo, como una pregunta para ver lo que él haría. Cuando Carr todavía vaciló, ella se hizo hacia atrás para mirarlo—. ¿Por qué estás tan convencido de que vamos a lastimar a nuestro hijo?

—Eso es lo que mi madre siempre le dijo a mi padre. Ella era una mujer muy sabia.

Becca se quedó mirándolo por un largo rato, luego asintió lentamente. —Sí, una mujer lo suficientemente sabia como para saber cuándo *mentir*.

Carr miró al rostro sincero y hermoso de Becca. El recuerdo de su madre embarazada con todos los hermanos más pequeños que no lograron llegar a adultos, cambió, convirtiéndose en el recuerdo interpretado por un hombre, en vez del recuerdo de un niño.

Él vio nuevamente el orgulloso rostro de su madre rechazando a su padre con una mano protectora sobre su barriga, la otra alrededor de Carr. Ella no había mentido acerca de querer protegerse a sí misma y a sus hijos, ella solo había dicho lo que sea que pudiera para lograr tener nueve-meses de paz y no ser atormentada por su esposo-captor. Carr sintió el pesar acumularse en su estómago. Una bruja en una isla pudo haber maldecido al padre y hermanos de Carr por las acciones de uno solo de sus ataques, pero ellos merecían castigo por mucho más antes de eso: por no haber protegido mejor a su madre.

Carr acurrucó a Becca en sus brazos y sintió que su amor por ella fluyó a través de él como una cascada. Ella era su salvación y su segunda oportunidad. Para ella, él podía ser todo, y ella era todo para él.

Un sonido rasgador detrás de ellos los hizo levantar la vista. El papel se estaba cayendo, revelando una pared texturizada como de granito. Ambos corrieron hasta la pared y comenzaron a jalar a la abertura. No cedía, esos pocos centímetros de papel rojo enroscado, tan duros como el acero, y tan inamovibles. La pared detrás del papel era impenetrable; no importaba cómo ellos la golpearan, no podían romperla.

Becca miró a Carr. —Debimos haber hecho algo para hacer que el empaque comenzara a abrirse.

Carr pensó acordándose de lo que ellos había estado haciendo, lo que él había estado sintiendo, justo antes de que el papel comenzara a abrirse. Él deslizó su brazo alrededor de la espalda de ella. Pensó acerca del momento en que la conoció: Becca descendiendo en paracaídas desde el avión de Lola, su caída en las copas de los árboles y él cambiando su isla-cuerpo a un suave cojín de musgo y arcilla para atraparla sin peligro. Aún entonces, él había pensado que ella era la persona más hermosa y valiente que alguna vez él hubiera visto.

El papel se abrió más, unos pocos centímetros de papel desenvolviéndose.

—Es amor —él dijo—. El amor hace que el paquete se abra.

—Es más que solo amor. Si solo fuera amor, se habría desenvuelto en el momento que llegamos aquí.

Carr se volvió hacia ella, abrazándola muy cerca y deslizando sus manos hasta su cintura.

—Amor, estabas bastante enojada conmigo cuando caímos aquí dentro.

Las manos de ella se movieron rodeándolo para tomar su trasero y lo apretó. —Puede que haya estado enojada contigo y un poquito dolida, pero eso no quiere decir que te amo menos. No, salir de aquí no solo es acerca del amor. Esto es acerca de... —ella movió su mano para frotar su creciente verga erecta.

Un sonido rasgador detrás de ellos confirmó que ella tenía razón. Esto no solo se trataba de amor. Carr sintió una sonrisa extendiéndose en su rostro. *Esto es acerca de sexo.*

—¿Estás completamente segura de que no puedo lastimar a nuestro bebé haciéndote el amor? —Carr dijo.

—No. Pero puedes salir lastimado si no haces muy feliz a tu cachonda esposa llena de hormonas justo ahora.

—Estoy bien con eso —Carr ya estaba quitándose su camisa. Ella desabotonó los pantalones de él y su polla saltó libre, tan dura que estaba morada y brillante con fluido seminal. Él le ayudó a quitarse el vestido y la vista de su cuerpo casi-desnudo hizo que cada anhelo e impulso sexual que él había estado reprimiendo por los últimos cuatro meses saliera rugiendo a la superficie. No podía esperar para que ella se quitara la ropa interior, o para él quitarse los pantalones completamente. La presionó contra la pared roja, levantando la pierna de ella para que lo envolviera por la cintura y entonces le rasgó la ropa interior para así poder sumergir sus dedos dentro de su esencia ya empapada.

Su polla empujó en su entrada y ella levantó su pierna un poco más, así él tendría mejor acceso. Él empujó, sintiendo su suavidad tragándolo y rodeándolo. Él había aguantado demasiado sin esto. Su cuerpo completo se sintió como si hubiera estado en hambruna y luego finalmente, le hubieran dado la mejor comida de su vida. Ella gimió y sus uñas se clavaron en la parte posterior del cuello de Carr, con su otra mano sujetando el culo de él para equilibrarse.

—Estás tan caliente —él jadeó mientras la sacaba solo lo suficiente para empujarla de nuevo hasta su empuñadura. Becca gimió otra vez, cambiando su peso recargada en la pared para jalarlo más profundo dentro de ella—. Quiero que esto sea muy bueno para ti, nena. Necesito que sea bueno para ti —él empujó y la sacó de nuevo, en pequeños movimientos que creaban fricción contra su abertura y frotaban su clítoris. Ella volvió a gemir y le tomó cada gramo de su disciplina no venirse dentro de ella—. Eres tan hermosa y te deseo tanto, si seguimos así, me voy a venir demasiado rápido —se salió de ella completamente y ella se quejó.

—No te atrevas a... —ella comenzó a decir, jalando su polla de regreso a su calidez, pero él cayó de rodillas frente a ella, su lengua conectándose con su clítoris—. Oooh, eso —ella gimió.

Su lengua hacía diminutos círculos sobre su clítoris de la forma en que él sabía a ella le encantaba, manteniendo la presión suave mientras sus sensibles pliegues se deslizaban entre sus labios.

—Sí, justo ahí —ella jadeaba mientras él lamía más duro su clítoris y deslizó dos dedos dentro de ella profundamente—. ¡Sí! ¡Sí!

Él gimió junto con ella cuando sintió su apretón alrededor de sus dedos, la cabeza de Becca aventada hacia atrás contra la pared mientras inconscientemente se mecía contra los dedos de Carr, trayendo su orgasmo en olas.

Por el rabillo de su ojo, Carr vio que la envoltura de papel rojo se había abierto a lo largo de la mayor parte de la primera pared de la caja. Él sonrió. Si darle más placer a su maravillosa esposa también lograría llevarlos a la libertad, entonces él estaba feliz de avanzar en el desafío.

Envolvió sus brazos alrededor de ella y la cargó al otro lado de la habitación donde el papel de envoltura todavía estaba intacto.

—Eso fue increíble —ella dijo jadeante. Becca miró a su polla—. Necesito más. Necesito que me cojas.

—Todavía no, amor.

Él golpeteó con un dedo su sensible clítoris y ella gimió. Presionó dos dedos y luego un tercero dentro de su pasaje estirándolos a lo largo de sus costados, esperando a escuchar ese suspiro mágico de ella cuando él encontraba su punto favorito. Estudió la expresión de su rostro, y sus dedos se detuvieron cuando sus ojos se abrieron más grandes y sacudió sus caderas.

—¡Ese es! —Ella gritó, cabalgando en su mano—. Bebé, necesito tu polla. Carr, cógeme. Estoy tan cerca, necesito que me cojas.

Él presionó sus dedos profundamente en su punto-G, acariciándolo mientras susurraba en su oído. —No necesitas mi polla para venirte, mi encantadora esposa. Eres la mujer más hermosa e increíble en el mundo —él la frotó más duro, escabullendo su otra mano para jugar con su clítoris, luego deslizándola por la abertura entre sus piernas de un lado a otro de su piel sensible—. Cada segundo del día estoy sorprendido de que estés aquí, de que eres mía, y que me permites ser tuyo.

—¡Sí! ¡Dios, sí! Esto es demasiado, bendita cogida —ella gritó, sus palabras se hacían más incoherentes—. Me voy a... venir. Dios, necesito...

Él presionó otro dedo dentro de su cálida humedad para lubricarlo y entonces lo corrió por su abertura hasta su ano. Sumergió el dedo dentro de su ano hasta el nudillo y ella gritó con regocijo, sus manos arañando el piso mientras todo su cuerpo se retorcía e inundaba de placer.

Finalmente ella colapsó en una feliz relajación. —Santa mierda, casi valió la pena esperar cuatro meses por eso.

—Cariño, no estás pensando que ya terminamos, ¿verdad? Han sido cuatro *largos* meses. Él se inclinó hacia delante para besarle el estómago, luego lamió su cuerpo. Se dio cuenta que él no se había molestado en quitarle el sostén todavía, y rápidamente lo abrió para poder pasar su lengua por un pezón y luego por el otro. Los dedos de Becca se entrelazaron en el cabello de él y lo jaló para besarlo en los labios, su lengua sumergiéndose profundamente dentro de su boca.

Mientras ella lo besaba, su polla se deslizó en su hogar. Su deliciosa calidez se sintió como el paraíso. Él le levantó las caderas para que lo tomara profundamente y ella empujó hacia arriba para encontrarse con él, con sus piernas alzadas suficientemente en alto para engancharse alrededor de sus hombros. Sosteniendo su espalda baja y caderas, él empujó profundamente, impulsándose con fuerza dentro de ella una y otra vez. Había pasado tanto tiempo desde que él había estado dentro de ella, que se mordió un labio y se propuso contenerse hasta hacerla venir otra vez.

Ella maulló y su pasaje se apretó alrededor de su polla. Él empujó una última vez, y dejó ir todo lo que había estado conteniendo.

El orgasmo fue tan intenso que vio estrellas. Su cuerpo entero se sintió relajado y tibio.

— ¿Carr? —la preocupación en el rostro de Becca lo hizo mirarla. Aunque ella no lo estaba viendo, ella estaba mirando a las paredes alrededor de ellos, que ahora no tenían papel rojo en lo absoluto. De hecho, ahora la habitación parecía estar haciéndose más pequeña.

Él observó por un segundo. Sí, la habitación realmente se estaba encogiendo. Ya fuera que las paredes se estaban moviendo sobre ellos o... Ellos se estaban haciendo más grandes.

—¡Mierda! Está sucediendo ahora —Carr se puso la camisa y abotonó sus pantalones, luego corrió para tomar el vestido de Becca mientras ella se ponía el sostén. En el momento que ellos quedaron vestidos, el techo de la caja se abrió y la luz se derramó dentro de ella.

Por un segundo, Carr sintió vértigo mientras sus cuerpos se estiraban a su altura normal. El tubo de manteca para las estrías se rompió bajo su peso cuando Becca y Carr se expandieron más allá de las paredes de la caja. *Hasta nunca*. Mientras crecían, el salón principal del bar entró en mayor enfoque.

Los regalos estaban colocados en una mesa de centro en medio de la habitación y Carr jaló a Becca hacia el suelo justo cuando la mesa completa se tambaleó y cayó bajo el peso repentino. Carr vio movimiento viniendo desde la puerta principal: Erik y Siobhan. Estaban cubiertos en hollín negro de la cabeza a los pies.

—Eey, ¿dónde han estado todos? —Erik preguntó—. Nosotros estábamos atrapados en la chimenea.

—Nosotros estábamos... —Becca comenzó a decir.

—Santa mierda, ¿qué le pasó a ustedes chicos? —la voz de Jo venía de las escaleras al sótano del bar. Carr volteó para ver a Jo y Mikkel saliendo de las escaleras, titiritando un poco. El brazo de Mikkel estaba cubierto de sangre, pero ambos estaban sonriendo. Las cejas de Jo se alzaron en asombro mientras veía a Becca y a Carr—. ¿Ustedes estaban teniendo sexo mientras nosotros estábamos luchando por nuestras vidas? ¿En serio?

Mikkel puso una mano en el brazo de Jo. —Becca está embarazada. ¿Habrías preferido que ella hubiera sido la que lidiara con árboles explosivos?

—Creo que no —Jo dijo—. Pero si las proezas con desafíos-mortales van a ser parte de cada reunión familiar, yo quiero el mismo indulto cuando yo sea la que esté embarazada —ella rió con la expresión de quijada-abierta de Mikkel y rápidamente añadió—. Sólo hipotéticamente, no te emociones.

—En realidad nosotros si estamos planeando tener hijos pronto —Erik dijo rápidamente, levantando su mano en el aire—. Así que nosotros si podremos tener sexo durante las próximas festividades peligrosas.

Siobhan asintió seriamente, a su lado. —Sí, ya oyeron. Nosotros pedimos primero. No más de esta mierda acrobática de trepar-chimeneas.

Lola aclaró su garganta y todos voltearon a verla al mismo tiempo. La infame barman de AUDREY'S apuntaba hacia el techo con la perfecta uña pintada en esmalte rojo de su dedo.

Todos levantaron la vista a la vez, tragando saliva.

Havarr colgaba del techo, sus brazos y piernas atados a las tejas con una combinación de enredaderas y correas de cuero, y con lo que parecía un enorme consolador morado amordazándolo. Lola se sentó en un taburete de la barra, directamente debajo de él, con sus piernas cruzadas y con una bebida de algo verde y humeante en su mano.

— ¿Qué van a hacer acerca del imbécil que me tiró mi café? —ella dijo. La habitación permaneció en silencio por un largo rato.

Audrey y Bram salieron del cuarto de almacenaje posterior, con una gran bolsa colgada sobre el hombro de Bram.

Audrey sonrió. —Lo maldecimos.

***

—¿Maldecirlo? —Becca preguntó, mirando a su alrededor—. ¿Más magia es en realidad la solución?

Siobhan se adelantó para ayudar a Bram a poner la bolsa en el piso, los frascos dentro de la bolsa chocaban unos con otros ligeramente. Ella levantó la vista para ver el rostro de Havarr, enrojecido con furia—. Oh sí, éste imbécil va a ser maldecido.

El alivio aligeró la tensión acumulada en el pecho de Bram mientras miraba a su alrededor a sus hermanos con sus amantes. *Menos mal que todos están salvos.* Audrey frunció su ceño un poco al ver el brazo sangrante de Mikkel y arremolinó sus dedos. La sangre y la herida desaparecieron y Mikkel hizo un pequeño ruido de sorpresa antes de pararse más erguido.

—¡Pero no podemos matar a Havarr! —Becca dijo.

Bram asintió. —No vamos a *matarlo*, nosotros ya no somos así. Pero tampoco, y de ninguna manera podemos simplemente dejarlo libre en el mundo.

Audrey levantó el saco y lo trajo en medio de la habitación. —Vamos a transformarlo en algo innocuo.

— ¡Eso es hilarante! —Carr sonrió—. ¿Qué tal un gato?

—Demasiado cruel —Erik y Siobhan dijeron al unísono.

—Oooh, ¿qué tal un hurón? —Becca preguntó.

—Lo siento chicos, nosotros no podemos elegir. El hechizo decide la forma que él tomará —Audrey pasaba las páginas a través de un libro desteñido con páginas amarillentas y arrugadas—. Aquí dice que el hechizo lo convertirá en una forma 'reflejando el volumen de sus buenas acciones' —ella entornó sus ojos—. Eso es de brujas del período antiguo para decir 'nosotras somos demasiado perezosas para explicar en detalle los resultados posibles'.

— ¿Qué debemos hacer? —Bram podía sentir su corazón acelerándose. La última vez que él había hecho un hechizo, trajo a la peor persona que él conocía de regreso a este mundo. Él miró a Audrey, y luego a su alrededor. *Pero esta vez, no estoy solo.*

Lola reapareció desde detrás de la barra, llevando una bandeja de tragos. —Muy bien, todos ustedes antiguos-maldecidos y medias-naranjas. Siempre recomiendo una bebida fuerte de poción de valor antes de maldecir a miembros de la familia —por la expresión preocupada de Bram, ella se inclinó cerca de él y susurró, 'es whiskey', y luego empujó una bebida de un diferente color ámbar en la mano de Becca—. Este es jugo de manzana. También es grandioso para el valor.

Bram se tomó el trago y luego dejó escapar un largo respiro. Con Audrey a cargo del hechizo, y Lola a cargo de las bebidas, sencillamente todo podía salir bien.

—Necesito que todos se paren en un círculo alrededor del caldero —Audrey chasqueó sus dedos y un gran caldero de hierro apareció sobre el piso debajo de Havarr. Ella entregó un frasco a cada uno de los hermanos y los jaló por sus codos para posicionarlos exactamente en donde ellos necesitaban pararse alrededor del caldero—. No son los viejos tiempos, cuando las brujas podían tener acceso a magia increíblemente poderosa improvisadamente. Un poco de esa energía ancestral todavía está en ustedes cuatro, y debemos ser capaces de utilizarla. Cuando diga sus nombres, abran los frascos y tírenlos dentro del caldero.

Havarr se retorcía en sus ligaduras, sus palabras apagadas por el consolador.

Audrey frunció el ceño y dio un paso adelante, captando la mirada de Havarr. Él la miró enfurecido. — ¿Algunas palabras finales? —ella giró su dedo y el consolador salió volando de su boca.

— ¡Estúpida perra! —él escupió—. Todas las maldiciones pueden romperse. Ya he esperado por un siglo. Soportaré mi tiempo y obtendré mi venganza de tus hijos. O los hijos de tus hijos.

—No después de *ésta* maldición —Audrey giró sus dedos y el consolador zumbó de regreso a la boca de Havarr para apagar sus maldiciones.

Audrey cerró sus ojos y Bram se preparó mientras la habitación comenzó a temblar. Los ojos de Audrey parpadearon y se abrieron, sus profundidades verdes con un resplandor rojo. Temblorosamente apuntó a Mikkel.

—Mikkel. Ahora —ella hablo en una voz que Bram jamás antes había oído. Parecía hacer eco desde una profundidad de kilómetros dentro de su pecho.

Mikkel batalló para quitar la tapa de su frasco y Jo dio un paso adelante para colocar una mano sobre su hombro. Ella susurró algo en su oído. Lo que sea que ella dijo, le dio a Mikkel la parte de fuerza extra que él necesitaba para abrir la tapa del frasco y vaciar lo que parecía como lava fundida dentro del caldero. Silbó cuando golpeó el fondo del caldero, saliendo un hilo de humo con aroma parecido a malvaviscos y lavanda.

Los ojos de Audrey brillaron y cambiaron a un color gris maravilloso. Ella abrió sus labios y el mismo tono sombrío surgió, como si algo ancestral estuviera hablando a través de su boca. —Erik. Ahora.

Erik abrió su frasco quebrándolo sobre el caldero como si estuviera quebrando un huevo. Un puñado de enormes plumas, cada una de casi medio metro de largo, flotaron suavemente dentro del caldero. La mezcla burbujeó y se revolvió cuando las plumas hicieron contacto.

Ahora Audrey estaba temblando incontrolablemente, sus ojos resplandecían verdes. Bram saltó hacia ella para tratar de ayudarla a calmarse, pero su mirada de advertencia lo hizo detenerse antes de que él la tocara. —Carr —ella se las arregló para decir jadeando.

Carr no necesitaba más estímulo. Él jaló la tapa arrancándola con sus dientes y vació granos de arena brillante.

Ella no puede soportar más de esto, Bram pensó mientras miraba a Audrey. Ella estaba temblando y pálida, derrumbándose y apenas capaz de mantenerse en pie. Bram envolvió sus brazos alrededor del pecho de ella para ayudarla a erguirse. Su piel se sentía helada como el hielo y su cabeza se colgó hacia un lado.

—Cariño. Despierta. Te necesitamos —Bram dijo. El caldero burbujeaba y el vapor alcanzaba el techo, envolviéndose a sí mismo como vendajes alrededor de los brazos y piernas de Havarr. El viejo Vikingo luchaba contra sus ligaduras, pero el vapor lo cubrió por completo.

Soy el responsable de esto, Bram pensó, el pánico apoderándose de él. *Si tan solo no hubiera hecho ese hechizo.* Suavemente acarició la mejilla de Audrey y besó sus labios helados. —Regresa a mí —él susurró.

—Bram... ahora —las palabras de Audrey fueron tan suaves que él no las habría oído si su rostro no estuviera tan cerca del de ella. Bram abrió su frasco, vaciando los contenidos acuosos dentro de la mezcla.

El caldero comenzó a retorcerse cuando sus ingredientes se mezclaban. El vapor se solidificó en el techo en un cascarón opaco alrededor de Havarr. El sonido de un timbre agudo los rodeó, pareciendo venir de todas partes de una sola vez.

Repentinamente, tranquilidad.

El caldero se desvaneció, Havarr no estaba por ningún lado, y sobre el piso, junto al consolador morado, un conejo blanco sentado.

—Por todos los dioses —Bram dijo— ¿Eso es...?

Carr se agachó en el piso junto al conejo, que inmediatamente le lanzó un arañazo con garras afiladas. —Sí, esto es Papá.

Jo le dio un codazo a Siobhan. —Tú estás acostumbrada a todo este rollo de la magia. ¿Esta noche fue solo una noche normal para ti?

Siobhan miró al conejo y se encogió de hombros. —Pudo haber sido peor.

Becca rio, con su mano sobre su barriga. —Al menos finalmente todos pudimos conocernos —ella puso su brazo alrededor de la cintura de Carr y él le sonrió—. La familia completa todos juntos. Ojalá y no nos hubiéramos tenido que conocer bajo tan extremas circunstancias.

Bram aclaró su garganta y todos lo miraron.
—Bueno, este, eso es mi culpa. Hice un pequeño hechizo convocando a juntar a toda la familia —Mikkel lo miró furioso—. Quería que todos ustedes estuvieran conmigo en la noche más importante de mi vida...

— ¿El día en que finalmente pusimos a Padre en su lugar? —Erik lo interrumpió. El conejo que una vez fue Havarr le gruñó y Erik lo empujó hacia un lado con la punta de su tenis.

— ¿La noche en que te enteraste que tus supuestos-difuntos hermanos de hecho están vivos y todavía somos más guapos que tú? —Carr añadió.

Bram ondeó su mano. —Sí, sí, todo eso también la hace una noche especial. Pero para lo que realmente quería que todos ustedes estuvieran aquí era para que presenciaran...

— ¿Cómo puedes quedarte con un tipo que nunca llega al grano? —Jo se inclinó hacia Audrey y le susurró teatralmente.

—No hagan que me arrepienta de haberlos invitado —Bram les masculló antes de voltear a ver a Audrey.

¿Por qué pensé que mis hermanos ayudarían con esto? Los ojos de Audrey centelleaban risueños. Cuando él la miró, el resto de la habitación se desvaneció.

—Audrey, tú me inspiras cada día a ser la mejor versión de mí mismo —Bram continuó. Se adelantó para tomar su mano, y luego se hincó sobre una rodilla. Tomó el anillo de su bolsillo y se lo ofreció—. Te he amado desde el primer momento en que te vi, y cada segundo desde entonces. Estoy asombrado por tu inteligencia, tu sentido del humor, y tu independencia. Nunca podría esperar ser tu igual, pero mi mayor esperanza en el mundo es que de cualquier manera me tomarás como tú esposo.

Audrey contuvo un sollozo y se limpió una lágrima. — ¡Por supuesto! —ella se dejó caer de rodillas junto a él y lanzó sus brazos alrededor de su cuello. Ambos cayeron juntos, rodando sobre el piso besándose y abrazados hasta que Siobhan aclaró su garganta.

¡Audrey va a casarse conmigo! Bram no podía tocar suficiente de la piel de ella, nada parecía ser suficiente.

— ¡Ya! Consíganse un cuarto, chicos —Mikkel masculló.

— ¡Por la feliz pareja! —Erik gritó, alzando el vaso del trago vacío.

—Nada de eso —Lola salió al quite, otra vez con su bandeja llena de tragos—. Es de mala yuyu brindar con un vaso vacío.

Bram se sintió embriagado de felicidad. Su sonrisa se extendía de oreja a oreja y sintió paz amoldarse amorosamente en su pecho. Él alzó su vaso.

— ¡Por el amor!

Siobhan alzó una ceja, y luego su vaso. —Por la magia y las maldiciones rotas.

Jo meneó su cabeza y golpeó su vaso contra el de Siobhan. —Por la familia.

Mikkel alzó su vaso un poco más alto. —Por estar todos juntos en Navidad.

Audrey sonrió. —El año próximo, simplemente los llamaré por teléfono.

Conoce a AJ Tipton

AJ Tipton es el pseudónimo de un equipo de escritoras: Annie y Jess (¿Entendiste? "AJ". Ahora entiendes). Drones corporativos de día; las noches las pasamos escribiendo fantasías para sorprender, excitar, y entretener. Situadas en Brooklyn, somos unas locas totales y nos encanta.

¿Quieres leer más historias sobre lo extraño y maravilloso? Regístrate en la lista de suscripción a las nuevas publicaciones y serás el primero en saber cuándo los nuevos libros estarán disponibles. También puede haber otras sorpresas en el camino. O simplemente ponte en contacto con nosotras directamente por ajtipton.author@gmail.com

Nuestras ideas para futuros libros —desde robots sexuales hasta burdeles de fantasmas— nos mantendrán ocupadas durante muchos años por venir, así que sigue adelante para más diversión y haznos saber cuál serie te gusta más. Nos encanta escuchar opiniones de nuestros lectores.

Facebook: https://www.facebook.com/AJTiptonAuthor

Twitter: https://twitter.com/AJTiptonAuthor

Blog: https://ajtiptonauthor.wordpress.com/

Este libro es para la venta a un público adulto solamente. Contiene escenas sustancialmente explícitas y leguaje gráfico que puede considerarse ofensivo por algunos lectores.

Esta es una obra de ficción. Todos los personajes, nombres, lugares e incidentes que aparecen aquí son ficticios. Cualquier parecido con personas reales, vivas o muertas, organizaciones, eventos o locales es pura coincidencia.

Todos los personajes sexualmente activos en esta obra son de 18 años o mayores.

Fotografias de portada proporcionadas por BigStock.com, Flickr.com, Archivos Morgue, y Upsplash.com. Diseño gráfico por Lydia Chai. Traducción por Harold J. Encarnación y Raimon J. Colmenares.

Made in United States
North Haven, CT
24 September 2021